大 自 然 的 诗

鸟

L'OISEAU

Jules Michelet

[法] 儒勒·米什莱

—著—

李玉民　顾微微

—译—

中央编译出版社
CCTP Central Compilation & Translation Press

目录

代序

宇宙的史诗

埃米尔·左拉

原序

我是如何研究起自然的

○

第　一　卷

一　卵 …………………………………………… 051

二　极地——鱼鸟 ……………………………… 057

三　翅膀 ………………………………………… 062

四　翅膀初试 …………………………………… 069

五　翅膀的胜利——军舰鸟 …………………… 075

六　岸边——一些种类的退化 ………………… 082

七　美洲的养鹭场——威尔逊 …… 088
八　战斗——热带地区 …… 093
九　净化 …… 101
十　死亡——猛禽 …… 107

○

第　二　卷

一　阳光——黑夜 …… 119
二　暴雨和冬天——迁移 …… 127
三　迁移（续）——燕子 …… 136
四　温带地区的和谐 …… 144
五　鸟类——人类的工人 …… 149
六　劳动——啄木鸟 …… 156

七　鸣唱　…………………………………………… 166

八　鸟巢——鸟类建筑学　………………………… 174

九　鸟城——共和国试验　………………………… 180

十　训练　…………………………………………… 186

十一　夜莺——艺术和无限　……………………… 195

十二　夜莺（续）　………………………………… 203

十三　结论　………………………………………… 211

注　释　…………………………………………… 222

儒勒·米什莱生平与创作年表　…………………… 252

代序

宇宙的史诗

埃米尔·左拉

我划着小舟，穿行在漂浮的灯心草之间，到了一个僻静的地点。谁也不知道我在这儿，就连鸟儿也不知道。想到这一点，我喜不自胜。陪伴在我身边的，只有静水中我的倒影。于是我翻开书，重读米什莱的诗。《鸟》《虫》《海》《山》，这些宇宙的史诗，就应该这样阅读，远离尘嚣，在一座偏僻小岛，在大地的怀抱。不要问我你们该携带什么新书去度假，那样我就会回答："没有什么新书。你们就带上《鸟》《虫》《海》《山》，到矮树林深处重新阅读。我可以肯定，你们会以为还没有翻阅过。"

啊！在六月的一天清亮的早晨，多么容易理解诗人卓越的倾向！他对莺和蜻蜓、对橡木和山楂树所怀有的兄弟般的好感，具有某种我说不清的城里人的做派。在这里，在这生命悸动的岛上，人真的就感到自己是草虫、蝴蝶、极细小枝叶的亲戚。我半卧在草坪宽宽地毯的一端，想象自己也跟旁边的杨树一样，紧紧依恋大地，仿佛感到我在杨树皮下所听见流动的汁液，也同样在我清爽的肉体内上升；我依赖它们的生命力而生活，一种自由而又自豪的生命力。我像它们那样，一动不动，默默无声，在激赏的阳光中沉思，久久遐想大地的秘密。我倾听着一只鸟儿的啾啾、一只虫儿的唧唧，理解了这些初始的语言，在树木与我共享的汁液中，汲取了一颗友爱的灵魂。

自不待言，我绝不会折断一只苍蝇的翅膀，绝不会辗死极弱小的蚜虫，那样我就会认为自己犯了凶杀罪。从前，我阅读米什莱眼含热泪讲述他可能第一次杀害一只昆虫的这几页文字，不由得微笑起来。现在，我领会了他的眼泪。我怀着友情注视着草地上的盲蛛和蚂蚁，这些小生命来自共同的大家庭。我觉得哪怕是加害一个小生命，我也会给这阴凉的静处增添几分悲凄的色彩；就连折断一根树枝我也得犹豫，唯恐看到从伤口中喷出血来。置身于高高的草丛，忘情于一片绿色的寂静中，人就会逐渐感到一切都活跃起来，一切都活了，就连阳光晒热的白石头也有了生命。于是对生命，心中便升起一股极大的崇敬。渐渐地，形成了一种奇异的共鸣：走路突然践踏、伤害了植物，自身肉体也会感到伤痛。米什莱就由衷地具有这种意识：人与大地最年幼的孩子之间，存在着亲缘关系。他那种善心令人赞叹，只因他在任何生物体内、任何事物体内，都听到了共同的生命和友爱的气息。

太阳升高了，万缕金丝雨，透过枝叶，给草坪打上点点活动的黄斑。现在一定是酷热难耐了。我望见杨树树干后边一段小河，河水沉睡，白花花且稠稠的，好似熔化了的白银。一种颤动的寂静，降落在极度兴奋、陶醉于阳光中的乡野上。

然而，我所躲藏的这个枝叶茂密的角落，这间幽室，却保持着一种沁人心脾的清爽。热风时而刮过，好似火热的亲吻，让凉快的树荫产生快感而急速战栗。

合上书，我一边思考，一边阅读这首关于大自然的诗的续篇。噢！我们如今的诗人多么盲目，思想多么狭隘！他们舍近求远，到已逝人民的传说中，寻求虚假的灵感，费尽心机去复活那些老神话，却无视大自然真实的广阔天地。今天我们知晓，苍白的神明并不隐藏在树皮里和花蕊中。科学向我们揭示了一种境界更高的诗歌，现实已经显示出它比寓言更伟大。古代那些讽喻已经变得冷冰冰的，它们比起鲜花的真爱和树木的真实生活，显得幼稚可笑。在米什莱的作品中，读一读玫瑰是如何爱的，橡树是如何出生并长大的，那么你们就会像对一个害羞的妹妹似的关心玫瑰，就会像对一个比你们优秀的兄弟似的关心橡树。明天的史诗就在这里，在发现天和地幽深而温馨的奥秘中，在生物和事物的崇高的自然史中。

米什莱作为第一批的成员，怀着无限的激情，跪拜共同的伟大母亲，为此他将永世享有荣名。而对生命的无限，他浑身颤抖，既惊恐又心怀希望。他叩问昆虫麇集的世界时，一定忘掉了人，比起不计其数的无限小的族类，我们的民族简直少得可怜。总是不断地出现新生物，地球的活力，一直体现到最不起眼的一滴水中。而所有这些生物，受引领世界的原动力的推动，都那么活跃，走向一个目标。任何神话，都从来没有虚构出一个给人这样一种现实概念的故事。我边想这些事物边注视身边的草地，目光落在绿得发亮的草茎上。一簇青草就是一块未知的土地。我所观察的这块土地上，就有街道、十字路口、整座城市。我看清深处有一大片暗影，那是正在凄然腐烂的春天的叶子；继而，细茎径直上升，拉长，又打了弯儿，姿态十分曼妙；这些是纤细的柱廊、断桥、凯旋门，巴比伦式的一整套建筑。这个世界有居民，比节日期间一座巴黎广场还拥挤；各种虫子在柱廊下往来穿梭，默默无声忙碌着，好似匆匆忙忙去办事的人。我不免想到，在这块巴掌大的土地上，能有数百万的微生物，我的肉眼看不见，却感到约伯所说的神圣恐怖的战栗传遍我的肌肤。

如果说不计其数的昆虫，打开了生命无限的渊薮，那么鸟类翅膀的国度，就是我们乡野的歌声。在这里，米什莱的呼叫就是自由的一声呼叫。翅膀！翅膀！云雀直冲云霄，在拂晓放飞希望的歌，不断升空，直至见到日出的第一缕阳光。在米什莱的眼里，这种形象正是人类穿越岁月，冲向正义和真实的宁静高度。鸟儿的诗篇，其实也可以说，正是一首人类的、聪慧的诗歌。筑巢，孵卵，都是一首首美妙的田园诗。但愿我们的诗人沿着篱笆走走，给我们讲讲红喉鸟儿的爱情，这要比他们大谈印度和希腊的神更能打动我们。从早晨我就注意到，在我附近的山楂树丛中，有一只莺正在筑巢；在这僻静的地方遇到一个生人，起初它不禁恐惧，后来慢慢习惯了，把我当成了一个并不碍事的朋友，几乎就在我的鼻子底下叼草茎，缠绕编织。干吧，可怜的动物，我不会来捕你的孩子。

我在这幽深的隐居场所，就这样一直待到傍晚，很高兴忘记了自己是人，自以为跟虫儿和鸟儿一样自由。到了暮色苍茫的时分，我恋恋不舍，又操起桨，任小舟顺流而下。双桨拂到水面，在暮晚朦胧的寂静中，发出轻柔而单调的声响。

一天结束了，每人干完了活儿，大地上的车间都关门了。我想到那些可怜的姑娘，她们在我们城市的车间里劳作，累得眼睛通红；我又想起儒勒·西蒙[1]的一本好书——《女工》这部伟大心灵之作的某些段落，不免心中暗道：我们已经把一切，甚至把劳动都玷污了。在我们这里，有富人和穷人，还有为供养这个世界的幸福者而干活累死的贫苦的不幸者。在田野上，只有劳动者，每人挣自己的面包，正因为如此，一天劳作结束，农村那么静谧，堪称正义和自由的理想的城池。

我们若是愿意倾听的话，草场和山峦能给我们上多少课程啊！当米什莱歌唱自然之诗的时候，我们感到他考虑的是人，他把动物当作我们的典范，把树木和山峦视为我们的榜样。在《山》这本书中，他带着我们攀登那些纯净自由之风劲吹的山峰。对他而言就是这样，自然科学总是持续揭示进步的法则。他坚定地相信，等到我们终于相互了解的那天，我们就会如兄弟般相爱，而科学一旦阐明事物和生物间密切的亲缘关系，世界就将沉浸在一座火熔炉里了。

1　西蒙（Jules Simon，1814—1896）：法国政治家，索邦大学哲学教授。1848 年因关心工人问题而当选为议员，后担任过教育部长等职。他当选为法兰西学院院长，并成为终身参议员。——译者注（下略）

船桨在静静的水面上歌唱，而我梦想着这种善世的未来。无限的温馨抚慰着乡野。不知从何而来的一种宁静，充满了遥远的祈祷和歌声。淡淡而颤动的天际逐渐扩大，恍若在夜色中隐没之前，最后呈现的一种幻象。

译者附记　米什莱于 1868 年 2 月出版了《山》，同年 6 月 28 日，左拉就在《论坛报》上发表此文。米什莱看到当天的报纸，当即就给左拉写了一封信："先生，感谢您写了这样感动而美妙的文章。不错，我想要两样东西，'历史'和'自然'，这未免过分了。谢天谢地，《法国史》算是大功告成（您有《路易十六》卷吗？），然而，讲述大自然，什么时候，又如何完成呢？"

1867 年，《路易十六》卷，即第十七卷出版：标志着米什莱完成了《法国史》这一鸿篇巨制。1868 年《山》一书出版，与先前问世的《鸟》《虫》《海》组成了大自然系列，篇幅虽然比他的《法国史》，甚至比他的《法国大革命史》（六卷）小得多，但是在作者的心目中，历史和自然并重。无怪乎左拉要带着这几本书，到大自然怀抱中重读，写出这篇激情满怀的文章，称赞这是"宇宙的史诗"，并且预言作为首批跪拜自然这个伟大母亲的人，米什莱"将永世享有荣名"。左拉几乎同步读这些作品，用同样诗的语言写出这篇鲜活的评论文章，我想借用来，当作中译本的《鸟》《虫》《海》《山》的总序，既可以记录这段文坛佳话，又增添一点一个半世纪前的时代感。

这四本书的全译本首次在我国出版，完成我的一个心愿，也应当感谢世纪文景决策者的慧眼。此前,《鸟》《海》出过节译本，我也曾写过一篇序言:《灵魂的礼赞》。文中写道：米什莱一颗忧戚的心，走出了野蛮的黑夜，走出了历史的阴影，回到大自然的光天化日之下，感到自然万物是那么丰美和旺盛，要在新的感觉中再生……思想的变化往往是隐秘而神奇的。从国家转向大自然，他猛地憬悟，感到大解脱，大释然了。比起自然界来，人类历史的风风雨雨又算得了什么，不仅渺小而荒谬，而且在永恒的宇宙中不过是一瞬间……作者在这些书中，并不想把人的精神赋予大自然，而是要力图悟透大自然的精神，叩问每个生灵的小小灵魂的秘密……法语中的灵魂一词“Ame”，既指人也指一切生灵，并非人类专有。在这一点上，古代人出于本能和天性，认识得更为清楚，因而对万物万灵始终怀有敬畏，古代的图腾便是明证。反之，现代人长了知识，却昧了心性，狂妄悖谬到了极点，竟然以世界主宰自居，向鸟类开战，残害各种动物，严重破坏大自然和谐的生态环境，现在开始自食恶果了……这几本书一出版，就取得罕见的成功，效仿者纷纷转向大自然的题材，出炉了许多专著，好几家出版社还计划组织出版大自然的百科全书和丛书。在众多同类书籍中，米什莱的这几本书仍是佼佼者，堪称法国文学史上的散文佳作。书虽小，却显示出作者的恢宏大气、出众才智和诗人气质。他在历史著作中所体现的民主主义的社会思想、人道主义的博爱精神，又进一步发扬光大，扩展到自然科学领域了。早在一百五十年前，米什莱就代表人类，向大自然的灵魂举行了第一次礼赞。这些书今天读来，我们仍然感到深深的震撼，尤其为当代人的所作所为感到羞惭。我们应当记住米什莱的声音……

在这里复述这几段，译者只为重申对作者的无限敬意。

以上写于2011年4月，《山》《海》《鸟》《虫》在我国首发的初版之际，七年多时间过去了。初版到期，两年前，一家文化公司和一家出版社前来签订了出版合同，准备再版这四本书。米什莱是我偏爱的法国作家之一。相隔两三个月，签订两份合同，以防变故，也是力推好书的一种措施。果然，两年倏忽而逝，还不见书面世，想必各自有无奈的原因。我对图书市场的风云变幻早已习惯，催问无益，正欲另作打算。忽然中央编译出版社责编报来好消息，四本书清样出来，要我过目。

图书再版，是提高质量的好时机。中央编译出版社肯花工夫重点打造，修正了初版的疏漏，不放过一处疑有问题的地方。我感念初版的决策者的见识，也敬重再版的编辑人员提高质量的意愿，因此不敢怠慢，尽量不留下一点遗憾。

米什莱这样一位大家，想了解的读者找不到顺手的资料，只有柳鸣九先生编写的《法国文学史》有专论米什莱的一章，高度评价了米什莱的这些散文作品，但是一般读者很难找到。有鉴于此，我就与责编商定，专门为这套新版的四本书编译一份作者的生平与创作年表，附在每本书的后面，以备读者查阅。

李玉民

2018年8月于大连金石滩

我是如何研究起自然的

我的忠实的公众朋友听了我那么久，丝毫也没有厌弃，我就应该如实地讲述，在我没有离开历史的情况下，是什么隐衷把我引向自然史。

我今天出版的完全是家庭的产物。这本书，如果能称为书的话，是在我们休闲时刻，午后闲聊，冬季阅读，夏天交谈的过程中，逐渐成形的。

两个勤奋的人，在一天工作之余，自然而然要相聚，将收获放在一起，通过这夜晚的最后一餐来恢复气力。

难道可以说，我们就没有别的合作者了吗？如果避而不谈，就未免有失公道，违背情义了。住在我们房檐下的燕子天天见面，都参加了交谈。家养的红喉鸟在我周围飞旋，也投进了悦耳的音符，有时夜莺举行隆重的音乐会，暂时打断了这种谈话。

○ ● ○

岁月沉重，生活、工作亦然，我们的时代经历了风风雨雨，我们生活的知识界四分五裂，还没有什么来替代。历史艰巨的劳作，把教育视为消遣，这种教育就是友爱。劳作的间歇则只有寂静。如果不是向大自然，那又该向谁寻求休息，重振精神呢？

强大的十八世纪身负千年的战斗，在歇息时就躺在贝尔纳丹·德·圣比埃尔[1]的可爱而慰人的书上（尽管科学含量不高）。书的结尾引用了拉蒙这句感人的话："在大自然的怀抱里涕泪涟涟，有多少损失无法挽回啊！……"

我们尽管也有所丧失，但要求别的东西，而不是独自垂泪，也不是安抚受伤的心。我们要寻求一种补药，以便总往前行进，寻求一滴永不干涸的泉水、一股新的力量和翅膀！

○ ● ○

这样的作品，不管是哪一部，应像任何真正的生物那样，至少具有新生的特点。它是在温暖的孵化中慢慢形成的，而且正因为基于两种不同的原则，才融合成为一个和谐的整体。

两颗灵魂孵化它，一颗可以说生于自然，始终保留其香气和味道。另一颗则阻遏在人类历史的艰险路上，始终处于断绝自然营养的境地，因而更趋向大自然。

1　德·圣比埃尔（Bernardin de Saint-Pierre，1737—1814）：受卢梭影响的法国作家。这里提到的书是指他的著作《大自然研究》。

○●○

历史绝不会放掉它的人。谁只要喝过这种苦涩的烈酒，就要一直喝到离世。即使在艰难的日子里，我也从未离开过。我写“九三年”，终日履行这最后的职责，走在荆棘中。晚上则听听博物学家或旅行家温和的叙述。我聆听并赞赏，至少容纳了，但我还不能静下心来，走出我的思绪，总不肯将我的忧思和风雨掺进这种纯静中。

○●○

我并不是对这些英勇的人的伟大传说无动于衷，他们的工作和旅行为人类做出了许多贡献。我在历史中讲述祖国的伟大公民，同这些世界公民是近亲。

而我本人，早在自然科学中，就衷心地颂扬了法国大革命；那是拉马克[1]和若弗瓦·圣蒂莱尔[2]的时代，他们在方法上极富成效，给所有科学增添巨大活力。我又在他们合法的儿子身上，在继承他们精神的精干孩子身上找到他们，该有多么高兴啊！

1　拉马克（Jean-Baptiste Lamarck，1744—1829）：法国著名博物学家。

2　圣蒂莱尔（Geoffroy Saint-Hilaire，1772—1844）：法国博物学家。

○ ● ○

首先要举出《鸟世界》(*Monde des oiseaux*)的作者，他又可爱又独特，如果不是最风趣的，也早就应该称为最有实力的一位博物学家。这一点我还要不止一次地重复，不过，在本书一开头，我就急于将第一份敬意献给一个非常伟大的观察家，他在亲眼所见方面，同威尔逊[1]或奥杜邦[2]一样严肃，一样“专业”。

他却自我毁谤，说是在这部美好的书中，“他只找个借口谈论人”。恰恰相反，许多页足以证明，除了类比之外，他喜爱并观察鸟本身。正因为如此，他记述了鸟的生动的传说、有力而深刻的拟人化形象。在图斯奈勒[3]的笔下，某种鸟现在成为一个人，并永远是一个人了。

○ ● ○

然而，大家要看的这本书，比起这位杰出大师的书来，是从不同的观点出发的。

---

1 威尔逊(Alexander Wilson，1766—1813)：美国鸟类学家、诗人，著有《美洲鸟类学》，有“美国鸟类学之父”之称。

2 奥杜邦(John James Audubon，1785—1851)：美国博物学家、艺术家，所绘四百余幅鸟类图片神态自然，细节准确。

3 图斯奈勒(Alphonse Toussenel，1803—1885)：法国作家、记者，著有《鸟世界》等书。

绝不是对立的观点，而是并行不悖。

本书尽量做到只以鸟论鸟，避免类比人。除了两章之外，全书写法就好像世上只有鸟，从来没有人。

人！我们在别处遇见的机会已经够多了。这里则相反，我们需要一个避开人世的借口，古代的孤寂和荒漠。

人没有鸟无法生存，唯独鸟使人免遭昆虫和爬行动物的侵害，但是，鸟没有人却能生存。

有人还是没有人，鹰照样高居于阿尔卑斯山的宝座。燕子每年也照样迁徙不误。军舰鸟没有受到观察，还照样盘旋在孤寂的大洋上。夜莺在树林里，不必等人类听众，会更安全，照样可以唱绝妙的赞歌。为谁唱呢？为它所爱的，为它的一窝雏莺，为树林，总之，也为它自己，它本身就是最知音的听者。

○ ● ○

本书和图斯奈勒的书还有一点不同：无论图斯奈勒再怎么“和谐”，且又是平和的傅立叶[1]的弟子，但他也丝毫没有丧失猎人的本色。这个洛林人尚武的志向，无处不赫然表现出来。

本书则不然，是一本和平的书，写作的宗旨恰恰是憎恨

1 傅立叶（Charles Fourier，1772—1837）：法国空想主义者，主张建立“和谐制度”。

狩猎。

猎取鹰和狮子倒还可以，但绝不应该猎杀弱小的动物。

我们在这里教授的内心的宗教信仰，就在于人将以和平的方式团结整个大地，并逐渐认识到，任何收养的动物，一旦进入家养的状态，或者出于天性至少能和人建立睦邻的关系，这就比宰杀的方式对人有益百倍。

人只有认真致力于大地所期待人的事情，才会真正成其为人（在本书末尾还要谈到这一点）：

动物和解并和睦共处。

“女人的梦想。”有人会这样说。——这又有何妨？

本书掺杂几分女人的心肠，对于这种指责，我看毫无理由反驳。我们要当作一种颂扬来接受。耐性与和悦、温良与怜悯、孵化期的温暖，这些特性便可以培育、保存并发展一种动物。

说这不是一本书，而是一个生物，那好哇！它一定会多产，其他的会陆续出世。

而且，如果费神看一看下面我逐字抄写的这些页内容[1]，就能更好地理解本书的性质：

我出生在乡村，有生以来，三分之二的年头是在乡村度过的。我感到时时被召唤回去，既眷念最初习惯的

1　以下米什莱“逐字抄写”的内容，为米什莱夫人所写。

魅力、大自然的情趣，也深切怀念养育了我并是我生活偶像的父亲。

当时我母亲病了，也是连续生几胎累的，在很长一段时间，家里人把我寄养在奶母家：那些农民特别善良，爱我如亲生的孩子。我也确实一直在做他们的女儿；几个哥哥见我的举止那么粗野，都非常吃惊，就管我叫“牧羊女”。

我父亲住的房子离城不远，当初买下来又修建了，非常舒适，周围花木繁盛，环境十分优美，就是想以此安慰他那离开美洲壮观大自然的年轻妻子。房屋朝向很好，每天早晨从东侧和南侧，都能看见太阳升到葡萄园的小丘上，不待晒热就转向遥远的比利牛斯山脉，而天气晴朗时，那些山脉都能望得见。我们法兰西的小榆树，结合美洲的洋槐、欧洲夹竹桃和幼柏，搅碎了阳光，给我们送来柔和的光线。

房舍右侧，生长着一片小橡树林，围了一道厚厚的千金榆绿篱，从北面保护我们，阻挡康塔尔[1]的寒风。左侧一片阔野，展现草地和麦田。一条小溪在几棵大树遮护的染料木下流淌，涓涓水流十分清澈，夜晚远远望去，只见一条窄窄的雾带指引溪流的方向。

这里是中间带气候，地处塔恩河谷，兼有加龙河流

1　康塔尔（le Cantal）：法国省份，位于中央高原。

域的温和与奥弗涅的严寒[1]，这里没有在波尔多都能见到的南方产物。不过，桑树和蚕丝、入口就化的香桃、甜如蜜的葡萄、糖分很高的无花果，以及露天生长的香瓜，都表明我们地处南方。我们这里瓜果极为丰盛，每一处宅院都是一大片果园。

我在回忆中，能更好地感受这地方的魅力、丰富多彩的特点。然而，这地方本身及其居民，未免有点严肃而忧郁。我父亲虽然又活跃又讨人喜欢，但毕竟上了年纪，身体也不大好。我母亲又年轻又美丽，朴实无华，一身大方的北美打扮，她还有远见性和积极的经济头脑，这在克里奥尔人[2]中是少见的。我们居住的宅子，从前是耶稣教徒的房产，几经易手，最后到了我们名下，院内还保留原先主人的坟茔，就是长满青草的普通土包，在茂密的橡树林下面，秘密埋葬着被放逐者[3]的遗体。无需用我讲，这些被人遗忘而保留下来的树木和坟墓，到了我父亲手里，受到了虔诚的敬重。他亲手栽植的玫瑰，标记着每座坟头。这些鲜花、四溢的芳香，掩饰了死亡的凄凉，在他身上也不免留下一点忧伤的阴影。一到暮

---

1 塔恩（le Tarn）河：全长375公里，流经南方塔恩省等。加龙河（la Garonne）：发源于西班牙，全长650公里，流经法国吉伦特省，长达575公里，是法国西南部大河。奥弗涅（l'Auvergne）：法国旧行政地区，包括今康塔尔等四省。

2 克里奥尔人（les Créoles）：安的列斯群岛等地的白种人后裔。

3 指受天主教迫害的基督教派，也称新教，即改革派的信徒。

晚，我们身不由己，被吸引到坟前，心中感慨万千，常为升天的灵魂祈祷，如果划过一颗流星，我们就说："这是过路的灵魂。"

从四岁至十四岁，我在这生机勃勃的地方生活了十年，经历了许多欢乐和痛苦。我没有什么伙伴。姐姐比我大五岁，在我还只是个小姑娘的时候，她就已经成为母亲的女伴了。我有好几个哥哥，他们没有我就能玩耍，在课间休息时往往丢下我独自一个。有时他们在田野奔跑，我只是用目光跟随他们。可见，我有形单影只的时刻，游荡在住宅附近园子的长径上。我尽管性情活泼，还是在这里养成了冥想的习惯。我在幻想的幽邃中开始感到无限，隐约看见上帝，但那上帝是大自然母亲：她注视一根草茎还是一颗星，都同样温情脉脉。我从中找到了慰藉的，甚至可以说是幸福的第一源泉。

在一个善于观察的人看来，我们家是一个很可爱的研究场地。在一种善意的保护下，所有生物似乎都相约到这里聚会。我们住宅附近有一个大鱼塘，但是没有一只笼子：我父母不能容忍囚禁一些以运动和自由为生的动物的念头。狗、猫、兔子、豚鼠，都一起生活，相安无事。驯养的母鸡、鸽子不停地围住我母亲，在她手中啄食。麻雀在我们住宅做窝，燕子把巢一直筑在我们的仓房下面。燕子还飞进我们的房间，每年春天都忠实地回到我们屋檐下。

还有多少回，我在被秋风从园中柏树梢吹落的金翅鸟窝里，又找见我丢失在沙地中的夏季衣裙的小布片！亲爱的鸟儿啊，当初我还不知道把它们保护在我衣衫布片里，而今天你们也不知道，你们在我心中有一个更可靠的藏身之所！……

我们的夜莺多几分野性，在僻静的千金榆树篱中栖息；不过，它们确信这家人慷慨好客，一次能有上百只来到门前，为它们自己和全家，向我母亲讨要夭折的蚕。

在树林深处老树干上，啄木鸟还在坚持不懈地工作，直到夜深万籁俱寂的时候，还听得见它啄木的声音。在惕厉的寂静中，我们聆听那个不知疲倦的劳动者一下下神秘的声响，其中还掺混着猫头鹰悠长凄咽的叫声。

我最高的志向，就是有一只属于我的鸟儿，一只斑鸠。在孵化期间，我母亲的斑鸠都那么随和、那么哀吟，又那么温驯，总能把我强烈地吸引过去。小女孩给布娃娃穿戴时，如果说有做母亲的感觉，那么有一个活物回应她的爱抚，那感觉又会深切多少倍啊！为了这宝贝，我什么都可以奉献出来。然而事实却不然，鸽子不是我的初爱。

我的初爱是我不知其名的一朵花。

我在一棵特别高大的无花果树下有一个小园子，但树荫下太潮湿，栽种什么都长不好。我十分伤心，又十分气馁，可是一天早晨，我却发现在一根浅绿色的茎上，开了一朵美丽的小金花！……花朵很小，稍有点风就抖瑟，细弱的茎是从一个暴雨挖的小坑里长出来的。我见它总在瑟瑟发抖，就推测它感到冷，于是用叶子给它做了一个保护伞。……怎么说这一发现触发我的激情呢？唯独我知道它的存在，唯独我是它的拥有者。白天，我们彼此看个不够。夜晚，我还溜到它旁边，心中激动不已。我们很少说话，唯恐暴露了我们。不过，一天最后告别时，要有多少深情的吻！这种快乐，唉！仅仅持续三天。一天下午，我的花又缓缓地卷起来，再也不开放了……它已经结束了爱。

我的哀悼一如我的快乐，都同样保留在心中。任何别的花都不足以安慰我：必须有一个生命力更强的生物，方能让我的心振作起来。

我那善良的奶母每年都来看我，给我带来点东西。有一回，她一副神秘的样子对我说："你把手伸进我的篮子里。"我原以为能摸到水果，却感到一个毛茸茸抖动的东西。是一只兔子吗？我掏出来，立刻四处跑去，宣告这个好消息。我简直乐疯了，紧紧搂住这只可怜的动物，差一点要了它的命。那一阵我昏头昏脑，饭也不吃了，睡觉净做噩梦：眼看着我那小兔快要死了，我想去救它却迈不动步……我的小兔子太漂亮了，粉红的鼻子，亮晶晶的皮毛像一面镜子！两只发珠光的大耳朵很灵活，总是掸来掸去，应当承认，它蹦跳变化莫测，是赢得我赞赏的一个方面。天刚一亮，我就跳下母亲的床，跑去看我的宠物，把它抱到一块菜地。到了那儿，它一本正经吃着绿叶；时而向我投来长长一瞥，让我觉出那眼神饱含深情；继而，它直立起来，迎着朝阳亮出它那雪白的小肚皮，开始梳理它那美丽的胡须，灵巧的动作令人赞叹。

然而，有人说它坏话了，认为它其貌不扬，又特别贪吃。放到今天，我会承认是这样，可我当年七岁，哪怕挨揍也得捍卫我的兔子的荣誉。唉！真的用不着跟它争了，它活的时间那么短！一个星期天，我母亲同我哥哥和姐姐进城去了，我们两个小的就在园子里游荡，忽然听见一声枪响。紧接着一声奇怪的号叫，仿佛新生儿的第一声啼哭。我的兔子中了一枪受伤了。不幸的动物钻过了果园的树篱，邻居闲得无聊，就取乐子朝它射击。

等我赶到一看，它被捡起来了，满身是血……我悲痛到极点，一句话也说不出来，呼吸困难……如果不是父亲用怀抱接住我，用温柔的话语让我憋在心里的极痛爆发出来，我就一准失去知觉。我的双腿支撑不住了。请原谅，现在回忆起来还忍不住流泪。

我那么小，第一次目睹了死亡、无助、空虚。房子、花园，都显得更大了，空荡荡的。您不要笑：我确实很伤心，整个人又全封闭起来，心思尤其深沉了。

从那时起，我就懂了，知道了人会死，便开始关注我父亲了。我看到他十分苍白的面容、雪白的头发，不能不心惊胆战。他可能离开我们，他可能前往“村里的钟声呼唤他的地方”，正如他经常这样讲的。我没有勇气掩饰自己的想法。有时，我就扑上去，搂住他的脖子，高声说道："爸爸，您别死……噢！您永远也不要死啊！"他紧紧搂住我，什么也没有说，但是他那双黑色美丽的大眼睛，看着我时眼神有些慌乱了。

我同他有千丝万缕的联系，同他息息相关。他得我这个女儿时已过中年，身体走下坡路，开始经历磨难了。我又不像哥哥和姐姐，没有继承母亲可喜的稳重性格。父亲的生命转移到我身上。他自己也常说："我总能感觉到你是我女儿。"

年岁、生活的变故，没能从他身上夺走任何东西，直到最后一天，他仍然保持青春的活力和憧憬，也保持其吸引力。所有人都感到这一点，却不知其所以然，男人、女人和孩子，都主动来看他。当年的情景，如今还浮现在我眼前：他在书房里，坐在黑漆小桌后面，讲述他的历险，他的美洲远行，他在殖民地的生活，让人百听不厌。一位20岁的小姐患了肺病到晚期，不久于人世，很少听他讲了，但又总想听，便派人去请他；只要听他讲述，她就把一切全遗忘了，忘记病痛和衰竭，甚至忘记死亡将至。

这种魅力不仅仅是善谈而风趣的人所特有的，还来自他身上明显的大善。磨难的、不幸的、冒险的生活，使多少人心变硬，反而使他的心变软了。在饱受动乱和惊涛骇浪之苦的这代人当中，还没有谁身历如此艰难险阻的境况。他父亲是奥弗涅人，任一所中学校长，后来南迁到我们城市，当了商业法庭法官，1788年被指定为显要人物，一生保持当地艰苦的本色，在学校和法庭任职也不失其公正无私。在那个时代，教育非常野蛮，动辄体罚，学生越聪明，越有性格，就越遭到教育的摧残。我父亲天生聪敏，性情温和，忍受不了那种教育体制，只好逃离，前往美洲，去找已经在那里的一个兄长。除了青春、信心、自由的金色梦想，他的全部财物只有一件换洗的衬衫。从那时起，他就对那个自由的国度怀有一种特殊的温情，经常故地重游，还希望在那里长眠。

由于生意上的事，他去了圣多曼格岛，当时图森－路维杜尔[1]的统治正发生严重危机。图森－路维杜尔是个异乎寻常的人，被迫为奴直到五十岁，他能感知推测一切，根本不会写字，只能口述他的思想。他更善于大行动而不是说大话。他需要一只手、一支笔，甚至还要多：一颗有胆有识的年轻的心，好向英雄提供英雄的语言、形势所需的口号。图森到了那种年纪，还能独自想出“黑人第一人（自称）臣服白人第一人（拿破仑）”这一崇高的号召吗？他即使想出来，至少也得由我父亲写下来。

图森疑心极重，绝口不提他长期当过奴隶的事，像

1　图森－路维杜尔（Toussaint-Louverture，1743—1803）：海地（旧称圣多曼格岛）历史中最伟大的人物，是受过教育的奴隶之子。他趁黑人奴隶暴动，拉起军队，先联合西班牙军抗击法军，受封将军、骑士。1794 年法国国民公会解放所有奴隶，图森向法军投诚，历任副总督、总督。1802 年法军大举入侵，图森放下武器，换取不恢复奴隶制的许诺。但是法军勒克莱尔将军背信弃义，逮捕隐居到种植园的图森，将其押回法国囚禁至死。

坟墓一般保守秘密，但是他非常喜爱我父亲，感到他为人诚实，值得信赖。谁会至死也没有敞开心扉的一天呢？我父亲就遭遇这种不幸：有些时候，图森推心置腹，向他透露了危险的秘密。这样一来，一切全完了：图森不放心这个年轻人，以为被他抓住了把柄，重又陷入被奴役的地位，而这种状况只待我父亲死了才可能终结。于是，图森将他囚禁起来，后来越想越怕，很可能要把他除掉……被囚禁的人，幸而被感激之人看守：许多黑人都曾得到他的善待，一个他曾保护过的女黑奴告诉他有生命危险，帮助他越狱了。他终生都在寻找那个女人，以便向她表达谢忱。直到四十年后，他最后一次旅美时，才终于找见恩人：她生活在美国。

扯回话题，他逃离监牢，却没有得救。夜晚，他在森林里游荡，没有向导，就怕撞见逃跑的黑奴：他们是白人不共戴天的仇敌，碰到就会杀了他，哪里知道他们杀死了他们种族的最好朋友。运气总是站在青年一边，他逃过了一劫。他弄到了一匹骏马，每次看见黑人从灌木丛里蹿出来，他只需用马刺一催马，挥动帽子高喊："图森将军的先锋！"一听这个骇人的名字，人就会逃掉，像变戏法似的无影无踪了。

我父亲有一颗无比仁慈之心，他虽然没有受到图森的赏识，还是照旧敬慕这个伟人。他一得知图森被所有人抛弃，成为悲惨的囚徒，关押在汝拉山区的一座狱堡里，苦不堪言，会冻饿而死，他就跑去探望，写信安慰他，唯独他还忠实于这个伟人。这个人扮演了伟大而可怕的角色，我父亲透过与这种角色分不开的过错和暴力行为，认定他是一个种族的大胆的先驱，一个世界的创建者。我父亲常和他书信往来，在他死后，又与他的家庭建立通信关系。

也是无缘凑巧，我父亲被派到厄尔巴岛工作，那时"白人第一人"逊位，也来到岛上，统治这个小小王国。我父亲挂念在心，想象他那神奇的传说。他本人，美洲人，饱受共和思想的教育，这回又去逢迎不幸。他把全部精力奉献给皇帝最信赖的仆人及其子女，奉献给那位成为流放地魅力的受人崇拜的完美夫人。在 1815 年 3 月重返大陆的危险行动中，他负责将那位夫人带回法国。这场事变，如果没有遇到障碍，就很可能将他送到圣赫勒拿岛[1]。至少，他不能容忍波旁王朝复辟，于是返回他可爱的美洲。

美洲没有负他，给了他生活的幸福。他辞去职务，开始从事教育，这种更为自由的职业。他在路易斯安那[2]

1 1814 年 6 月 6 日拿破仑退位，流亡到科西嘉岛东部的厄尔巴岛。1815 年 3 月，他率领一队卫士在戛纳登陆，直趋巴黎，重新上台。6 月战败于滑铁卢，拿破仑于 6 月 22 日再次被迫退位，史称这个时期为"百日"政变。拿破仑被流放到远离大陆的英属南大西洋中小岛圣赫勒拿岛，直至 1821 年病逝。

2 路易斯安那（Louisiana）：美国中南部一州。早在公元前，就有印第安人在此定居。1682 年，法国探险家拉萨尔到这个地区，以法国国王路易十四的名字命名，称"路易斯安那"，（转下页）

教书。这块法兰西殖民地，由于祖国母亲发生的种种事变而陷于孤立无援的境地，混杂了那么多成分，但总是呼吸着法兰西之风。我父亲所教的学生中，有一个孤女，是英国和德国的混血儿。他是在第一批孩子中收养的，当时她年龄很小，在他手中长大，越来越爱他了。她重新有了个家庭，有了父亲，感到慈父的心，以及我们法国南方人成年还保持的朝气蓬勃的魅力。她只有三个缺点：富有和美丽，特别年轻，比我父亲小三十一岁——可是这一点，他们彼此谁也没有觉察，而且从来不后悔。我父亲去世后，母亲哀痛不已，一直服丧。

我母亲渴望看看法国，父亲为她引以极大的自豪，能向旧大陆显示他在新大陆采撷的这朵光彩夺目的鲜花，他更是喜不自胜。然而，他无论多么希望维持这位克里奥尔少妇生来就拥有的地位和财富，在上船之前，他不能不征得她的同意，完成一种神圣的宗教仪式：那便是解放他们的奴隶，至少解放成年的奴隶；而那些孩子，鉴于美国法律禁止解放儿童，他们也从他那里得到未来的自由，一旦成年，就能回到他们父母身边。他始终没有忘记他们，总仿佛看见他们站在眼前，知道他们的姓名、年龄，以及他们解放的时间。他在法国居住期间，

（接上页）意为“路易的土地”。1731 年成为法国殖民地。1762 年归属西班牙。1800 年又重归法国。1803 年，美国以 1500 万美元从法国购入自密西西比河到落基山脉（包括路易斯安那）的整个地区。1812 年，路易斯安那加入联邦，成为美国第十八个州。

记录这些时刻，满心欢喜地对家人说："今天，某某成为自由人了。"

我父亲回到家乡了，在紧邻他出生城市的乡村落户，其乐融融。他建了房，栽了树，养活全家，他是一个年轻世界的中心，这里一切都来自他：住宅、花园，都是他建造的；他妻子也同样，是他一手培养起来的，让人以为是他女儿。我母亲实在太年轻了，大女儿就像她妹妹。其余五个孩子也都存活了，几乎每年生一个，这些子女组成一顶活的花冠，迅速将我父亲围住，成为他的骄傲。很少家庭能有如此多种倾向和多样性格，我们身上明显体现出两个世界：这些人，生在南方的法国人，带有朗格多克[1]地区人的那种风风火火；那些人则是移殖民，就严肃庄重得多，显出路易斯安那地区的特点，或者与生俱来的美国人性格的表露。

不过，家里有安排，大姐已经成为我母亲的女伴，跟着一起管家，除她之外，五个弟弟妹妹接受同样教育。只有一位教师，即我父亲。他虽然年事已高，还是兼做家庭教师和小学老师。从早晨六点钟到晚上六点钟，他全天都陪着我们。他给自己留下的写信、阅读喜爱的书的时间，也只有清晨头几个小时，更确切地说，夜晚最后几个小时。每天他早早睡下，不顾虚弱的肺部，凌晨

1　朗格多克（le Languedoc）：法国南部地中海沿岸地区旧称。

三点钟就起床。他打开门，面对星星还是晨曦，这要看是什么季节，首先祝福上帝，而上帝也一定祝福这个不是因为欲望，而是因为磨难而白发苍苍的人。在夏季，他祈祷完了，就到花园里走一走，看着昆虫和花木醒来。他十分熟悉它们，午饭后，他经常拉着我去花园，告诉我每种花的个性，指给我看他早起时撞见过的小动物藏身之所。其中有一条游蛇，看见我父亲一点也不害怕，每当他坐到它的居所旁边，它总探出头来，好奇地瞧瞧他。唯独我父亲知道它在那儿，也只告诉我一个人，这是我们之间保守的秘密。

清晨时刻，他所遇见的一切，都化作他虔诚抒发的丰富内容。没有漂亮话，只发自一种真实的情感，他对我讲上帝的慈悲，说是在上帝眼中，万物不分大小，全是兄弟，一律平等。

除了跟哥哥一起学习，我也帮助妈妈和大姐干活。我放下语法、算术，也是为了拿起针线。

对我来说幸运的是，我们的生活自然而然掺杂着农事，不管愿意不愿意，时常发生变化，突发的诱人事件打破一切习惯。开始上课了，我们聚精会神地学习。哎呀，怎么啦？要来暴风雨，割下的青草会沤烂。快点儿，必须收回来，大家全上手，就连孩子也赶紧跑去，学习推后了。大家都卖力干活，这一天就过去了。真可惜，暴风雨没有到来，停滞在波尔多一带：明天能移到这里。

到了收获季节，也安排我们拾麦穗。收割最忙的时候，既干活也是过节，根本不可能坐在家里学习，心思全在田地里。我们不断逃离，像云雀那样迅疾，消失在垄沟里，小小的身子走进高大的麦子中，深入成熟麦穗的森林。

在收获葡萄的季节，想都不要想学习的事：我们是必不可少的工人，就生活在葡萄园里，这是我们的权利。而且，在收葡萄之前，我们还有好多别种果实要收获，采摘樱桃、杏子、桃子等水果。即使收完葡萄，还要摘苹果和梨，劳动量很大，我们若是不上手，心里就会有愧。因此，行动，欢笑，不用学习；这类必干的活一直延续到冬季。最后收获，已经到十一月中旬，也许最为迷人：所有景物都镶饰一层薄雾，如在梦境，这种魔幻的景色，我在别的地方从未见过。雾中的一切全变了，珠灰色的巨大纱网，在暖秋的微风中起伏波动，多情地这里停停，那里落落，仿佛告别的亲吻。

我母亲殷勤好客，我父亲富有魅力，谈话特别风趣，也给我们引来城里的客人，这是意外的消遣，不得不停课，我们也不会因此哭鼻子。然而，持续不断，来访最多的还是穷人，他们熟悉这户人家，这只永远张开的仁慈的手。所有人都参与进来，甚至包括动物：那场景十分有趣，令人开心，只见附近一带的狗默不作声地坐在那里，耐心地等待我父亲从书本抬起眼睛，它们清楚他抵挡不住它们默默的恳求。我母亲更为理智，认为最好赶开这些不请自来的不速食客。我父亲也感到不该心太软，可是，他总要偷偷扔给它们一点剩的食物，打发它们满意地走了。

它们非常了解我父亲。有一天，又来了一个新客，瘦骨嶙峋，全身毛竖起来，一副凶相，五分狗五分狼。其实，它正是狼和狗杂交的产物，生在格勒西涅森林。它那样子非常凶，特别爱发怒，酷似生它的母狼。不过，它很聪明，又有一种很可靠的直觉。它一下子就投靠了我父亲，不管别人怎么驱赶，再也不离开他了。它不大喜欢我们，我们也以同样的态度对待它，抓住一切机会百般戏弄。它龇牙低吼，但还是看在我父亲的面子，没有把我们吃掉。它看见穷人格外凶猛，狂吠不止，非常危险；这就促使我们决定丢开它。然而毫无办法，它总能够回来。它的新主人用铁链把它锁在桩子上，它连同铁链和桩子，全带到我们家来。我父亲不能容忍这样对待动物，从此再也不让它离开了。

猫比狗还要得到我父亲的宠爱。这是缘于他所受的教育，缘于上中学时的残酷岁月：他和他哥哥，夹在严厉的家庭和残忍的学校中间，挨打受罚，都心灰意冷，有两只猫让他们稍许得到些安慰。这种偏爱传给了全家人，我们几个孩子，个个都有自己的猫。家庭聚会的场面很好看：那些猫毛皮华贵，全都端坐在它们小主人的椅子下面。这一圈猫里仅仅差一只：那是一只不幸的猫，样子太丑，无颜面对其他的猫；它意识到这一点，就总是躲开，特别认生，谁也不能让它亲近。所有聚会都一样（我们天性的可悲的恶毒），必须有一个嘲笑的对象，一个受大家攻击的出气筒，这只猫就承担这种角色。即使不是攻击，至少也是嘲笑，大家叫它“帽客”。它身有残疾，皮毛又稀疏，比其他猫更需要家庭的温暖。可是，几个孩子让它畏惧，就连它那些同伴，浑身又厚又暖的皮毛的猫，似乎也不拿它当回事，不拿正眼瞧它。还得我父亲主动接近，收留了它。这只动物满心感激，逐渐信赖，就睡在这只倍受爱戴的人手下了。它裹在他的衣服里，以他的体温取暖，不为人所见，却也来到家庭聚会。我们能清清楚楚分辨出它来，它只要露出几根毛，一个耳朵尖儿，就会受到嘲笑和鄙视的目光，我父亲都制止不了。如今我还能看见它的身影：它缩成一团，可以说化为乌有，消失在它的保护者的怀中，闭上眼睛宁愿什么也看不见。

我看过的关于印第安人及其热爱大自然的读物，无不令我忆起我父亲。他是一位圣人，甚至是一位超圣人，爱护一切活物。他经历过战乱的血雨腥风的时期，目睹过前所未有的人类大屠戮，真是惨绝人寰，挥霍生命这样无法弥补的财富，似乎促使他更加敬重一切生命，无比憎恶任何形式的摧残了。

这种情感在他内心十分强烈，以至特别希望能仅仅靠素食生活。他从不吃带血丝的肉，看着就受不了。晚饭偶尔吃一块鸡肉，或者一两个鸡蛋。他还经常站着吃晚饭。

他这种饮食，身体绝难强壮，何况还不知爱惜自己。教课、谈话耗费大量精力，他那颗大善心装着所有人，关怀所有人，总在倾注着情感。上了年纪，也有了几分忧虑：为了这个家吗？不是，而是因为嫉妒的邻居，或者不守信义的债务人。美国银行危机给他的财产造成重大损失。他不顾身体状况和年纪，毅然决然要再去美洲一趟，打算凭他亲自出马处理，事情也许能有转机，以确保他妻子儿女的命运。

这次出行撕肝裂胆。此前我已经受到一次打击。我离开了家和乡村，进入城里的一所寄宿学校，无异于沦为悲惨的奴隶，同时丧失了造就我随意生活的一切，甚至丧失了新鲜空气和自由呼吸。四周全是高墙，如果不是父母来探望，我非断送小命不可。母亲经常来看我，父亲来的次数少些，我总是焦急地等待，就像犯了魔怔，恐怕恋爱的人都不会如此。可是，现在连我父亲也走了，一下子天塌地陷。不管别人怎么哄我，说是还有希望团圆，内心却有一个声音，像在重大关头听见的心声那样，又清晰又可怕，对我说他不会回来了。

房子卖掉了，我们种植的园子，我们的树木，原本也是家庭成员，都被抛弃了。我们的动物，因为我父亲离去，显然始终得不到安慰。那条狼狗，不知有多少天，总跑到他动身所走的那条大路上，坐在那里哀号，然后又回来。最孤苦无助的动物，还是帽客猫，它不再信赖任何人，有时还偷偷去瞧瞧空位置。后来，它无可奈何，便逃进树林，我们怎么也叫不回来了。它又恢复幼年的生活，成为可怜的野猫。

我也同样，带着不治的创伤，离开了父亲的故居，我童年时代的家园。我母亲、我姐姐、我哥哥，童年那些温馨的友谊，都一并在我身后消失。我走进一种孤苦伶仃的生活，先是居住在巴约讷[1]，不过，比亚里茨[2]的大海能对我谈论我父亲；从美洲涌向欧洲，到这里击碎的波涛，向我反复说他的死亡；海上的白鸥也似乎告诉我："我们见过他。"

我还剩下什么呢？我的生活环境，我的家园，我的语言，这一切全丢掉了。我必须前往北美洲，到一种陌生的语言环境，一个具有敌意的天空下，那里的土地有六个月披白戴孝。在这种冰封雪域生活，我的身体越来越虚弱，想象的灵光也逐渐熄灭，几乎难以重新构想我的理想的南方。哪怕有一条狗，也会稍感欣慰啊，可惜没有，我只好交些小朋友、酷似我母亲的斑鸠，很容易看错。它们都认识我，喜爱我，到我家来嬉戏，我给予它们我心中没有的夏天。

我创巨痛深，变得病恹恹的，以为快要到彼岸了。

1　巴约讷（Bayonne）：法国西南部城市，近海，属于同西班牙接壤的比利牛斯—大西洋省。

2　比亚里茨（Biarritz）：位于巴约讷西面，滨海城市，属比利牛斯—大西洋省。

外国的好客，不管对我怎么关照和善待，我也必须返回法国。在无微不至的照顾和婚姻中，我重又找见慈父的心和手臂，身体也缓慢地恢复健康了。我曾近在咫尺看见死亡，说得再准确些，我在死亡的路上走了很远，以至于大自然本身，生机勃勃的大自然，我童年的这种初恋和欢欣，也久久不起作用了。唯独大自然受到了伤害，别的什么也不可能取代。不停变幻的人类悲剧的历史和记述，轻轻擦过我的头脑；要论强烈的影响，什么也比不上永恒、上帝和大自然。

大自然是永恒而又变化的，这正是她永恒的魅力。她永不疲倦地运转、时刻不停地变幻，却丝毫也不打乱，丝毫也不侵扰万物。这种和谐的运动本身，就蕴蓄着一种深度的休憩。

我又回到大自然，是通过花木，通过花需要的照料和恳求的母爱。我的小小的园子，仅有 12 棵树和 3 个花坛，还是能让我想起我出生的丰茂的大果园。我生活在一个在人类历史的荒漠中长途跋涉，肌肤晒黑而思想火热的人身边，能为他侍弄这样一股活水和几朵鲜花的娇媚，我自己也找到了几分温馨。

我接着讲述。

我就这样摆脱了城市，一来考虑心爱的人不安的情绪，二来也是担心她的病症，最好把她重新安置到她幼年生活的环境，乡村的自由空气中。我离开了我从未离开过的巴黎，这座容纳三个世界的城市，这个艺术和思想的家园。

我每天去履行职责和处理事务，但是尽快赶回家。巴黎的喧嚣，远远传来的隆隆车马声，流产的革命的冲击和反响，都促使我离得更远。到了1852年春天，我非常情愿地脱离了，打破了我的所有习惯；我又辛酸又高兴，关闭了我的书房，将我的书籍锁起来，我生活的这些伴侣，当初以为肯定能永远陪伴我呢。我尽量往远走，直到南特才停下来，离海边不远了，城市建在山丘上，能望见布列塔尼发黄的溪流注入卢瓦尔河，同旺代的灰色水流相混。

我们安顿在乡下，房子很大，在连绵不断的雨中孤零零的，而在这个季节，西部海滩都被雨雾淹没了。这里到海边有一段距离，受不到海盐之气的影响，降下的大雨都是淡水。房子是路易十五时期的风格，久无人居，乍一看有几分凄凉。它坐落在一处高地上，但还是相当昏暗，一面是厚厚的千金榆树篱，另一面则有参天大树和数不尽的未剪枝的樱桃树。周围一片绿茵，溪水现在到夏季也不流淌了，但整个住宅处于美妙的清凉世界。

我特别喜爱疏于管理的园子，而这座园子令我想起意大利别墅弃置不管的大葡萄园。但这里蔬菜和千百种草木杂生，十分悦目，是那些别墅所没有的：圣约翰节的各种花草，每株草又高又壮；樱桃林枝丫被红色果实压弯了，也给人以丰产取之不竭的印象。

这里天空潮湿而温和，草木生机勃勃，又柔美又繁茂，不像意大利那样虽美妙却流于肃穆。

尽管一座大城市近在咫尺，这里望不到一点远景，只能看见一条叫埃德尔的小溪从山丘脚下流过，投入卢瓦尔河。的确，这里茂盛的草木、这片原始的果林，遮住了全部视线，必须登高远眺，上到一座小钟楼，景物才尽收眼底，望见一片片树林和牧场、远处的建筑物和钟楼。即使在小钟楼上观望，景观还是有限，城区只显露出侧影，还望不见它那条大河、岛屿、航船和商业的繁忙景象。离这个大港口不过两步远，却毫无迹象，还以为置身荒野，在布列塔尼的荒原或旺代的林峒空地里。

两样景物十分高大，由这座幽暗的果园衬托凸显出来。穿过千金榆老树篱和栗树林间的小径，便来到一块贫瘠的黏土地，在月桂百里香和其他杂树中间，冲天挺立一棵巨大的雪松，名副其实一座植物大教堂，庞然大物，就连旁边一棵已经长得很高的柏树都被扼杀了。这棵雪松下半部分光秃秃的，但整棵还活着，向阳一面的树枝无比粗大，长有三十尺[1]，开始变绿，发出稀疏的针叶，而树冠枝叶更加密实，尖顶高约八十尺。三古里[2]开外，从南特的塞夫尔河对岸的乡野和旺代的树林，就能望见这棵雪松。我们的隐居之所尽管低矮，蜷缩在这棵参天大树旁边，在广阔的四周照样能以它为

1　尺，原文为“pied”，可译为“法尺”（325 毫米）或“英尺”（305 毫米），因无法确定原文所指，兹译为“尺”，下同。——编者注

2　法国每古里合四公里。——编者注

标志，或许“高树林”这个名称也是借它之力。

我们园子的另一端有一片深水域，中间隆起一座土丘，丘顶覆盖着松树林。这些美观的松树在海风中不停地摇曳，又受大河及其两条支流从反方向携来的风的冲击，在两股风的交战中日夜悲鸣，以忧伤的和谐乐章活跃这地方深沉的寂静。有时，我们就以为在海边：松林发出涛声，无异于涨潮落潮的轰鸣。

随着节气变化，空气湿度下降，我逐渐发现这处居所的真实而严肃的性质，要比乍一看所以为的景色更为多彩多姿，更美丽，美得动人，能逐渐沁人心脾。地处布列塔尼的大门口，却拥有旺代的茂盛的绿荫。

我看到满地鲜花盛开的强壮的石榴树，真好像到了南方。木兰也不像在别处所见的那样瘦弱，而是枝叶挺拔灿然，形同大树，硕大的白花满园飘香，厚厚的花蕊不知含有什么能穿透的大量蜜油，香味能将你裹住，到哪里也不离散。

这回我们有了一座名副其实的园子，一个大家庭，有无数的家务活要干，此前是没有这种情况的。一名布列塔尼野姑娘只能帮着干些粗活。我每周进城一趟，除此之外，我们完全离群索居，但是这种孤寂又十分繁忙：一大早就起床，在鸟儿刚醒来的时候，甚至天还没有亮。当然，我们几乎跟鸟儿一样，也早早睡觉。

蔬菜果实这样丰盈，又生长各种草木，因此，我们有条件养许多动物，但是只一点难处：我们喂养它们，一个一个和我们彼此完全熟悉了，我们就不大让它们做盘中餐了。反之，我们栽种瓜果蔬菜，却遇到一个大麻烦：幼苗还未长起来，就几乎被吃光了。

这片土地肥沃，植物丰茂，但害虫也多，或许更多：巨型贪吃的蛞蝓，贪婪的昆虫。一天早晨，我们捉了一大木桶蜗牛。次日就见不到了，仿佛一锅端了。

我们养的鸡特别勤劳。不过，那只灵巧而谨慎的鹳更加有效得多。它是荷兰和所有潮湿地区的杰出清理工，我们西部地区无论如何也应当蓄养！人所共知，荷兰人对这种出色的鸟优礼有加。在荷兰的市场上，可以看见鹳一只腿平静地伫立，在人群中间遐想，感到自身非常安全，如同在极僻远的荒野里。有一件事，是确凿无疑的：荷兰农民有时不巧弄伤了自家的鹳，弄折了腿，就给它安一条木腿。

扯回话题，对一个无需集中精神的人来说，在南特的日子就会美不胜收。这地方景色优美，工作非常自由，这种环境既恬静，又十分温馨，是极为难得的一种和谐，在生活中几乎从来遇不到。这种温馨恬静，同我现在的思想，同我忙于写作的阴沉的过去，形成了鲜明的对照。那时我撰写“九三年”的历史。英勇而惨烈的历史包围住我，占据我的心，怎么说呢？就是在消耗我。我在自己的周围所拥有的所有幸福的因素，全为了工作而牺牲掉，推迟到我很可能利用不上的时候，每天都感到遗憾，不断地黯然回首。情感和大自然每天都要同人世的忧思搏斗。

这种搏斗本身，将永远是系我心怀的回忆。在我的思想上，这地点始终是神圣的，再也不会以别种形态存在了。房舍拆毁，原址另外再建起一所。正因为如此，我才稍微多讲几句。然而，我的雪松却幸存下来，这是极为罕见的事，因为在这个时期，建筑设计师仇视树木。

不过，我的写作临近结束的时候，一些阴影从这野蛮之夜中变得明晰了。我忧伤的心减少了几分苦涩，确信从此留下了这座纪念碑，一座残酷的，但富有经验的纪念碑。我重又开始听见孤寂的声音，而且我认为比起别的年龄听得更清楚，只是耳朵已不习惯了，要慢慢地恢复，如同死过去一段时间又复活的人那样。

我年轻那时候，还没有被这无情的历史捉住之前，就曾感到了大自然，但显示一种盲目的热情，一颗心炽热有余，温情不足。前不久搬到巴黎郊区，我重又萌生了这种感觉。我不无兴趣地看到，在干旱的土壤里，我的病恹恹的花对每天傍晚浇水十分敏感，在快意中显然感激涕零。在南特更强上百倍，四周的自然多么旺盛，多么丰美，目睹青草每小时都长高，周围的动物繁衍，我不是也应该发新芽，在这种新的感觉中再生！

如果说有什么东西能招回我的思想，打破忧戚的魔力的话，那就是阅读一本书：晚上，我们有时读读图斯奈勒的《法兰西的鸟类》（*Oiseaux de France*），思想从国家过渡到大自然，这真是又惬意又美妙。

只要还有一个法兰西，她的云雀和红喉鸟，她的灰雀和燕子的书籍就会百读不厌，一版再版。如果没有了法兰西，我们在这些精辟的书页里，还能重新找到我们最好的东西：

这片土地的真正香味、高卢的意识、法兰西精神，乃至我们祖国的灵魂。

这部书所包含一种体系的方法、略微探求的比较（有时会令人联想起格朗维尔[1]特别灵慧的动物），并不妨碍法兰西灵魂，这颗愉快而善良、沉静而勇敢、像四月太阳一样年轻的灵魂，处处彰显这部书。有些特点捕捉得十分巧妙，宛若初春云雀，声声长鸣，直冲云霄。

补充一件不属于青春的极美的事。作者出生在默兹，那是出猎人的地方，他本人在年少也是个狂热的猎手，似乎被他自己的书改变了。他显然在游移不决，一边是他青年时猎杀的最初习惯，另一边是他的新感情，是对他发现的这些动人的生命，对这些灵魂和他承认的这些人的温情。我敢说从此以后，他再打猎就不可能不内疚。作为这个爱和纯真的世界之父和第二个创造者，他会在他们和他之间找到一道同情的栅栏。什么栅栏呢？他的作品本身，他让他们活跃起来的书。

我刚动笔写这本书，就不得不离开南特。我也生病了。气候潮湿，长期工作过度劳累，当然，尤其是我思想的搏斗，仿佛侵害了我身上从来控制不了的这根活力的神经。燕子为我们画出了路线，我们沿着路线去了南方，将我们流动的巢安放在亚平宁半岛的一条沟壑里，距热那亚有两古里。

处境好极了，四面遮护而免遭侵扰，在这气候多变的海

1　格朗维尔（Granville）：法国西北部芒什海滨城市。

岸，能保持气温稳定，这真是惊人的天幸。尽管这里根本不生炉火，冬天有阳光，一月也还温暖，鼓励蜥蜴和病人出来，以为是春天呢。然而，我还有必要指出吗？这一片片橘树林、柠檬树林，望去非常和谐，叶冠常年不变，蔚蓝的天空常年不变，景色难免就单调了。这里极少有活跃的气氛。小鸟很少，几乎见不到，也没有海鸟的影子。鱼同样罕见，没有搅动清澈透明的海水。我一眼能望到海底深处，一无所见，唯有孤寂，唯有这个大理石海湾水底的黑白两色石头。

这段海岸不过是一小条突出的峭壁，十分逼窄，海边特别狭小，如同古罗马人所说的山之“眉”。攀登陡梯便可俯瞰海湾，不过，这对身体健壮的人，也是一种剧烈的运动。我能散步的地方，只有一个小码头，确切点说，一条崎岖的巡逻道，越往上走越狭窄，往往宽仅三尺，在花园的老围墙、礁岩和悬崖峭壁之间。

周围一片寂静，大海熠熠闪光，但是孤零零的，非常单调，只有远处偶尔驶过几只航船。这禁止我工作，三十年来，我头一回同我的笔分手，走出一直同纸墨为伴的生活。这种停歇，我原以为很贫乏，其实对我来说极富成果。我注意看，仔细观察。一些陌生的声音在我身上醒来了。

我们离热那亚和在那里的好友相当远，唯一的社交圈子，就是一小群蜥蜴：它们在岩石上窜动，在阳光下嬉戏或睡觉，可爱而无害的动物，每当中午我们用餐，而码头又一片空寂的时候，它们活跃而优美的动作令我十分开心。它们起初见到我，显出一副担心的样子，但是还未过上一周，所有的蜥蜴，甚至最幼小的也认识我了，知道它们根本不必惧怕这个平静的幻想者。

有什么样的动物，就有什么样的人。我的蜥蜴生活简朴，有只苍蝇就是一顿丰盛的宴席，同海岸的“贫苦居民”的生活毫无二致。有不少居民煮草吃。然而，在光秃秃而干旱的山上，青草也不是随处都生长的。这地方物产的贫乏简直令人难以置信。我投身进来无怨无悔，同意大利的清贫协调一致，须知意大利是我的光荣的奶母，她抚养大了法兰西，给我的哺育超过了任何法国人。

奶母？她始终是奶母，虽然资源贫乏，自然贫乏，也尽量称职。我因健康关系，来到这个自然环境里，吃不下去食物，还能接受她的唯一我容忍的营养：新鲜空气和阳光。即使在本世纪最严寒的冬季，这里的太阳也经常允许居民一月份敞着窗户。

我在这海边过着蜥蜴似的安闲生活，全部心思都倾注在这个国度，考虑环绕地中海的亚平宁半岛和山脉这种表面的衰老。难道无药可医了吗？或者说，在树木逐渐被伐光的两侧，还能找见能重新孕育生命的泉水吗？这就是占据我全部心思的念头。我不再想自己的病痛，也不再考虑治好病。我忘掉了自己：病情就大大好转。从此以后，我要做的事，就是让亚平宁这个患病的巨人重现活力。有人逐渐向我说明，并没有到无望的境地，这里的河水没有消失，只是潜藏起来，只要发现水源，就能使植物重获生机，随后动物也会生息繁衍。我了解到这些情况，自身就感觉好多了，如饮甘泉，神清气爽，精神焕然一新。每发现一眼泉水，我也相应减少一分干渴，就觉得汩汩泉水流入我的心田。

意大利始终是富饶的。对我来说，她以其贫乏穷困而富饶。这里见不到动物，我感觉到了这一点。在橘树园绿荫的幽静中，我呼唤林中鸟儿。我第一次感到，人一旦没有了周围庞大的动物界，生活就变得严峻了，因为大量无害动物的活动、声音和嬉戏，就好比大自然的笑容。

我内心发生了巨大的变化，有朝一日我也许会记录下来。我在养病期间，又竭力回忆我于 1846 年在《人民》一书中所表达的思想，回忆这座上帝城：城中芸芸众生，普通的百姓，农民和工人，无知的人和文盲，野蛮人和原始人，以及孩子，甚至包括我们称为动物的另外那些孩子，虽然资格不同，但全是公民，都有权利，都在国民盛宴席上有座位。“我要抗议，只要还落下一个人，上帝城拒绝接收，不按照他的权利给予庇护，我就停在门口，绝不会进去。”

因此，当时在我看来，整个自然史是政治的一个分支。各种生物凭着卑微的权利，都要前来叩门，被请求接纳到民主的怀抱中。高等弟兄为什么要把其他弟兄拒绝在法律之外呢？它们也是由宇宙之父协调在世界法则中的呀！

这就是我的洗心革面，这种迟来的“新生命”，逐渐引我走向自然科学。在我的命运中，意大利始终占有很大分量，成为我洗心革面的地点和时机，一如三十年前，她（通过维科[1]）给了我历史的第一点火花。

亲爱而慈善的奶母！只因和她一同受穷受苦，和她一同幻想了片刻，她就赠给我无价之宝，价值超过所有钻石。究竟什么呢？就是精神的一种契合，最隐秘的思想富有成果的一种交流，在大自然的观念中家庭式的一种完美的和谐。

我们是从两条路进入的：我是通过对上帝城的热爱，通过团结所有动物而使上帝城达到齐全的努力；而她则通过宗教思想，通过子女对上帝生育之爱。

从这时候起，我们每天晚上就能把盛宴摆成一席。

我已经说过，这部作品在前进的路上，是如何不知不觉由我们小小的帮手丰富起来的。这些帮手差不多总在向它口授。

巴黎的鲜花所准备的，我们在南特的鸟儿做了。我在本书末尾谈到的夜莺来唱终曲。

在我们真的返回法国时，尤其在这里面对大洋，各种各样的印象就汇聚起来，融合在一起了。在拉埃夫岬角的老榆树下，这种启示功德圆满了。海岸的鸥鸟、林中的小鸟儿，讲什么都能听得明白了。所有这些事儿都在我们内心回响，

---

1 维科（Giambattista Vico，1668—1774）：十八世纪意大利哲学家。他在重要著作《新科学》中提出历史循环论，人类社会要经历由生成逐渐走向毁灭的阶段。《新科学》对后来许多哲学家、历史学家产生很大影响，维科也被认为是人类科学的先驱，欧洲文化历史上的重要人物之一。

全都像我们的心声。

灯塔、三四百尺高的悬崖峭壁，从那么高处观望塞纳河宽阔的入海口、卡尔瓦多斯省和大西洋，这便是我们散步的寻常目的和休息点。在大多情况下，我们是沿着一条小路上去；幽深的小路绿荫遮蔽，十分凉爽，也特别昏暗，走到头豁然开朗，只见一大片阳光。有时，我们也攀登巨大的梯级，从壁脚到崖顶，梯级分三段，每段有一百多尺高，一路在光天化日之下，没有什么意外，始终对着大海。登石级不可能一口气上去，到第二段要喘口气，在一座纪念碑脚下坐几分钟。那座碑呈金字塔形，是法兰西的一个伟大战士的遗孀为纪念丈夫而建造的，意图警示海员，使他们免遭海难。

这道绝壁风化得厉害，每年冬季都要剥落一些。不是海水侵蚀，而是大雨冲刷的结果。雨水冲掉的岩层，当初裸露而嶙峋怪状，表明曾经历过坍塌。然而，富有怜悯而慈悲的大自然，绝不容许毁坏下去，很快给岩壁披上外衣，赐予绿茵、杂草、荆棘、小灌木。这些草木长在崖壁，逐渐形成一片片小绿洲，好似一处处盆景，悬在高崖绝壁上，以其青春来安慰裸岩的凄凉。

就这样，美丽、罕见的崇高，在这里拥抱在一起。高山受暴风的冲击，向您讲述大地的史诗，她的艰难而悲惨的历史，并且显露她的骨骼为证。不过，这些偶然出生的小孩子，在她干旱的斜坡上发芽，证明她还有繁殖力，残骸是一个新肌体的因素，任何死亡都是一次新生。

因此，这些废墟从来没有使我们产生忧伤的情绪。我们主动谈起命运、天意、死亡和新生。我由于年龄和工作的劳累，有权死去了，而她由于童年的考验和早熟的智慧，额头已垂下了，然而，我们还是感到心潮汹涌，感到受爱戴的大自然母亲焕发青春的气息。

我们由她生育出来，彼此相隔遥远，如今又在她身上相聚，我们真希望固定生存的这一珍贵时刻，“在岁月的岛上抛下锚”。我们就借助这部温情、博爱并接受任何生命的作品，舍此还怎么能做得更好呢?

她不断地提醒我们，并以容易、欢快和感人的方式，演绎地域的灵魂和孤寂的声音，以便增加我的个体爱的情感。

具体表现之一，我开始听见鸟儿唱得少而说得多，如燕子就在议论好天气、捕猎、珍贵的或普通的食物，以及下次的行期，总之无事不谈。十月份我在南特倾听过，六月份在都灵倾听过。它们九月份在拉埃夫的谈话，听得更加清晰。我们能流畅地翻译出来，它们温柔活泼，带着青春和愉快的心情，既不喧闹也不乱蹦乱跳，完全符合极为自由和明智的一种鸟那种幸运的平衡，似乎怀着感激之情，承认得到上帝赐予的一大份儿幸福。

然而，唉！我们向大自然进行的这场丧失理智的战争，甚至连燕子也未能幸免。我们连鸟儿都要消灭，而鸟儿保护庄稼，是我们的卫士、好工人，它们追随耕犁，捉住将来的害虫，可是农民毫不在意，将害虫翻出来又埋进土里了。

一些重要而有益的种类灭绝了。大洋的第一批动物，大自然赋予血和奶的温和而敏感的动物（我指的是鲸类），究竟还剩下多少了呢？许多四足类动物从地球上消失了。还有许多种动物，虽然没有完全消失，但是在人的面前退化了；它们逃窜，变野了，丧失了天生的技艺，又回到野性的状态。亚里士多德就曾指出鹭又灵敏又谨慎，而现在（至少在欧洲）却成了孤僻的动物，既狭隘又麻木。美洲狸在平静孤独的生活中，变成了建筑师、工程师，现在也泄气了，在大地上连洞穴都不打了，野兔那么和善、美丽，皮毛独特，特别敏捷，听觉异常敏锐，它们很快就要消失了，少量幸存下来的也变得愚蠢了，不过，这种可怜的动物还很驯顺，可以训练，如果得法，能教给野兔违反它天性的事情，甚至需要勇敢的事情。

这些思想，别的人写过，而且表达得更好，我们都记在心中，这是我们的营养，我们习惯了的梦想，即这两年在布列塔尼，在意大利孕育的梦想。还要我说，这些思想在此地变成一本书吗？变成一颗鲜活的果实吗？在拉埃夫，它是在它热烈的构思中向我们显形的，而这正是上帝让动物结成联盟的原始的构思，是宇宙之母让她孩子缔结友爱协约的构思。

生活在最高处，对人最温和、最友善的飞禽类，如今也正是人最残忍追捕的对象。

如何保护呢？揭示鸟儿就像揭示灵魂一样，指出一只鸟儿也是一个人。

因此，鸟儿，独一无二的鸟儿，就是这本书的全部。当然，鸟儿要通过命运的千变万化，逐渐适应大地的各种条件、飞禽生活的各种使命。演变相当奇妙，虽然不了解演变的系统，但是心同它的对象一致，哪怕种类外形多么不同，哪怕死亡仿佛打断了线索，心也绝不会停止跳动。在这本书中，死亡又严酷又残忍，在生命正旺时突然降临，但不过是一时的变故，生命还照样延续。

死亡的因素，为害的种类，人由于从中看出自己的形象而赞扬备至，在本书中则等而下之，重新放到应得的位置。它们在鸟类的两种技能：做巢和唱歌方面，都是最粗鄙的。它们是不幸过渡的可悲工具，在本书中出现，就像大自然在万不得已派出的盲目使者。

然而，生命的睿智，在生命头一点火花中的技艺，只是体现在最小的身上。最小的鸟儿不华美，羽毛短小而暗淡无光，但是，它们身上开始的技艺，在一定程度上超过了人的领域。当然，远远比不上夜莺，到现在，我们还未能强调夜莺，也未聆听它的美妙歌声。

因此，在这里鹰被赶下宝座，夜莺即位了。鸟儿随着逐渐发育，精神也飞升，但是顶峰和极点，自然不在于人很容易超越的暴力，而在于人未达到的技艺、勇气和憧憬的能力；这种能力有时托载鸟儿超越这个世界，到达外面的世界。

天公地道，的确公正，因为正义是有远见的和富有温情的！毫无疑问，这本书有许多弱点，但是在温情和信念上却很强。它是一体、一贯和忠实的。什么也不能使它偏离。它爱鼓翅飞翔，超越死亡及其虚假的分离，穿越生命及其掩饰统一的面具，从一个巢飞向另一个巢，从一只蛋飞向另一只蛋，从爱飞向上帝的爱。

1855 年于勒阿弗尔

第一卷

一

卵

我们的祖先无知而机灵，具有明智的本能，讲过这样的预言："一切来自卵，这是世界的摇篮。"

同一来源，但是命运的差异主要取决于母亲。母亲的行动，预测，爱得多一点或少一点，多做一点或少做一点。母亲越像样，子女越上进。生命的每一进阶取决于母爱的程度。

鱼生活变幻不定，母亲能做什么呢？只能把卵托付给海洋。在昆虫界，母亲一般产卵后就死了，还能做什么呢？在死之前，为子女找一个安全可靠的地方，以便孵化和生活。

即使高级动物、四足动物，血液的温度似乎能扰乱母亲，母体本身长时间就是幼崽的窝和温暖的房子，就不需要其他护理了。幼崽产下来，一身皮毛就完全像母亲，还有现成的奶吃。在许多种类，母亲对幼崽的教育，就像在孕育时那样无需费心。

鸟儿的命运则不同，它若没有爱就会死掉。

爱？从大洋直到星辰，凡是母亲都爱。但我指的是照料，无微不至的关爱，由母爱魅力的温暖包围。

即使如您所见，卵有这个石灰质壳保护，但是对空气的侵害也十分敏感，哪一点受了凉，就能危害未来鸟儿的一个肢体。因此，孵化是慢功夫，要特别经心，自愿趴在窝里。而这要忍受极大的痛苦！一块石头，那么长时间贴在心口儿，贴在肉上，往往贴在鲜肉上！

鸟雏出壳，但身上光秃秃的。然而，四足动物幼崽儿，一生下来就有皮毛，就能爬行走路；幼鸟（尤其高级种类）则无毛羽，仰身躺着一动不动。母鸟不仅要孵化，还要小心揉搓，给幼鸟取暖。马驹儿一生下来就会吃奶，能完全喂养自己；小鸟儿只能等母鸟觅食，选择并准备食物。母亲离不开，一离开就由父亲替代：这是名副其实的家庭，忠于爱，这也是伦理的第一道亮光。

我这里绝口不提延伸的教育，那是非常专门又非常危险的，即教飞行。也绝口不谈教唱歌，这在艺术家鸟类那里是很难的。四足动物生下来，很快就会它要学的事；有的一生下来就会跑，即使跌个跟头。想想看，毫无危险地跌在草地上，同飞上天空能是一码事儿吗？

○ ● ○

将一只鸟蛋拿在手中。这种椭圆形最容易理解，最美观，外界攻击也无处着手，给人的印象是一个完整的小世界，完美和谐，无需增加什么，也无需减少什么。无机物就不大可能呈现这样完美的形状。我感到在这毫无生气的表象下，存在着生命的一种高度秘密，存在着上帝完成的作品。

它是何物，从里边会出来什么呢？我不得而知，而鸟儿却一清二楚。这只鸟儿张开翅膀，拥抱这只蛋，用体温孵化。在此之前，它自由自在，是天空的王后，任意翱翔；现在却突然囚禁了，趴着不动，守着这个石头一般、还没有显露什么的缄默之物。

不要说什么盲目的本能。下面通过事实就会明白，这种明智的本能要随环境而改变，换句话说，这种初级的理智同人的高级理智，在性质上差异多么小啊。

是的，这位母亲，通过爱的敏感和洞察力，就本能地知道，本能地会看。这厚厚的石灰质蛋壳，您粗糙的手摸上去什么也感觉不出来，而这位母亲触觉灵敏，能觉出有个神秘的生命在里面孕育成长。正是由这种触觉的支持，她才能忍受孵化的劳苦、长期的囚禁。她看到小生命娇弱而可爱，披着她童年那样的绒毛，还在希望中预见到将来的情景：孩子长得又壮实又大胆，张开翅膀，注视着太阳，顶着暴风雨飞翔。

不要着急，要充分利用这些时日，从容地观赏母亲幻梦的这种可爱形象：她通过第二次产育来完成这个还未显形的爱的对象，这个渴念中的陌生孩子。

这景象多美好，而且更为崇高。我们人类要谦虚。在我们这里，母亲喜爱的是在她怀抱里蠕动的，她能触碰，能搂住确切占有的；她喜爱对她的动作有反应的活动而可靠的实体。可是，这位母亲喜爱的却是未来和未知；她的心孤寂地跳动，还得不到一点回应，但她的爱并不因此而稍减，还照样献身，忍受痛苦，为自己的梦想和信念而受苦，直到死亡。

○●○

强大有效的信念。她造成一个世界，或许是最令人惊奇的世界。不要对我说太阳，说星球的基本化学。一只蜂鸟蛋同银河一样奇妙。

要知道，您认为难以觉察的这个小不点儿，就是一整片大洋，是奶的海洋，上面漂浮着处于胚胎状态的天空骄子。它漂浮着，不必担心沉没；极其纤细的韧带吊着它悬浮，遇到撞击也安然无恙。它在这温暖的场所轻轻地游泳，如同将来它在空中飞行。森严壁垒，十分安全，在富有营养的居所中处于完美的状态！要比任何种类的哺乳高明多少倍！

同样，它在神仙般的睡眠中，也感到了母亲及其极富吸引力的温暖，也开始梦想了。它的梦想就是运动，模仿并适应母亲：它的头一个举动，隐秘的爱的举动，就是要像自己的母亲。

“你不知道是爱把它改变成自己所爱的吗？”

它一旦相像了，就要走向母亲，倾身过去，更加靠近蛋壳，这样一来，它同母亲只有一壁之隔了。于是，母亲开始倾听，有时还真高兴，已经听见它的第一声啁啾。它不大老实待着，胆子越来越大，下了决心。它有了喙，就要利用，又敲打又撞击，捣开它牢房的墙壁。它有了足，也借上力……劳作就这样开始了……它的酬劳就是解放：它进入自由状态。

讲讲欣喜、激动、极度不安，母亲的各种关爱，这不是我们在这里想做的：刚才我们已经说过教育的种种难题。

鸟儿只有通过时间和温情才能成为真正的鸟儿。鸟儿会飞行，就很优越了，所受的照顾就更加优越得多。它孵化出来之前有个家，通过母亲来存活。这个最自由的生灵，由母亲和放任的父亲哺育，称得上爱的宠儿。

○ ● ○

如果要赞赏大自然的生殖力、强大的创造活力、迷人的（在一定意义上骇人的）繁丰，即同一创造，却引出数百万相反的奇迹，那就瞧瞧这只蛋吧，别看它同别的一模一样，从中却产出无数飞遍世界的鸟群。

大自然从混沌一体中，倾泻喷发出你们称作鸟的这些生翅膀的火焰，它们显示热情和生命、色彩和歌声的红艳，如同散乱得出奇的无数光线。这种惊人的多样性，呈巨大的扇形，不断从上帝灼热的手中逃逸出来，全都光彩夺目，全都歌唱，让我沐浴在和谐中，光明中……我眼花缭乱，只好垂下目光。

上天旋律优美的火花，难道你们达不到吗？……对于你们，无所谓高度，也无所谓距离；高空、深渊，完全是一体的。什么高云，什么深水，你们到达不了呢？大地非常辽阔，有高山、深谷和海洋，不管有多么大，也是属于你们的。我听见你们在赤道，像阳光一样火热。我还听见你们在永恒沉寂的极地，那里生命停止了，最后一点地衣也不见了；熊也远远望一望，咕哝着走开了，而你们，你们还留在那里，在那里生活，在那里爱，你们证明上帝的存在，你们温暖着死亡。在这片荒凉的大地上，你们令人感动的爱，为人类所谓的“野蛮大自然”辩白。

二

极地——鱼鸟

想象力，这位为人做了大部分好事和坏事的大仙女，以上百种方式戏改人的本性。凡是超过人的力量或伤害人的感觉的东西，凡是世界和谐所必需的东西，人就力图从中看出恶意而进行诅咒。一位作者写了一本书，否定阿尔卑斯山；一位诗人疯狂地将恶的宝座放在这些有益的冰山上，殊不知这些冰山是欧洲的水库，往河流里注水，使欧洲物产丰富。还有人更丧失理智，诅咒极地的冰，否认地球的出色布局，否认构成大洋生命的往复潮流的雄伟平衡。他们在宇宙之母无比平和的有节奏的运动中，见到的是战争、仇恨和大自然的恶毒。

这就是人的梦想。动物们绝不同意这种敌视和恐惧，反之，它们受双重魅力的吸引，每年结成数不清的队伍，向两极迁徙。

鸟类、鱼类、大鲸等，每年聚到南极四周的海洋和岛屿上。那里的海棒极了，非常有利于繁殖，充斥着初始的生命（植虫状态），生机勃勃，充满明胶水、受精的卵、大量的胚胎。

对这些无害的，但到处遭受追捕的群体来说，两极同样是爱与和平的幸福大约会。大鲸，这可怜的鱼，其实它同我们一样，也有香甜的奶和热血，这不幸的流放者不久就可能消失，到极地去避难，为神圣的产崽儿和哺乳寻个喘息的时间。任何种类也比不上鲸类，鲸类特别温和，特别友爱，对幼崽儿也特别体贴。人真是又无知又残忍！海牛、海象，和人多么相近，人类捕杀起来怎么毫无忌惮呢？

古老海洋的巨人大鲸，这种动物温和的程度，同矮小的人的野蛮程度恰成正比，但比起人来还有这样的长处：能完成大自然要求的工作，消灭繁殖力惊人的物种，又不至于给它们造成痛苦。须鲸既无牙齿，也无锯齿，毫无施刑的工具，而世上那些毁灭者却拥有大量的这样的手段。那些生物猛然被吸进这口活动的熔炉里，迷失而昏迷过去，立时经受大化学的转化。北极圈海域的居民——鲸类、鱼类和鸟类所吃的生物，大多还没有器官，无法感到疼痛。鉴于这种情况，这些族类就是有无害的特性，这令我们无限感动，引起我们极大的好感，也可以说极大的羡慕。这个世界真是三倍幸运，三倍祝福，因为生命自我弥补而无需死亡，而且总体来说脱离了痛苦，在这富有营养的水中，总能找到奶的海洋，不需要残暴的行为，这个世界还伏在大自然的乳房上！

这些荒僻的地方一片沉寂，在人到达之前居住着两栖类。它们要对付这地域的两个暴君——熊和蓝狐，在它们善良的奶母大海始终敞开的怀里，很容易就能找到避难所。

海员在这里登岸，碰到的唯一麻烦，就是要从友善而好奇来围观的海豹群中打开一条路。南极的企鹅、北极的企鹅，性情平和，步履更为健捷，但是往往伫立不动。这种企鹅身上的绒毛纤细，无比柔和，可以提供鹅绒，它们不难让人靠近并握手。

在我们的航海者看来，这些新动物的身姿是有趣的误会造成的。从远处望见布满企鹅的岛屿，看它们站立的姿势、黑白两色的长衫，还以为那是一帮穿着白罩衫的孩子。它们僵直的小胳膊（勉强称作这些刚转化的鸟的翅膀）、在陆地上笨拙的憨态，以及行路的蹒跚步履，显然更适于在海洋里游泳，海洋是它们自然而正当的场所。可以说，它们是野心勃勃的鱼，是头一批解放的儿子，转化为鸟类的候选者，而且，它们的鳍已经成功地转化为有鳞的小翅膀。这种转变没有完全成功：它们仍然还是灵活的鱼，作为鸟类却笨拙而无力。

再说，它们宽宽的脚紧接着躯干，脖颈很短，扁扁的脑袋连着圆筒状的身子，那样子倒像它们的邻居海豹的亲属，不过它们没有那种聪明，但至少有那种善良的本性。

大自然的这些长子，古老时代演变的知情者，在海豹看来，简直是无法理解的怪物。它们眼神温柔，但是颇似大洋的洋面，有点黯淡无光，它们似乎从幽深的远古，凝望人——地球这个最小的儿子。

在好望角附近的一个荒岛上，勒瓦扬就看见大量的两栖类。这个可怜的丹麦航海家，本来是北极人，偶然到了南极，不料死在那里，在那荒岛留下坟冢，在他和祖国之间隔了整个地球的厚度。许许多多海豹和企鹅陪伴他：海豹趴在那里，而企鹅则站立着，庄严地守卫着坟墓；那不断的哀怨声，回应着大洋的哀怨之声，仿佛是死者的哀怨。

好望角是过冬的地方。企鹅来到非洲这块温暖的迁徙地，身穿衬有肥膘儿的结实的好皮衣，能抵挡饥饿和寒冷。春天一旦回归，就有一个秘密的声音告诉它们，解冻犹如暴风骤雨，劈开并融化了尖利晶莹的冻块，极地令人欢欣鼓舞的海洋敞开了，呼唤它们。那是它们的家园、它们的摇篮，是它们缱绻相爱的天堂。它们急不可待，冲进大海，快速游去，穿越五六百古里，途中也不歇息，有时只是在浮冰上停一停。它们到达了，一切就绪。三十天的夏季给了它们幸福的时光。

艰苦的幸福。远远离开唯一喂养它们的大海，寻求一种幽深寂静的幸福。爱和孵化的时间是忍饥挨饿和惴惴不安的时间。它们的天敌蓝狐一直追逐到荒野。然而，团结就是力量。母亲全聚在一起孵蛋，父亲兵团在周围守护，随时准备拼命。小家伙一旦孵化出来，大家就排成紧密的队列，一直护送到大海……小家伙一投进海中，就平安无事啦！

阴沉的天气！然而，看到大自然一视同仁，如此令人感动地装饰人的家、鸟儿爱和献身的家，谁能不爱那种气候呢？大自然赋予北极一种精神的美，这是南极所缺乏的：太阳照耀着，但不是赤道的太阳，要温和得多，是灵魂的太阳。这里的任何生灵，都因气候和险境的严峻而精神升华了。

北极绝非美的世界，但是最终努力，还是发掘出了美。这种奇迹来自母亲的内心。拉普兰[1]那地方只有一种艺术，只

1　拉普兰（Lapland）：斯堪的纳维亚半岛北部地区。

有一种艺术品：摇篮。一位到过那里游览的夫人说道：

> 这种物品很可爱，小巧玲珑，就像一只美丽的小鞋，周围镶有薄薄的白兔皮，绒毛比天鹅的羽毛还柔软。顶篷软绵绵、暖乎乎的，完全遮护了孩子的头；顶篷四周吊着彩珠链、铜链或银链，丁零响个不停，逗得拉普兰孩子咯咯直笑。

母爱多么美妙！正因为母爱，最粗鲁的女人也变得体贴，变得心灵手巧了……而且，雌性动物很英勇。长着绒毛的鸟儿绒鸭，就扯下自身的绒毛，给雏鸭铺上盖好，那真是极为感人的情景。即使雏鸭让人偷走，雌鸭还照样继续这种自残的行为，直到浑身绒毛扯光，只剩下血肉之躯了，公鸭就替代它，也同样扯光自身的绒毛。因此，雏鸭是以父母为衣的，以父母的身体、献身精神和痛苦为衣的。蒙泰涅为了纪念父亲，爱穿一件父亲穿过的大衣，他谈起那件大衣时说了一句感人的话，正是可怜的鸟窝令我想起来："我浑身裹着我父亲。"

三

翅膀

翅膀！翅膀！为了飞行，
　飞越深谷，飞越高山！
翅膀也安抚我的心，
　曙光就是心的摇篮！

乘清晨紫色的霞光，
　翅膀盘旋，俯视海洋！
翅膀啊超然于生命！
　翅膀啊越过了死亡！

吕克特[1]

这是整个大地、整个世界和生命的呼叫，这是动物和植物所有物种，以千百种不同的语言发出的呼叫，这声音甚至发自石头和无机界："翅膀！我们要长翅膀，要活动和飞翔！"

1　吕克特（Friedrich Rückert，1788—1866）：德国诗人。

是的，完全处于惰性状态的物体，也无不贪婪地冲向化学变化，以便进入宇宙生命的潮流，长出活动和发育的翅膀。

是的，植物虽然固定在根上，却向有翅膀的存在物倾诉内中的爱，并且以风、水流、昆虫为载体，以便体验外界的生活，具有大自然拒绝给它们的飞行能力。

我们怀着怜悯的情感，观看二趾树懒、三趾树懒这些半成品动物，正是人的哀怨而痛苦的形象，它们每走一步都要哼一声“懒”或“迟缓”，我们给它们的这种称呼，倒是应该留给我们自己。如果缓慢是指对活动的渴望，是指要行走，要向前进和行动的始终落空的努力，那么，真正的“迟缓者”正是人。人有从大地一点转移到另一点的功能，近来又发明了协助这种功能的巧妙工具，尽管如此，人并未减少对大地的依赖性，还照样受万有引力的摆布，紧紧粘在大地上。

在我看来，大地上恐怕只有一个族类，以其自由和迅疾的动作，可以无视或排除无力实现渴望的这种普遍的悲哀：可以说，这种动作只通过翅膀梢儿与大地相连了，而且往往无需动作，完全靠空气的托载，仅仅根据自己的需要和意愿掌握方向就行了。

便当的生活，卓越的生活！最普通的一只鸟会以什么目光，观望而蔑视最强大的、跑得最快的四足动物：老虎、狮子啊！鸟儿看见它们依附并固定在大地上，那种无能为力的样子，会发出多么鄙夷的微笑啊！老虎或者狮子，枉称兽中之王，只能徒然地吼叫震撼大地，而夜间的哀鸣则表明还受奴役，受束缚，同我们所有人一样，还过着饥饿和万有引力同样强加给我们的低级生活。

噢！肚腹的命运！只能在大地上活动的命运！无情的重力提醒我们的每只脚，我们死后还要回到粗糙而沉重的归宿，它对我们说道："大地之子，你属于大地。你从她怀抱里出来片刻，还要长久地待在那里。"

不要同大自然争执，毫无疑问，这标志着我们所居住的是一个还很年轻、很野蛮的世界。在星系中，是一个试验和尝试的世界，是伟大启蒙的一个基础阶段。这个星球还是个童年星球。而你，不过是个孩子。你也要从这初等学校解放出来，要长出美丽而强劲的翅膀。你付出了汗水，在自由中升了一级，这也是理所应当的。

咱们做个试验。问一问还未孵化出来的鸟儿，它愿意成为什么，咱们给它选择：你愿成为人，分享艺术和劳作为我们造出的这个星球王国吗？

它肯定要回答："不。"不必计算我们购买这个王国，要付出多么巨大的努力、苦难、汗水和忧思，要过什么样的奴隶生活，它要说的只是：

> 我生来就是空间和光明的国王，为什么要放弃权位呢？而人最高的雄心、最大的幸福和自由的愿望，不就是梦想变成鸟儿，长出翅膀吗？

人在最美好的年龄，在最初的更为丰富的生活中，往往耽于青春的梦想，才有好运气忘记自己是人，是连接大地的重力的奴隶。于是，人飞起来，在空中盘旋，俯瞰整个世界，在阳光中游泳，体会到万物一览无余的无穷乐趣。而昨天，人还只能一件一件看到事物。从局部看是个谜，幽微难解，可是一旦统观整体，就豁然开朗啦！俯瞰世界，拥抱并热爱这个世界！这是多么神圣而高尚的梦想……不要把我唤醒，我求求您，永远也不要把我唤醒……咦，怎么回事儿！已经天亮了，这么喧闹，又开始干活了。沉重的铁锤声、刺耳的钟声、铜钟的音响，凡此种种，把我从高高宝座拉下来，猛推下去；我的翅膀融化了。沉重的大地，我重又跌到地上；我憋着气，弯着腰，重又扶犁耕地。

上世纪末，人产生了大胆的念头，不用舵也不用桨，不用掌握方向的工具，就能乘风飞上天空，当时宣布人研究了大自然，战胜了地球引力，终于长出了翅膀。然而，可悲的事件残酷地驳斥了这种雄心壮志。有人研究翅膀，力图模仿，草率地仿效根本不能模仿的力学。我们恐惧地看到，一个要成为鸟儿的可怜人，装备了巨大的翅膀，从百尺高的柱子上冲下来，手脚乱动，结果摔得粉碎。

可悲而致命的机器，虽然复杂而有力，却远远比不上鸟儿的出色臂膀（远胜过人的臂膀），远远比不上在剧烈运动中相互协调的这种肌肉系统。人的翅膀张开而笨拙，尤其缺乏联结臂膀和胸脯的强有力肌肉，不能像隼那样，猛鼓翅膀，便疾飞犹如闪电。在这方面，工具基本取决于动力，桨基本取决于桨手，而两者正因为完美地结成一体，雨燕、军舰鸟每小时能飞行 80 古里，比我们最快的火车要快上五六倍，超过了飓风，也只有闪电可以相媲美。

而我们那些可怜的模仿者，果真模仿了翅膀吗，恐怕根本不是那么回事：仅仅照搬形状，而不管内在结构；以为鸟儿在飞行中只有上升的力量，却不知道由大自然藏在它羽毛和骨骼中辅助的秘密。神秘，奇迹，就是由大自然赋予的这种特性：鸟可以调整气囊，根据容纳空气的多少，身体就能变轻变重。若想变轻，就让体积膨胀，体重因而就相对减轻了，鸟儿身体一旦不如周围的物质重了，就自然上升了。若想下降或者跌落，就排除使身体膨胀的空气，体积重新缩小，变窄，因而变重了，按照意愿加重。正是这一点出了差错，造成人致命的无知。人只懂得鸟儿是一只船，却不知道它也是个气球。人仅仅仿造翅膀，但是，如不配以这种内在的力量，模仿再像的翅膀，也无非是送命的可靠手段。

然而，吸入或排除空气，在随意变化的压载下游弋，这种特性，这种快捷的机制，又取决于什么呢？取决于一种独一无二的、闻所未闻的强大呼吸。人同时吸进那么多空气，首先就可能窒息。鸟的肺既强大又有弹性，带有空气的印记，能加力充满空气，陶醉其中，将空气大量倾注到骨骼和细胞中。呼吸，一秒秒加速，疾如迅雷。血液，不断由新鲜空气赋予活力，就有用不完的力量输送给每块肌肉：这种强力唯独鸟类具备，任何别的动物都没有。

安泰[1]接触母亲大地，能吸取力量，这一笨重的形象，多么微弱地、粗略地反映了这种现实的思想。鸟儿无需寻找空气，以便接触和更新；空气去寻找鸟儿，大量涌入它体内，不断地重新点燃它生命的火热的中心。

显示奇迹的是这一点，而不是翅膀。假如你们有大兀鹰的翅膀，随大兀鹰冲下安第斯山脉顶峰及其冰川，一分钟就穿越地球的各种气温、各种气候，吸进的空气量大得惊人，有灼热的、冰凉的，不管什么，飞落到秘鲁灼人的海岸！……你们到达时就会毙命。

在这方面，最小的鸟儿也会令最强大的四足动物羞愧。将一头锁住的狮子放在气球上（如图斯奈勒所讲），它那低沉的吼声就会消失在空间。而小小的云雀则不然，声音和呼吸都强而有力，它拖着歌声飞向云天，失去踪影还能听见。云雀的歌既快活又轻盈，毫不费力，仿佛一个无形的精灵要用欢乐安慰大地。

力量就是快乐。最快乐的动物是鸟儿，因为鸟儿感到在行动中游刃有余，由天的气息托举浮载着畅游，就像做梦似的，毫不费力地飞升。无限的力量、无与伦比的能力，在下方的动物身上无所表现，在鸟儿身上却极为鲜明：可以随意在母亲的家园里吸取力量，畅快地吸入生机，这真同神仙一样快活！

1　安泰：希腊神话中的巨人，海神和地神的儿子。他在格斗时，只要脚不离地，就能吸取力量。

每个生灵不是因为骄傲，也不是大逆不道，都有一种极其自然的倾向，愿意像伟大的母亲，要变成她的模样，分享永恒的爱神用以遮护世界的不疲倦的翅膀。

人类的传统就固定在这上面。人不愿意做人，而要做天使，做长有翅膀的神。波斯的那些长翅膀的精灵造出犹地亚[1]的天使。希腊给自己的普绪刻[2]，给灵魂安上翅膀，并找到灵魂的真正名字：憧憬。灵魂保留了翅膀，一拍打翅膀就进入黑暗的中世纪，憧憬也越来越多。从人的天性最深处，从热衷的预言逃逸出来的这种愿望，越来越明确而强烈了，人说："啊！我若是鸟儿该有多好啊！"女人毫无疑问，确信孩子能变成天使。

女人在梦中看见孩子就是天使的模样。

梦境或现实！……长翅膀的梦想、夜的狂喜，这些果真存在过的话，早晨我们会哭得多么伤心！如果真有其事该有多好！如果失去便引起我们伤心的东西，我们一点也没有丧失该有多好！如果我们汇聚在一起，投入永世的飞行，从一个星球到另一个星球，沿着一条美好的朝圣之路，穿越无边无际的善……那该有多好啊！

人们有时相信这一点。有情况向我们表明，这些梦想不是梦想，而是真实世界的瞬间，是透过人间浓雾所隐约看见的光亮，是确能实现的希望；反之，所谓的真实，倒可能是一场噩梦。

1　犹地亚：在希腊罗马时期，巴勒斯坦的南方省。

2　普绪刻：希腊神话中人类灵魂的化身，以少女形象出现。

四

翅膀初试

再怎么不识字、无知而麻木不仁的人，一旦走进我国自然博物馆的展厅，无不怦然心动，产生一种敬意，几乎可以说产生一种恐惧。

据我们所知，任何别国的展品，都未能制造出这样的效果。

有些博物馆，如莱德博物馆的出色展品，在某一类上无疑更为丰富，但不见得更完全、更和谐。这种宏大的和谐，让人本能地感觉出来，它有一种气势，能抓住人。若不经意的旅行者、偶然进入的参观者，意外被吸引住了，则不禁停下脚步思索。面对这个大谜团，第一次摆在面前的这本大天书，如果能读懂一个词，拼出一个字母，那该多么高兴啊！民众看到某种奇特的形体，又吃惊又焦虑不安，有多少回向我们问个究竟！一句话就能点明，稍微指点一下，他们就会满心欢喜。他们高高兴兴地走了，决定还来参观。反之，穿过这展品的海洋，觉得既陌生又看不懂的那些人，离开时疲惫不堪而又情绪低落。

让我们发愿：一种十分开明的、在科学上位处极高的管理，返回博物馆的最初建构，培养出“讲解型的看守”，只接受那些能够理解，有时还能说明的人员来监管这座宝库。

我们冒昧表示的另一个愿望，就是在著名博物学家的身边，应摆上勇敢的航海家、百折不回的旅行家的肖像，正是他们无数次冒着生命危险，勤奋劳作，经过艰难险阻，才给我们带回来这些珍宝。如果说他们展现了自身的价值，那么也许他们更加展现了为我们夺来珍宝的那些人的英雄主义、高尚心灵的价值。这只可爱的蜂鸟，长了翅膀的蓝宝石，您会看作一件微不足道的饰品，夫人，不过您可知道，这是一位名叫阿扎拉的人，一个名叫莱松的人，从布满死亡的莽林中给您带回来吗？您欣赏皮毛的这只斑斓猛虎，您可知晓为了把它安放在这里，那个英勇顽强的人勒瓦扬必须深入莽林，寻找它，迎面遇见，开枪击中它的脑门儿吗？这些杰出的旅行家，酷爱大自然，他们往往缺乏财力，也没有救助，就追踪大自然深入荒原，直到大自然神秘的隐居之所观察窥探，尽管忍受饥渴，熬着难以想象的疲倦，从来不发怨言，每每有所发现就满怀爱和感激，自认为得到太多的报偿，付出这种代价丝毫也不后悔，哪怕是拉彼鲁兹[1]或者蒙戈－帕克[2]之死，哪怕死于海难，死在野蛮人那里。

1　拉彼鲁兹（La Pérouse，1741—1788）：法国航海家，伯爵，受法国国王委派做发现之旅。他航行到亚洲，抵达堪察加半岛，以及许多岛屿，如日本、朝鲜、菲律宾等地。他的船“星盘号”驶往南半球时遇海难。

2　蒙戈－帕克（Mungo-Park，1771—1806）：英格兰探险家，尼日尔河发现者。

但愿他们回到这里，重新生活在我们中间！如果说他们为欧洲效劳，远离欧洲孤独地度过一生，那么也应该把他们的肖像摆在感激的人群中间，简短介绍他们幸运的发现，他们经受的磨难和他们舍生忘死的勇气。年轻人看到这些英雄，不止一个会深受感动，还要回来神游，心向往之，要去效仿他们。

这地方就体现出了双重的伟大。一些英雄送来这些宝物，一些名人接收过来，分门别类，布置得井井有条，须知这些名人既有地位，又有才能，一切都朝他们汇聚而来，他们有能力操作，将这里变成大自然的汇总。

上世纪，一场科学的大运动集中到一位天才——德·布封伯爵的周围，他从身份地位、周围亲近的人和家庭财富来说，是个重要人物，因此，来自学者、旅行家、国王的所有馈赠，都送到他面前，由他在博物馆整理归类。如今，一种更为壮观的景象，在这里锁住世界各国激动的目光：两位巨人（不限于两个人，而是两种方法），居维叶和若弗鲁瓦在这里展开搏斗。[1] 所有人都对此产生了兴趣，不是赞同这一个，就是拥护另一个，纷纷给自然博物馆提供赞成或者反对的证据，诸如图书、动物或者不为人知的事实。这样一来，可能

1 居维叶（Guvier，1769—1832）：法国动物学家，创建了比较解剖学和古生物学。他相信物种是不变的，同进化论者，法国博物学家若弗鲁瓦（Geoffroy，1772—1844）发生分歧。二人在自然博物馆共事过，合作发表五种著作。他们的研究成果都为进化论的学说提供了重要证据。

被视为死物的这些收藏品就活跃起来，由这些有远见卓识的人赋予活力：他们招来所有这些生物见证他们硕果累累的辩论，而且时至今日，这些收藏物还因这场搏斗而震颤。

这不是一种偶然的存放。这是一些非常有连贯性的系列，由思想深刻的学者系统地编制排列出来的。物种在各门类中间形成十分奇特的过渡，在这自然博物馆里都有丰富的展示。林奈[1]和拉马克所论述的，在这里比在哪里都看得更加清楚：随着我们的博物馆收藏品越来越丰富，越来越齐全，留下的空白也越来越少，人们就会承认，大自然无论做什么，都不是突如其来，而是用不知不觉的渐进方式。无论在哪里，我们以为看到大自然的作品中有跳跃，有空白，有突然而不协调的过渡，那我们只能怪自己。这种空缺，正是我们的无知。

在庄严的过渡时期，我们停留片刻：在这种时期，生命似乎还游移不决，大自然仿佛还举棋不定，还在摸索自己的意愿。生命体在心里发问："我要成为鱼还是哺乳动物呢？"它在犹豫，依然还是热血鱼；这就是海牛、海豹等温顺的族类。"我要成为鸟还是四足动物呢？"生命攸关的问题，困惑而犹豫，长时间变换方式的搏斗。各种曲折突变都讲述了，各种解决问题的办法，由奇特的动物天真地提出来，并且实施了，例如只长出鸟喙的鸭嘴兽，又如可怜的蝙蝠，在家庭窝里无害而温和的动物，只因体型模棱两可而显得丑陋，招

---

1 林奈（Linné，1707—1778）：瑞典博物学家，动、植物命名的双名法的创立者。重要著作有《自然体系》（1735）、《植物属性》（1737）、《植物种志》（1753）。

来厄运。人们在蝙蝠身上看到，大自然寻觅翅膀，找到的还只是长了绒毛的薄膜，十分难过，不过这个薄膜已经有了翅膀的功能：

我是鸟儿，瞧我的翅膀。

然而，长了翅膀不等于就是鸟儿。

您走到博物馆的中央，在大时钟附近，往左就能瞧见南极企鹅翅膀的雏形，还能瞧见它兄弟北极企鹅的翅膀要发达一点儿。带鳞片的小翅膀，羽毛闪闪发亮，让人联想起鱼而不是鸟儿。在陆地上是个残疾：对企鹅来说，陆地难行，上天不可能。也不要觉得它们太可怜了。具有远见卓识的母亲，要让子女生活在两极的海域（那里不怎么需要行走），同时还给子女仔细穿上衬着脂肪的厚皮衣，罩上不透水的皮袍。母亲希望子女在冰天雪地中身体保持温暖。除此还有什么更好的办法呢？她们似乎也犹豫过，摸索过。人们可以惊奇地看到，在南极企鹅旁边，还有另一种类型的试验品，同样鲜明地体现了母亲的谨慎：这是一只非常珍稀的冠企鹅，我在别的博物馆中都没有见到，它披着一身四足动物那种粗糙的皮毛，就同山羊毛皮差不多，不过在它活着的时候，也许更为鲜亮，肯定是不透水的。

要把不会飞的鸟儿放在一起，还应当将沙漠之舟拉过来：鸵鸟，从肌体结构来看，同骆驼类似。雏形的翅膀虽然不能带动鸵鸟飞离地面，但至少大大有助于行走，能保证极快的速度，这成为鸵鸟穿越干旱的非洲大漠的风帆。

话题回到南极企鹅，它是这一族类的真正起点，那雏形翅膀根本起不了风帆的作用，也无助于行走，仅仅是一种标志，犹如大自然的一个回忆。

有两个怪异的形象第一次试飞，要离开地面，艰难地飞起来。在我们看来，这两个形象既可笑又自命不凡。企鹅则不然，它是诚实而单纯的动物，显然它从来没有要飞起来的野心。可是，这两个却要争取自由，似乎要寻求运动的装饰或美观。鸵鸟近乎决意要摆脱自己的生活条件，它长出俏丽的冠毛，但也突出了它形体的丑陋。难看的海鸭，就像漫画式的鹦鹉的漫画，大喙极似鹦鹉，但是长得很粗糙，既不锋利也无力量；它没有尾巴，身体不平稳，被大脑袋的重量带动，总要往前倾。然而，它不怕跌跤，还试着起来了。它在离开地面不高处盘旋，倒挺像样，也许引起企鹅和海豹的羡慕。有时，它还冒险下海，倒霉的游船，稍遇风浪就沉没。

不过，也不能否认，毕竟有进展。有些种类的鸟进化更加成功。就像䴙䴘[1]，种类繁多，它们兼有飞行和游泳两种功能：有的翅膀发育完善，飞行果敢而沉稳，能做长途旅行；有的则像企鹅那样，还披着闪亮的绒毛，在大海上游玩嬉戏，呼吸同完美的鱼类一样，仅仅缺少了鳍；它们或飞或游，成为空间和海水的主人。

1　䴙䴘：水鸟，形状略像鸭，但略小，翼短小，不善飞，常浮在水面，有时潜水捕食小鱼、昆虫。

五

翅膀的胜利——军舰鸟

我们不必列举所有的中间种类，现在马上就谈谈我望见高入云天的白鸟儿。这种鸟儿到处可见，在水上，陆地上，浪涛不断覆盖并退去的礁岩上；这种鸟儿为人熟知，大家都爱看，它们特别贪吃，号称海上小雕。我指的是数不胜数的大海鸥和小海鸥，哪处海岸都回响着它们的叫声。找找看，还有更自由的生灵吗？白天还是黑夜，南方还是北方，大海还是沙滩，活的还是死的猎物，对它们全是一个样。它们什么都能利用上，到哪儿都是家，随意张开白色的帆，就从浪涛飞上天；新起的风，不管怎么转来变去，对它们总是顺风，送它们到要去的地方。

长了翅膀会飞的生灵，除了来自空气，来自大海，还能来自何处？我一无所知：看它们黯淡而冷冷的灰色眼睛（在我们的博物馆中根本没有仿制），就以为见到了灰蒙蒙的海洋，北极冷漠的大海，严寒而毫无个性。我说什么？这大海更好激动，常有电光磷火，骚动得很厉害。海洋这个老父亲挺阴的，好动怒，苍白的脸颊里面，往往转着许多念头。它的儿子们，那些大海鸥，似乎没有它那种兽性。它们飞翔，死气沉沉的眼睛寻找死的猎物，像家庭聚餐一样，加速了海洋为它们漂浮的巨大尸体的清除。一点也谈不上惨不忍睹，它们用自己的嬉戏、频频出现的白翅膀来愉悦航海者，向航海者谈论遥远的陆地、驶离或者要见到的海岸，以及惜别的朋友。它们也宣告和预报风暴要来临，从而为航海者效劳。它们张开风帆，往往是建议航海者收拢风帆。

因为，不要设想风暴来临时，它们肯收拢翅膀。恰恰相反，它们出发了。风暴是它们的收获：大海越是汹涌澎湃，鱼越难躲避这些无所畏惧的渔夫。海潮由西北风推送，穿越大西洋，到达比斯开湾时浪涛层叠，突兀高耸，发出惊天动地的轰鸣，但是大海鸥不为所动，仍在从容地劳作。德·卡特法日先生说：

> 我望见它们在空中划出无数条弧线，扎进浪涛之间，叼着一条鱼重新出现。它们顺风时更快，停留在水面上则慢得多，但总是那么自由自在地盘旋，就像好天气那样，并未显出多扇一下翅膀。然而，浪涛却爬上堤坡，犹如倒流的瀑布，高似巴黎圣母院的平顶，浪峰要高过蒙马特尔高地。可是，大海鸥毫不惊慌，仍然那么悠闲自在。

人却没有它们那种哲学。天色一晚，黑夜突然降临到海面上，水手们就惊慌失措，他们瞧见一个小小的不祥之物，一只可怖的黑鸟围着航船飞旋。“黑”一词并不确切，黑色更为快活一些：真正的色调是一种烟褐色，无法描摹。地狱的阴影，抑或噩梦在水面行走，在波浪之间徜徉，将风暴踏在脚下。这只海燕（或者海鲂）引起海员的恐惧，看上去就像一个活的厄运。它是从哪儿来的？距哪块陆地都十分遥远，它怎么可能在这里出现？它要干什么？如果不是寻找沉船，那它又来寻觅什么？它急不可待地飞旋，已经选定它的同谋，残忍恶毒的大海要提供给它的尸体。

这便是恐惧引起的幻象。不那么胆怯的人，就可能把可怜的鸟儿看作另一只遭遇危难的船，一个不慎远离海岸、同样遇险而无处躲避的航海者。对它来说，这艘船就是一个岛屿，正好可以落脚。航船劈风斩浪，这唯一的航迹，就已经是个避难所，是抗疲劳的一种救护。它凭借灵活的飞行，不断地把航船当作为它阻挡风暴的堡垒。它胆小而近视，只有当风暴刮昏了海天，才有可能见到它。它同我们相似，也畏惧风暴，也心惊胆战，不愿意葬身大海，像你们水手一样说道："我死了，孩子可怎么办？"

然而，黑暗逐渐消失，天光重又出现，我望见一个小小的蓝点。那是祥和宁静的区域，在风暴之上保持了安静。一只小鸟张着巨大的翅膀，款款飞行在那万尺高空的一点蓝天中。是大海鸥吗？不对，翅膀是黑色的。是鹰吗？不对，那鸟很小。

那是小海鹰，有翅膀族类的第一号，从不收帆的大胆航海者，海上风暴的王子，所有危险的静观者：军鸟，或者军舰鸟。

我们从无羽翼的鸟类开始，达到了这个系列的终点。这是躯体完全化为翅膀的鸟儿，躯体不复存在了，跟鸡身差不多，而翅膀大得出奇，展开足有十四尺。飞行的大课题已经解决，甚而超越了，因为，飞行似乎不必要了。这样一只鸟儿，有这样的依托，自然而然就浮起来，只需随气流飘转就行了。一旦起风暴，它就飞上静谧的高空。关于鸟儿的诗歌隐喻无不虚假，独独没有暗示这种鸟儿的形象：一点不差，它睡在风暴上。

它若是认真飞行，那么多远的距离都不在话下。它在塞内加尔吃午饭，可以到美洲用晚餐。

它若想多用点时间，在途中游玩也可以，夜晚能无限期地继续旅行，有把握安歇……安歇在什么上呢？在它纹丝不动的大翅膀上，它只需展开翅膀，浮在单独承受旅途劳顿的空气上，浮在殷勤摇它入睡的它的仆从——风上。

应当指出，这种奇异的生灵还有一种优势：在这世上无所畏惧。个头儿虽小，却很强健；它坚韧不拔，敢于直面空气的所有暴君，必要的话，也可以鄙视白尾海雕和大兀鹰：这两类沉重的大鸟还费劲地拍打翅膀的时候，它早已飞出十古里了。

啊！这正是令我们艳羡的：我们在热带仰望火辣辣的蓝天，看见一只孤零零的黑鸟，在九霄云外，因极高远而几乎隐约难辨，独自飞渡天空的荒漠。顶多在低空一点儿，偶尔能见一只鹲[1]：优美轻盈的白帆船。

1　鹲：热带的一种海鸟。

空气之王，空间的主人，你不知疲倦，无所畏惧，飞行快得不耗时间，你怎么没有用翅膀驮着我呢？你摆脱了生灵的低下命运，谁能比得上呢？

然而，有一件事却令我诧异：如果就近观察就会发现，鸟类王国的这位第一号，毫无自由生活所应有的安详。它的眼神非常冷酷、敏锐，闪忽不定又显示不安。它那焦虑不安的神态，好似一个不幸的瞭望海员，必须守望无边无际的大海，稍有疏忽就被处死。显而易见，这种鸟要极目远望。如果它丧失了视力，那么，判决就在它黑色面孔上：它受大自然的判决，必死无疑。

仔细观察就会看到，它没有足，至少足很短，而且有蹼。它的喙大得出奇，却没有真正海鹰的那种利爪。假海鹰，在胆量和飞行上又胜过真的，然而没有真海鹰那种力量，那种战无不胜的利爪。真海鹰一冲击，就置猎物于死地；而假海鹰，它能捕捉吗？

这就是为什么，它的生活毫无保障，全靠机遇，过的主要是海盗的生活，而不是海员的日子。它面孔上总显露持久的疑问："我能吃上晚饭吗？今天晚上，我能有什么给孩子们吃呢？"

军舰鸟那巨大而华美的羽翼，到了陆地就变成一种危险、一个障碍。它必须借助风力和高地势：一个突出点或一块岩石，才能飞起来。在平展的沙滩、沙洲，或者它常停留的矮礁上，它一旦受到袭击，就没有防卫力量了，它再怎么搏击也是徒然，只要挨一棍子就完蛋了。

它那巨大而非凡的翅膀，却不适于贴近海面飞翔，一旦被海水打湿就变得沉重，就可能沉下去。那样一来，鸟儿就倒霉啦！它就成了鱼的口中食，本打算以水族类果腹，反而被水族类吃掉：猎物吞食猎手，捕捉者反被捕捉。

那又如何是好呢？它的食物在水中，总得靠近水面，回到水边，不断擦着威胁要吞没它的可恶而丰富的大海飞行。

由此看来，这种鸟儿有长翼，全身武器，在视力、飞行、胆量方面，比所有的鸟儿都优越，可是它终日过着战战兢兢、朝不保夕的生活。它若不是凭着诀窍，找个供食者夺取其食物，那就非饿死不可。它的手段，唉！未免卑劣，就是攻击一只笨重胆怯的鸟儿，捕鱼高手鲣鸟。比起来，军舰鸟个头儿并不大，但它却追击，用喙鸽鲣鸟的脖子，逼使它把鱼吐出来。袭击的整个过程都发生在空中：军舰鸟在鱼坠落之前，中途就截住了。

如果这一招不灵了，军舰鸟敢于攻击人，一名旅客说道：

> 我们在阿森松岛下船的时候，就遭受军舰鸟的攻击。有一只鸟要从人手中将鱼夺走。还有一些围着煮肉的大锅飞旋，要将肉叼走，根本不在乎周围的水手。

唐比埃[1]见过老弱病残的军舰鸟，栖于仿佛是它们的残废

1　唐比埃（William Dampier，1652—1715）：英国航海家，著名海盗。

军人院的礁岩上，它们从仆从身上抽税，以小鲣鸟捕的鱼充饥。然而，它们健壮的时候，是不大落地的，过着浮云的生活，舒展着大翅膀，不断地从一个世界飘到另一个世界，等待时机，无情的目光穿透无际的天空、无涯的大海。

鸟类的第一号是不停落者。航行者的第一号是不抵达者。大地、大海几乎同样是禁区。那是永世的流放者。

我们什么也不要羡慕。这个世界，任何生存都不是真正自由的，任何区域都不够广阔，任何飞行都不够高远，任何翅膀也不够搏击。最强大的翅膀便是一种奴役，还是需要心灵所期待、要求和盼望的翅膀：

翅膀啊超然于生命！

翅膀啊越过了死亡！

六

岸边——一些种类的退化

我在忧伤的日子，多次观察更为忧伤的一个生灵，可以说那是忧郁的象征：沼泽的梦幻者，静观的鸟儿，一年四季都独对灰色的水泽，仿佛将它单调的思绪，连同它的形象投入镜中。

它那端庄的黑色羽冠、珍珠色的外套，一副近乎王者的哀伤神态，同它瘦骨嶙峋的身躯形成鲜明的对照。可怜的鸟儿，在飞行中仅仅显露两只翅膀；不必飞多么高，那身躯就隐没不见了。鹭的确是天空的动物，要支撑如此轻的身体，似乎多了一条腿，总是收拢起来一条；它那单腿独立的侧影，几乎总映在天空上，好似一种奇特难解的象形文字。

凡是博览过历史，研究过衰落的种族和王国的人，都要把这种鸟视为没落的一个形象。这是一个家道衰败的大贵族，一个失去权位的国王，除非我看走了眼。从大自然手中出来的生灵，谁也没有落到这样潦倒的境地。因此，我冒昧地探问这位梦幻者，从远处对它说的这番话，它那极敏锐的听觉一字不落地全收到了：

捕鱼的朋友，你能不能告诉我（不必离开位置），你总那么忧伤，为什么今天显得更忧伤呢？你没有捕捉到猎物吗？鱼太机灵，骗过你的眼睛吗？爱嘲笑的青蛙在水底向你挑衅吗？不是，无论鱼还是青蛙，都没有嘲笑鹭鸶。不过，鹭鸶一回想起从前是什么鸟儿，种类多么高贵，就不禁嘲笑自己，蔑视自己了。

你想了解我在幻想什么吗？问一问切罗基人、约维斯人的酋长[1]，为什么他撑着臂肘，用手托着脑袋，整天对着树，凝视树上根本就不存在的东西。

大地是我们的王国，在中期则是水鸟的王国：那时候，大地还年轻，刚从水里露出来。那是搏斗、竞争的时期，但是物质极为丰富。那时候，没有一只鹭的生活发生问题。不用等待，也不用追捕；猎物主动追逐猎手，从四面八方呼叫而至。数百万无法确定种类的动物，如鸟蟾蜍、飞鱼等，打乱了两个种类划分得不清的界线。你们这些最晚出世的弱者，赶上那时候该怎么办呢？鸟类为你们清除了大地。那时要大举进攻河泥产生的巨怪，天空之子鸟类也长成巨型的身躯。如果说你们忘恩负义，在历史中没有描述这一切，那么，上帝的大历史则叙述了，大历史将战败者和胜利者，被我们消灭的巨兽和摧毁它们的巨鸟，统统存放在深深的地下。

你们虚假的幻想弄出一个赫拉克勒斯巨人来哄骗我

1　切罗基人、约维斯人都是北美洲的印第安人部落。

们。他那大拳头对付蛇颈龙又有什么用呢？谁会料到同这可怕的海中怪兽狭路相逢呢？必须能飞行，有强大而无畏的翅膀，能居高临下，冲击，飞起来，再冲下去，赫拉克勒斯巨鸟就是这样，那种鹰二十尺高，翼幅有五十尺，那是无情的猎手，三种场所的主宰，无论上天潜水，还是钻进深深的泥潭，一刻不停地追击恶龙。

如果人处于那种境地，有一百条命也葬送了。在我们看来，只有在平静的土地上，人才有可能生存。然而要知道，那种残酷的战争持续几千年，大大耗损了胜者，结果带翼的赫拉克勒斯也疲惫不堪，变成了柔弱的英仙星座，我们英勇时代苍白淡远的记忆，而对此谁会感到惊奇呢？

我们虽然雄心尚在，但是个头儿矮了，力量小了，甚至挨饿了，只因胜利而坏种类灭绝，生活场所分离而猎物深藏在水中，我们留在陆地，在森林和沼泽地反而被后来者追捕，其实没有我们，这些后来者是不会出世的。林中人很狡猾，又特别机灵，对我们的窝危害极大。他们在妨碍飞行和搏斗的繁枝密叶中，卑鄙地将手伸向我们的妻子儿女。一场新的战争，但是运气差多了，不像荷马所称的小人国同鹤群的那场战争。鹤聪明睿智，确有军事策略，怎奈它们的敌人使出千种可恶的手段，占了上风。时间对人有利，对大地和大自然也一样。地球变得越来越干燥，沼泽渐渐干涸，我们主宰的模糊不清的区域也随之消逝。长此以往，我们就会落到海狸那种命运。多少种类要灭绝，也许再过一百年，鹭就从世上绝迹了。

千真万确的历史。那些有决断的种类，就毅然离开陆地，毫无保留地到水中生活，如潜水鸟、鸬鹚、明智的鹈鹕和另外几种；除此之外，整个水禽族似乎在衰败。那些例外的种类，由于生活节制，终日惕厉，还能够维持。正是在这种日夜的忧思中，鹈鹕添了一个特殊的器官，喙下扩而成为一个活动的食囊：节省和谨饬有预见性的标志。

还有好几种类，例如天鹅，是灵活的候鸟，栖息的时日经常变化。不过，天鹅本身是不宜食用的，又因其美丽和优雅，受到人类的爱护，即便如此，今天也很少见了，而从前在意大利相当普通，维吉尔在诗中不断地提到。再难寻觅这些雪白的游船了，从前，正是它们用白帆覆盖明乔河水面、芒图的沼泽，正是它们在法厄同[1]的姊妹阴影下，哭泣法厄同，或者它们在卓越的飞行中，以和谐的歌声追逐星辰，赋予星辰以瓦鲁斯[2]的名字。

整个古代都谈论的这种歌，难道是一则寓言吗？公认的极为发达的歌唱器官，对天鹅本身难道一直是无用的吗？有人可能要这样认为。天鹅被赶往北方，它们的爱在北方找到了奥秘和休憩，便牺牲掉歌喉，声调变得粗野，或者干脆沉

---

1 法厄同：希腊神话中太阳神之子，他曾驾着父亲的四马金车出游，驶近地球，几乎把地球烧毁，被主神宙斯用雷击死。

2 瓦鲁斯（Varus，约前 46 一公元 9）：罗马将军。

默了。缪斯死了，鸟儿却幸存下来。

鹤善于交际，纪律严明，又足智多谋，按说就聪明而言，在这些族类中是佼佼者，应当繁衍兴旺，在各地保持旧时的领地。然而，鹤却丧失了两个王国，法兰西和英国：在法国只能望见过路的鹤，而在英国，现在鹤也难得去那里产卵了。

在亚里士多德的时代，鹭非常精明能干。古代动物全向鹭问天气如何，是晴天还是有暴风雨，就仿佛鹭是最可靠的气象预报。到了中世纪，鹭就退化了，不过仍保持俊美的姿色，能飞上天，还算是王子，封建老爷鸟儿。国王则把鹭视为王家猎物和御用猎鹰的目标。由于大量捕杀，到了弗朗索瓦一世统治时期，鸬鹚就变得稀少了：这位国王把鹭养在身边，在枫丹白露建起养鹭场。又过了两个世纪，布封还认为："差不多每个省都有养鹭场。"如今，图斯奈勒了解在法国仅有一处了，至少在北方的香槟地区，位于兰斯和埃佩尔奈之间，那里有一片树林，是可怜的孤独者还敢藏身相爱的最后避难所。

孤独者！这正是对鹭的判决。鹭不如鹤善交际，不如鹳随便，似乎变得跟同类，跟所爱的都生疏了。它们没有什么欲望，有了也很短暂，难得有一天脱离忧郁的状态。它们不大吝惜生命，被囚禁之后，往往拒绝吃食，不发怨声，也毫无遗憾地死去了。

水禽是阅历很深的生灵，大多审慎，熟谙水陆两地，它们在兴旺发达的时期，比许多别的族类都成熟，值得人类手下留情。每种都独具特点，有自己的价值。鹤的交往本能、特殊的模仿意识，显得可爱而有趣。鹈鹕的活跃和快乐的性情，天鹅的温柔及其依恋的能力，最后，还有鹳的和善，以及有许多见证的对年迈父母的孝顺，凡此种种，在水禽界和我们之间构成友善的关系，轻率的人类不应该野蛮地破坏掉。

七

美洲的养鹭场——威尔逊

鹭的衰退，在美洲不那么明显，也不那么受追猎。美洲荒僻的地区更广阔，鹭在珍贵的沼泽地区，还能找到幽暗的、几乎密不透风的森林。它们在黑暗的居地更合群，十对乃至十五对住在一起，或者离得很近。惨淡的水面上幽冥的高大雪松，令它们心安和欢愉。它们用粗枝在树顶建成一个宽敞的平台，再覆盖上细枝：这便是家居和相爱之所，可以安安静静地产卵，孵化，教小鹭飞行，培养小小的捕鱼能手。在这种僻远的地方，它们不必担心人会来骚扰；而且距大海不远，尤其是在加罗林群岛，在低洼的沼泽地带，黄热病猖獗的区域。某一片沼泽，从前是海湾或者河湾，水退后被遗忘的旧泥沼，有时宽一海里[1]，长五六海里。人口可不那么诱人：首先映入眼帘的是一根根挺立的枯树干，五六十尺高，枝桠全部脱落，直到顶端都光秃秃的，而枯干的顶尖掺杂着或者接近暗绿色，在水面上保持一种冥暗的阴森气氛。那是什么水啊！水中树叶和残骸在发酵，老树桩参差杂乱，全都是脏

1　1 海里等于 1.852 公里。

兮兮的黄色，水面则漂浮着冒气泡的绿苔。再往前走，看似实地，却是能把人陷进去的泥沼。每走一步都有一株月桂拦住去路，要想通过，就必须艰难地搏斗，对付月桂枝、杂木残骸：那月桂枝总是砍断而复发。周围一片昏暗，难得见到一点光亮。这种骇人的地段死一般的静寂，只能时而听见两三只小鸟的哀鸣，或者鹭的沙哑的叫声，此外就一片幽寂荒凉。不过，一旦起风，忧伤的鹭就在树端呻吟叹息了。一旦暴风雨袭来，这些光秃秃的高大雪松，这些高高的桅杆就摇晃起来，彼此撞击；整个森林呼啸，号叫，怒吼，听起来真像熊吼狼嗥，所有猛兽在吼叫。

因此，大约在 1805 年，安稳度日的鹭忽见一张稀罕的面孔，不能不感到惊讶：一个人深入沼泽地，来到它们的雪松下游荡。独此一人能去那里看望它们，那是一个有耐性的、不知疲倦的旅行家，既勇敢又平和，是鸟类的朋友、赞赏者，亚历山大·威尔逊。

这里的居民如果了解客人的来意，就绝不会惊慌，肯定要迎上前去，连声鸣叫，拍打翅膀，向他表示友好的敬意、热烈的欢迎了。

在人类成为前所未见的最大规模破坏者的那些可怕年代，苏格兰有一个性情平和的人，格拉斯哥的一名可怜的纺织工，他在潮湿而幽暗的居所里，梦想着大自然、无边无际的自由森林，尤其梦想鸟儿的生活。他干的是双腿残废者的活儿，终日坐在那里，因此，他特别向往飞行和光明。如果说他没有长出翅膀，那也是因为人世中最大的天赋，还只是梦想和憧憬另一个世界。毫无疑问，如今威尔逊完全解脱了，成为上帝鸟，飞行在不这么幽暗的星球上，具有大兀鹰的翅膀和隼的眼睛，能够更加从容地观望。

起初，他试图通过看介绍鸟的版画册来满足对鸟的兴趣。可是，那图像十分笨拙，形状显得可笑，运动却一点也没有表现出来；殊不知除了优美和运动，鸟儿还剩下什么呢？他没有坚持下去，而是做出一个决定，毅然离开一切，离开他的职业和国家。新型鲁宾逊，主动赴海难，漂流到美洲的荒凉地区，亲眼目睹，观察，描写，绘制。这时他想起一件事：他不会制图，不会绘画，也不会写作。然而，这个人意志坚强，很有耐性，什么事情也难不倒，他学会写得又好又快。他成为一个好作家，一个无比精确又心灵手巧的艺术家，在大自然母亲和老师的指导下，似乎主要不是学习而是回忆。

他这样武装了自己，便冲向蛮荒地区，冲入森林、有害健康的沼泽地，成为野牛的朋友，做熊的客人，吃野果，盖着灿烂的天幕睡觉。无论到哪儿，只要运气好，发现一只珍禽，他就留下来，野营为家。其实，有谁催促他呢？他没有呼唤他的家室，没有盼他回去的妻子儿女。他倒是有一个家庭，不过是他观察和描绘的大家庭。他也有朋友：对人还没有产生戒心的鸟儿，落到他停靠的树上，同他交谈。

鸟儿啊，你们做得对，眼前这位是你们的一个非常可靠的朋友，他还能为你们争取许多朋友，让别人理解你们，因为在思想和心灵上，他本身也曾是只鸟儿。有朝一日，哪个行客深入你们僻静的地方，瞧见你们当中的一个在飞翔，在阳光下闪闪发亮，也许会艳羡它的躯壳，可是忽又想起威尔逊。为什么杀害威尔逊的一个朋友呢？这个名字来到他的记忆中，他就会放下枪口了。

再说，我不明白，为什么要无止境地屠杀鸟儿，至少不明白为什么要屠杀在我们博物馆展出的，以及在威尔逊和奥杜邦描绘的博物馆展出的那些种类。奥杜邦是威尔逊的出色弟子，他的巨著是同大自然并肩的一场搏斗，书中描述了鸟族、鸟卵、鸟巢，以及森林、大自然风光。

这些伟大的观察家有一点与众不同。他们的感觉十分细腻，十分精确，不满足于任何大而化之的概括：他们仔细观察个体。我想，上帝并不知晓我们的分类：他创造某个生灵，并不在乎我们区分种类而臆想出来的线条。同样，威尔逊也不知道笼统意义的鸟儿，而是了解某个阶段、某种羽毛，生活在某种环境的某只鸟儿。他了解，见过，重复见过，他会告诉您那鸟儿做什么，吃什么，什么习性，总之，有什么奇遇，生活中有什么趣事。“我认识一只啄木鸟。我经常见到一位巴尔的摩居民。”他这样表述的时候，您尽可以相信，因为，他同它们保持一种友好的、几乎像一家人似的亲密关系。但愿上天保佑，我们也能认识我们谈到的这个人，正像他认识“某处”的鸟儿，或者加罗林群岛的鹭！

毫无疑问，也不难猜想，这个护鸟儿的人回到人中间的时候，找不到一个肯倾听他的人。他那独创性，闻所未闻的精确，他那“个性化”（恢复，重新创造活物的唯一方法）描述的独一无二的才智，恰恰是他获取成功的障碍。无论是书商还是公众，都只追求文雅、高尚而模糊的概括，全都信奉布封伯爵的这一告诫：概括，就是使之高雅，因此，就使用

“概括”这个词吧。

还需要时间，尤其需要这位丰产的天才死后又造出一个同样的天才，即精审的、耐心的奥杜邦。奥杜邦的巨著一鸣惊人，征服了公众。这著作表明，真实而生动地介绍个体，比起概括艺术的牵强作品来，更为高雅和宏伟。

善良的威尔逊的心香，在作品的美妙前言中显露出来，却不为人识，该有多么可惜。有人可能认为这种心香未免稚气，但是，怀有一颗天真之心的人，读了都会不由自主地受感动。

> 有一次我去拜访一位朋友，看见他那在城里长大的八九岁的小儿也来到乡下，刚跑到田野里采了一大束五颜六色的野花，兴冲冲地献给母亲，说道：“亲爱的妈妈，瞧我采来的花儿多美啊！……哈！还会有许多别的鲜花来到我们的树林里，而且更好看，我也可以采来！对不对，妈妈，我还能给您采来鲜花？”母亲接过花束，深情地微笑着，默默地欣赏大自然的这种简单而感人的美，对儿子说：“是的，孩子。”孩子鼓着幸福的翅膀走了。
>
> 我的心愿就体现在这孩子身上，而且惊人地相似。如果我的故乡以亲热宽容的态度，接受我恭敬奉献的标本，如果她表示渴望我再多奉献些，那么我的最大抱负就会得到满足。因为，正如我那小朋友讲的，我们的树林里到处都有；我可以采摘许多别的种类，而且更好看。
>
> （1808 年于费城）

八

战斗——热带地区

我们的亲戚中有一位妇人，住在路易斯安那州。她有个正在吃奶的孩子，可是每天夜晚，她的睡眠受到一种奇异的感觉所打扰：仿佛有个冰凉溜滑的东西吸了她的奶。有一次又是同样的感觉，不过她醒着；她跳下床，呼叫起来，下人闻声拿来灯亮，到处寻找，翻过床来发现可怕的乳婴：一条相当大的毒蛇。受此惊吓，她的奶水当时就断了。

勒瓦扬叙述在加普一次聚会的平静交谈中，女主人突然大惊失色，恐惧地叫了一声，两分钟就毙命了：一条蛇爬到她腿上，还是条毒蛇，咬了她。大家费了好大劲儿才将蛇打死。

在西印度群岛，我们的一名士兵拎起放在地上的背包时，发现背包后面有一条毒性极大的危险的黑蛇，他正要把它砍成两截，被一个好心的印第安人制止了。那印第安人讲了情，拿起蛇，被咬了一口，当时就死了。

这就是酷热气候中大自然的恐怖。不过，如今爬行动物已经稀少，不是最大的危害了。时时刻刻、无处不有的危害，却是昆虫了。昆虫无处不在，什么里面都有，而且采取各种方式接近人：行走、游泳、滑动、飞行。空气中就有，人喘气能吸进去；眼睛看不见，把人叮疼了才发现。不久前，在我们的一个港口，一名档案员打开从殖民地运来已久的纸箱。一只蝇子从箱里冲出来，追逐并叮了那人，结果那人两天就死了。

美洲那些海盗是最有抵抗力的人，他们也说他们最怕的危险和疼痛，就是被虫子叮咬。

虫子往往看不见也捉不到，却又无法抗拒，它们本身就是毁坏，想避也避不开。它们大批进犯的时候，用什么来抵御呢？有一回在巴巴多斯，有人见到一支大蚂蚁的浩浩荡荡的大军，不知受什么驱使，排着密集的队列向居民区挺进。要杀是杀不完的。根本无法阻止它们。幸而有人想到将火药撒在它们爬行的路上，点起大火。熊熊烈火将蚁群吓坏了，洪流才渐渐转向。

将中世纪使用的奇特武器，从武器库里全部搬出来，从外科手术的刀剪铺里，搬出数千种现代技艺的工具，也比不上热带昆虫天然的可怕武器，比不上它们的钳子、夹子、牙齿、锯齿、突角、穿孔器，比不上它们战斗的、致命和解剖的各种工具；它们用这些工具武装起来进行战争，不但极为灵敏、巧妙，而且极为猛烈地用来穿透，切割，撕裂，细细地分解。

多大的物体，也难抵御这种所向披靡的军团的力量。给它们一艘战舰，怎么说呢？给它们一座城市吞噬吧，它们也胜任愉快。久而久之，它们在卡拉卡附近的瓦朗斯城地下，掘出了深沟和墓穴，现在城市已经悬空了。这些饕餮族类，有几个不幸被带到拉罗舍尔，它们就开始吃那座城市，不止一座建筑物摇摇欲坠，里面已经掏空，只剩下外壳了。

一个人被昆虫缠上怎么办呢？真不敢设想。一个倒霉的家伙喝醉了，倒在一具腐尸旁边。正在分割死者的昆虫，绝分辨不出死者和生者；它们也占有生者，从躯体的每个孔道钻进去，充斥所有天生的空室。这个人就没救了，在剧烈的痉挛中毙命。

在炎热的地区腐烂特别快，任何尸体都是危险的，任何死亡都威胁生命，加速生命消失的这些可怕的昆虫能够无止境地繁衍。一个躯体刚接触大地，就被抓住，受到攻击，被分割而解体了，只剩下骨头。大自然因自身的繁殖力而处于危险境地，便呼唤它们，以炎热和大量蜜糖与有强烈味道的物质煽动刺激它们。大自然生出疯狂的猎手、永不餍足的饕餮。比起秃鹫来，老虎和狮子还算是温和的、有节制的野兽；可是，比起这种二十四小时就能吞掉三倍于自身重量食物的虫子，秃鹫又算什么呢？

古希腊看待大自然，就是驾着狮子车的高尚而冷淡的库柏勒[1]形象。而印度的湿婆则是生命和死亡之神，她总眨着眼睛，从不注视什么，因为她定睛一看，就会将所有生灵化为齑粉。在现实面前，人的想象力多么贫乏！比起生活以原子或以秒为单位，死亡，诞生，熊熊燃烧、闪闪发光的火热场

1　库柏勒：希腊神话中的众神之母。

所，人的虚构又算什么呢？谁能面对骇人的火花而不眩晕惊恐呢？

旅行家不敢进入可怕的森林，那种犹豫是理所当然的，因为在热带雨林中，大自然往往以迷人的形式，展开最激烈的战斗。游移不决是有道理的，只因知道在西班牙，城镇周围只要栽种一圈仙人掌林，上面很快就爬满蛇，那是最好的防御堡垒。热带雨林里始终能闻到一股强烈的麝香味，那是讨厌的气味，不祥的气味，表明您行走的地面完全是腐尸化成的尘埃；那是动物的遗骨的气味，是山猫、鳄鱼、秃鹫、蝰蛇和响尾蛇遗骨的气味。

别看原始森林生机勃勃，是大自然永远骚动而沸腾的熔炉，然而，那里的危险可能更大。

原始森林里到处一片黑暗，因为有厚厚的三层草木构成的拱顶覆盖：顶层是高大的树木，中间是交错盘结的藤条，下面则是三尺高的大叶杂草。有的地方，这类杂草深入到远古的湿泥地里，处于沉沉的黑夜，而上面一百尺高处，挺拔的树冠迎着烈日盛开硕大的鲜花。

在阳光能射进的林间空地，狭窄的缝隙中，终年糜沸喧腾，滋生着金龟子、蝶类、蜂鸟、活动的“宝石”。夜晚，那景象更加令人惊叹！夜晚便出现晶莹的仙境：数以兆亿计的萤火虫，不断地编织奇妙的图案，用光组成令人惊骇的幻影，用火表演不可思议的魔术。

除了这火灿灿的夜景，底层还咕涌着隐没的种类：凯门鳄和水蛇的肮脏世界。奇大无比的兰花，可谓热病的可爱女儿，腐臭空气的孩子；奇特的植物蝴蝶，垂悬在粗大的树干上，就好像要翩翩飞舞。在这致命而幽寂的地方，兰花自得其乐，沐浴在腐烂的疫气中，从死亡中汲取生机，以其闻所未闻的幻变的色彩，表达出大自然的陶醉。

您要自卫，千万不要退让，不要让您沉重的头受迷惑。站起来！站起来！危险以千百种形式包围了您。黄热症就在这些鲜花下面，也就是"vomito negro"[1]。您的脚下有爬行动物。您感到疲倦，如果不挺住，那么由无情的解剖能手组成的一支无声大军，就会掌握您，上百万把手术刀就将您全身的肌肉组织镂刻成美妙的花边，变成薄纱，变成一股气息，变成虚无。

保佑我们的上帝，用什么对付这贪吃生命的死亡深渊呢？另一个同样饥饿，同样贪吃生命的深渊，但是对人类却不那么无情。我看见鸟儿了，我这才松口气。

什么！是你们，活跃的鲜花，长翅膀的黄玉和蓝宝石，难道是你们保证我的安全？你们作为救星，奋力清除这种疯狂而过剩的繁殖，只有这种猛烈，才撞开危险仙境大门。没有你们，嫉妒的大自然就会独自进行神秘的发酵工作，多么胆大的造物也从未敢提出异议。在这里我算什么呢？如何自卫呢？能借助什么力量呢？就是古代的猛犸，如今的大象，被上百万致命的螯针刺中，也要必死无疑。什么敢对付那种

1　西班牙文，意为黄热症。

螯针呢？鹰行吗？大兀鹰行吗？不行。得需要更强大、更无畏的一个族类，即无法计数的一群群鶲鸟。

它们各色样的兄弟蜂鸟，在处处有危险的那种丰茂而僻静的地方，就安然无恙地生活，同毒性最大的昆虫为伍，栖于阴森可怖的草木上，而那些草木的阴影就能致人于死命。其中一种（带羽冠，浑身蓝绿色），生活在安的列斯群岛，鸟巢就吊在树上，而那种阴惨的芒齐涅拉树[1]十分骇人，同幽灵一样，看谁一眼就能把谁永世冻僵，能够吓跑所有的生灵。

奇迹！有一种鹦鹉却无所畏惧，专吃这种可怕树木的果实，外貌也长得越来越像，仿佛从树木的阴森绿色中，汲取了它们得意翅膀的金属般的光泽。

蜂鸟，这些长翅膀的火焰，生活十分火爆，十分紧张，不怕任何有毒的东西。它们的翅膀扇动的频率特别高，肉眼都看不出来颤动，仿佛静止不动，根本没有鼓动翅膀，仅仅持续不断发出呼呼声，直到它一低头，尖利的喙插入一朵花心，再插入另一朵花心，汲取汁液，叼出许多小虫。整个行动疾如闪电，无可比拟；那动作雷厉风行，急不可待，有时就像怒气发作，攻击什么呢？攻击一只它追逐而要置于死地的大鸟，攻击一个没有等它就要凋谢的不可饶恕的花朵。它猛烈进攻，歼灭花朵，将花瓣撕得四分五散。

众所周知，空气中的毒素，叶子逐渐吸收，花朵慢慢消

1　芒齐涅拉树生长在美洲，果实有毒。

化。这些鸟儿就以花朵为生。以这些沁人心脾的花朵的辛辣汁液为生，实际上就是以毒素为生。似乎因为汲取了这种酸性的汁液，蜂鸟叫声才那么尖厉，才总是骚动，总显得怒气冲冲。这种酸性汁液也许比阳光的作用更为直接，给蜂鸟染上奇异的光泽；羽毛和花朵有了这种光泽，更像钢铁、黄金和宝石了。

蜂鸟和人对比非常强烈。人在这种地方，不是死就是支撑不下去。欧洲人来到这些森林的边缘，试种可可或别的热带粮食作物，过不多久便命丧黄泉。人降到最靠近动物的大地之点，也正是鸟儿克敌制胜之点。鸟儿非凡的装饰，华丽而丰美，无愧于天堂鸟儿的称号。

这个长有羽翼的伟大族类，无论什么羽毛，无论什么颜色，也无论什么形状，都是吞噬昆虫的胜利者，猛烈捕捉爬行动物的猎手，它们飞遍整个大地，如同人类的先驱，为人类净化并准备居住之地。它们英勇无畏地在这死亡的大海里游泳，尖厉地嘶鸣聒噪，在可怖的疫气上飞旋，呼吸并藐视疫气。

在远古很长一段时间，低级族类肆虐，世界无法住人，而鸟类对低级种类进行的战斗，正是拯救人类的伟大事业。这种战斗在全球仍在继续，而四足动物，包括人类在内，只能算是偏师。这始终是长羽翼的赫拉克勒斯的战争。

全仗着这赫拉克勒斯，居住之地才安全可靠。在非洲南端好望角，鹭鹰就保护人，对付爬行类动物。鹭鹰样子温和平静，仿佛不急不躁，去完成艰巨而危险的搏斗。圭亚那的荒漠还没有人敢居住，大喙巨鹳在那里也同样卖力气。那里的沼泽地很危险，时而积水时而干涸，是变幻不定的海洋，在阳光照耀下，里面大量繁衍着还不为人所知的可怕怪物，但是也住着一种高级居民，英勇无畏的净化工，高尚的战斗鸟，身上还残留原始鸟类很可能用来同恶龙搏斗的盔甲的痕迹，头上长一根箭头，翅膀上也各有一根。鹭鹰用头上的箭头搜索，惊动敌人；另外两根箭头则护卫自身。蛇紧紧缠住鹭鹰，同时也让箭头刺中，缠得越紧刺得越深，从而毙命。

这种出色而勇敢的鸟，是远古世界的最后生物，作为这种被遗忘的搏斗的见证者生存下来，在泥地上生生死死、一无所有，原始的烂泥就是污浊的摇篮。我不知道是什么精神本能使鹭鹰保持高尚的形象。它们那洪亮而可骇的鸣叫声，在荒野上空回荡，向远处宣告高尚而自豪的净化者的庄严与英雄气概。它们的名字叫卡米齐，数量稀少，自成一个族类，下面并不分科目。

鹭鹰是孤独的，只有一份爱，完全蔑视它们赖以为生的混杂而肮脏的低级等类。毫无疑问，在这种战斗的生活中，情侣就是战友：它们相爱，同呼吸共命运，而且并肩战斗。这是塔西陀[1]所说的战斗的婚姻："同生死，共患难。"[2]鹭鹰一旦丧失温柔的伴侣，一旦丧失这种安慰和救援，就不肯延续生命，绝不苟活，一定要追随伴侣而去。

---

1 塔西陀（Publius Cornelius Tacitus，约 55—约 120）：古罗马历史学家。

2 原文为拉丁文。

九

净化

清晨，不是拂晓，而是太阳已经升到地平线，正是椰子树叶张开的时刻，栖在这棵树枝桠上的四五十只黑秃鹫（小秃鹫），也纷纷睁开红宝石似的美丽眼睛。白天的劳作在呼唤它们。在懒惰的非洲，上百座黑人村庄召唤它们。在昏昏欲睡的美洲，在巴拿马或加拉加斯南面，黑秃鹫作为快速的净化工，要赶在西班牙人起床之前，赶在烈日使尸体和腐烂物发酵之前，就打扫清理了城市。哪怕它们误了一天工，那么整个地区就会变成荒漠。

等到美洲进入夜晚，黑秃鹫干完了一天活儿，重又栖在椰子树上，而亚洲那边清真寺的塔尖则刚刚由曙光照白。那里的秃鹫、小嘴乌鸦、鹳、白鹮，也同它们的美洲兄弟一样准时，从它们的“阳台”出发，去干不同的活计：有些去田地消灭害虫和蛇；另一些落到亚历山大港或开罗的街道，急忙进行城市的清理工作。如果它们要稍许休点假，那么，瘟疫就会很快成为那地方的唯一居民。

在两个半球上，公共大扫除就是这样有规律地、完美而郑重地完成。如果说太阳准时来繁衍生命的话，那么大自然公认的清理工也同样准时，不让阳光瞧见刺眼的死亡景象。

它们这种职责如何重要，它们似乎并非不了解。您靠近前，它们并不逃走。它们的伙伴乌鸦，往往走在前边，为它们指明猎物，发出警报。您就瞧吧，立刻铺天盖地飞来一群秃鹫，不知从何而来，好像是自天而降。它们天性孤独，不通声气，大部分无声无息，可是却有上百只同赴盛宴，而且不受任何惊扰。它们之间不拼抢争斗，也根本不理睬行人。它们极为严肃认真，一丝不苟地完成职责：整个过程既得体又洁净，尸体不见了，只残留一张皮。一大堆尸骨，如果发酵腐烂，就会让人避之犹恐不及，可是不大工夫，经过处理就消失了，回到宇宙生命的纯净的潮流中。

怪事！它们越是为我们效劳，我们越觉得它们讨厌。我们不肯如实地对待它们，无视它们的真正角色，殊不知大自然把一切会侵害高级生命的东西，统统投入这造福于人类的活熔炉。为此目的，大自然将它们造就成一组出色的器官，能接收、销毁并改变物体，既不气馁厌倦，也不会满足。它们吃掉一匹死去的河马，还是饥肠辘辘。对于海鸥（海上秃鹫）来说，一条死鲸还算说得过去的一份食物。它们解剖鲸，使之消失，比捕鲸工人干得还漂亮。只要没吃完，它们就留下；朝它们射击，它们面对枪口无所畏惧，还要飞回来。什么也赶不走秃鹫。勒瓦扬曾击中一只秃鹫，那只秃鹫在河马尸体上受了致命伤，还在往下撕肉。它真的饥饿吗？根本不饿：从它胃里找出六斤食物来。

自动贪食，胜过凶残。它们固然是一副忧郁的苦相，但是大部分天生一种精美的女性装饰：脖颈上的白色细绒毛。

在它们面前，我们就仿佛见到死亡使者，不过代表的是平和而自然的死亡，而非凶杀。它们作为生物，态度认真而严肃，是无可指责的，实际上，与其说是清白无辜，不如说是功绩卓著。它们具有回收、控制和吸收一切的这种生命力，也就比任何动物更容易受外界的影响，主要是气象、温度，尤其是湿度的影响，可以说是名副其实的活晴雨表。清晨空气湿度大，它们的翅膀滞重，而在这种时刻，最弱小的猎物也能安然从它们面前经过。它们就是这样受制于外界的大自然。美洲的黑秃鹫也如此，正如我们说过的，它们整齐地栖在椰树枝上，严格按照树叶闭合的时分，不等天黑就睡觉，次日只等太阳高高升起，树叶重又睁开白色沉重的眼帘，它们才起床。

有益化学的这些出色因素，在许多我们到达不了的地方为我们工作，而正是这种有益的化学在世间维护和保持生命的平衡。人们能注意到它们在城市里的作用，但是谁也无法衡量它们在吹拂着死亡之风的荒漠中所做的贡献。在无法探测的森林、遥深的沼泽地，在红树及其果实的不洁的阴影下，两个世界的尸体在腐烂，而净化大军则协助并缩短波涛和昆虫的行动。这种神秘而陌生的劳作哪怕停止片刻，人世也要遭到不幸！

在美洲，法律保护这些公益之鸟。

埃及为它们做得更多：尊敬并且爱它们，虽然不像古代那样崇拜了，但是人们还像法老时代那样友好地接待它们。问问埃及农民，为什么他们任由鸟儿包围和聒噪，为什么容忍小嘴乌鸦落在牛角上，落在驼峰上，或者成群落在枣树上，眼看弄掉果实而毫无怨言呢？鸟儿可以为所欲为。它们是那个国度的元老，比金字塔资格还老。多亏了鸟儿，人才能在那里生存；如果没有白鹮、鹳、小嘴乌鸦和秃鹫坚持不懈的劳作，人就不可能在那里生存了。

因此，人对动物普遍有一种好感，对生命本能地产生一种温情，而在东方，生命比任何事物都有魅力。西方则有别的光辉的东西：美洲对土地和气候的钟爱同样值得称道。不过，亚洲的精神吸引力，就是协调一致的感觉：在这个世界上，人没有同大自然分离，还完全保持原初的联盟，动物不知道害怕人类。对此有人可能会发笑，然而应当知道，观察那种信赖关系十分感人：鸟儿听见呼叫声，成群飞来，甚至到手上啄食，而猴子拉家带口在塔顶上睡觉，嬉戏，给猴崽儿喂奶，就像在密林深处那样安全。

“在开罗，”一位游客讲道，“斑鸠感到完全受公众的保护，敢于生活在闹市中。我整天看见它们在我的窗板上咕咕叫，而那是一条很窄的街道，在喧闹的市场入口，还正值一年中最繁忙的时候，不久就要过斋月，城里尽是举办婚礼的人家，日夜鼓噪喧哗。宅邸的平顶一般是幽居的女眷及其女奴散步的场所，她们也受到一群群鸟儿的骚扰。鹰也都放心地栖在塔顶披檐上。”

征服者一向嘲笑对自然生灵的这种温情。波斯人、罗马人在埃及，我们欧洲人在印度，法国人在阿尔及利亚，经常凌辱和捕杀人类这些无辜的兄弟，古代的崇敬对象。一个冈比西斯[1]杀了圣牛，一个罗马人杀了白鹮或能消灭邪恶的爬行动物的猫。然而，那圣牛意味什么呢？意味那个地方的丰收。那么白鹮意味什么呢？意味卫生健康。如果消灭这些动物，那地方就再也住不得人了。在重重苦难中，拯救了印度和埃及，并使之保持丰产的，既不是尼罗河，也不是恒河，而是人的善良心肠、温情，对动物的尊敬。

赛斯的祭司对希腊人希罗多德[2]讲的一句话意味深长："你们永远是孩子。"

我们西方人，细腻而轻率的推理者，我们对事理，只要还不能抱着更加简单、更加理解的态度，那就永远是孩子。是孩子，看待生活就很片面。是成人，就能感到生活的和谐统一。孩子顽皮，轻视和打坏东西，他们的乐趣就是破坏。孩子科学也是同样道理，研究必然伴随着杀害，看到一件活的奇迹，首先就是将它肢解。我们在科学中，谁也没有尊重生命的这种温情，而我们尊重生命，就能得到大自然的回报，也就是向我们揭示它的秘密。

走进地下墓穴，用我们高傲的语言来说，那里面沉睡着一种野蛮迷信的粗鄙纪念物；参观印度和埃及的收藏品，每一步都能发现虽然天真，但不乏深刻的直觉本能，即把握生与死基本奥秘的本能。不要让形式欺骗您的目光，不要把这

---

1 指波斯国王冈比西斯二世（前 530 至前 522 年在位）：他于公元前 525 年征服埃及。

2 希罗多德（Hérodote，前 484—前 420）：希腊历史学家。

看作由司祭之手制造的一件人工作品。透过祭祀形式的奇特的繁复和笨重的专制，我处处能看到以人道而感人的方式产生的两种情感：

力图拯救所爱的人的灵魂，使之免遭灭顶之灾；

人和自然的深情的友爱，对神灵派来保护人的生命的使者，无言的动物，怀有宗教式的同情。

古代人本能地看到科学观察所阐明的事理：鸟儿是世界大轮回的净化使者，是物质转化的健康加速器。尤其在炎热地区，迟延就是危险，而鸟儿正是，如埃及人所说，鸟儿正是救护之舟，接收并将尸体运走，送回到生命的领域和纯洁事物的世界。

知恩图报而温柔的埃及灵魂，感觉到了这种恩惠。如果不能把造福者动物引入幸福境地，它宁肯不要这种幸福。它不愿意独自得救，而是竭力要把动物和它的永生结合起来，要让神圣的鸟儿在黑暗王国陪伴它，就好像让鸟儿驮着它飞走似的。

十

死亡——猛禽

我在最愁闷的时刻，为逃避时间的思索，就到大自然中找个藏身处，到了一家解剖模型的珍贵的博物馆，正是在那里，我头一回见到蝰蛇的头。那颗头复制得惟妙惟肖，扩大了许多倍，比得上虎头和美洲豹头，那可怕的形貌表现了一种更为可怕的事物。这台强大的死亡机器，以多么乖觉警惕，多么惊人的预见武装起来，可以说一览无余。它不仅长了许多尖利的牙齿，牙囊巧妙藏有能当即致命的毒液，而且牙齿极细而容易折断，但是又有也许任何动物都不具备的长处来弥补：不啻一个补牙店，咬折的牙齿，立刻在原地准确地补上。噢！为了毒杀费了多少心机！多么当心不让受害者逃脱！对这可怕的动物又倾注了多少爱啊！……我不禁义愤填膺，如果直说的话，灵魂都感到不舒服。我躲到大自然母亲身边，却受到如此残忍而不公正的母爱的惊吓。

我心中抑抑而去，这一天思想反而更加迷茫，是冬季最黑暗的一天。我作为儿子前往，出来时则成了孤儿，感到天主的概念在我心中削弱了。

在我们的陈列馆里看到无数种类的猛禽，也同样产生不堪忍受的印象，那些致命的鸟儿，是白天和黑夜的强盗，鸟类骇人的面具，甚至是白天也制造恐怖的幽灵。观察它们残忍的武器，就不免黯然神伤；我指的不是一下就能击毙猎物的可怕的喙，而是爪子，那些利爪，那些能抓住发抖的猎物、延长临终的惶恐和痛苦的残喘的可怕刑具。

噢！我们的地球是个野蛮的世界，我是说还年轻，是个雏形和初试的世界，处于残酷的奴役之下，有黑夜！饥饿！死亡！恐惧！……死亡，倒还可以接受：我们的灵魂抱有足够的信念和希望，能够接受死亡，把死亡看作一种过渡，一分憬悟，一扇通向美好世界的大门。然而，唉！难道痛苦就那么有用处，非得推而广之吗？……痛苦啊，我有感觉，我到处看得见，听得到……我不想听，要保持思路，就不得不塞住耳朵。我心灵的一切活动中止了，整个神经系统摧折了，再也不会做什么，再也不会向前进了。为怜悯所毁，从此我的生活就要枯燥，创作就会贫乏了！

然而，痛苦不正是一种警告，能教会我有预见性和未雨绸缪，教会我们以分解的方式保存自己吗？这所残忍的学校旨在唤醒，加强对一切有生命之物的谨慎态度，这是生灵本身的一种剧烈矛盾，而舍此，生灵就会飘浮在大自然中，削弱幸福和温馨欢乐之感。

可不可以说幸福有一种离心力，如果我们全身心投入进去，它就能使我们放松，支离而消散，回到要素中呢？痛苦则相反，在一点感受到，就会把一切拉向中心，收紧，确保生存，使之加强并延续下去。

在一定程度上，痛苦是世界的艺术家，它用无情刻刀的细尖塑造雕刻我们，去掉多余的生命。而剩下来的生命更完美更强大，正因为剔除累赘而更加丰实，从而赢得高级生命的天资。

这些隐忍的思想是别人提醒给我们的；那人本身也痛苦，观察透彻，经常看出（甚至在我之前）我的不安和疑虑。

她还说过：有什么个体，就有什么世界。大地本身也因痛苦而改善了。大自然通过这些死亡使者的激烈行动给大地加工。这些使者的种类越来越珍稀了，已成为地球远古状态的纪念物和见证：那时地球上低级生命繁衍，大自然则致力于清洗它过盛的繁殖。

当时大地必不可免地连续进行几次歼灭，我们可以乘思想之舟追溯这一过程。

首先，包围大地的空气不宜呼吸，植物出来拯救。覆盖大地的这些低级而杂乱的生物，又过分繁茂而壅塞，就由昆虫来啮噬，昆虫当时起保护作用，后来又遭受诅咒了。于是，蛙类和大批爬行动物又出世对付昆虫，毒蛇在剿灭昆虫方面作用很大。最后，高级生命，长了翅膀起飞了，但是也有阻遏它年轻繁殖力的过快增长的力量，那就是猛禽的剿灭军团，诸如鹰、雕和秃鹫。

不过，这些有益的歼灭者，随其必要性降低，数量也越来越少了。大量的小型爬行动物，主要受蝰蛇牙齿的捕杀，变得极为稀少了，蝰蛇也同样变得罕见了。由于人的摧残，或者小鸟儿赖以为生的一些昆虫的消失，飞禽猎物的世界也变得稀薄了，空中可恶的暴君也相应锐减，甚至在阿尔卑斯山区，也难得见到鹰了，而现在以天价购买雕，则表明最高贵的猛禽之首，如今几乎绝迹了。

大自然就这样衍变，趋向不那么暴烈的秩序。难道说死亡就能减少了吗？减少的不是死亡，而是痛苦。

世界渐渐落到最高主宰的统御下，唯有最高主宰掌握生与死的有益平衡，能节制死亡，以便维持物种之间的均衡，根据各物种有益还是无害来给予优待、简化、缓和并劝导（我贸然用这个字眼儿）死亡，使之速死而免遭痛苦。

对于死亡，我们从未严肃地提出质疑。死亡，难道不是生命转换的一副简单面具吗？不过，痛苦倒是一种严重的、残忍而可怕的异议。然而，痛苦要逐渐从大地上消失。痛苦的打手，以折磨手段夺取生命的残酷的刽子手，在这世上更加稀少了。

的确，我在博物馆看到夜行或昼出的凶险的猛禽系列，对这些族类的毁灭就不怎么遗憾了。我们出于自身的暴力本能，以及对力量的欣赏，无论怎样喜欢看这些飞行强盗，也不能无视它们致命的形貌所显示的低下的天性。它们的额头扁平得可悲，足以证明它们仗恃翅膀、鹰钩喙和利爪，就无需运用智慧了。它们天生的肌体飞行最快，力量也最大，也就废弃了灵巧、机谋和策略。至于说它们如何勇敢，它们遇到的总是弱小的敌手，这种勇敢又有什么机会施展呢？敌手？不对，是受害者。到了严寒季节，饥饿迫使小鸟儿迁徙，大多送到这些愚蠢的暴君的喙前；这些无辜的鸟儿，各个方面都胜过捕杀它们的猛禽，它们懂艺术，会唱歌，是灵巧的建筑师，却大量落入低俗的凶手的魔爪：夜莺成为老鹰、秃鹫的盘中餐。

扁平的额头就是这些凶手退化的标志。在最受夸耀、最受赞扬的猛禽身上，甚至在高贵的雕身上，我看到了这种标志。雕的确高贵，这个称号我倒不怎么反对，因为雕不同于鹰和其他刽子手，喜欢一下子击毙，不屑于折磨猎物。

这些贪婪的猛禽头极小，同许多可爱的种类，显然更有智慧的小鸟儿形成鲜明的对照。前者的头只显一个喙，而小鸟儿的头却有一张面孔。这些野蛮的庞然大物，怎么能和这只红喉雀相比：这只聪明的、完全通人性的小鸟儿，此刻就围着我飞旋，落到我肩上或纸上，看我写什么，凑近炉火取暖，或者飞到窗口，好奇地观望，看看春天是不是快回来了。

如果要在猛禽中挑选，我怎么说呢？鹰固然不错，我肯定也喜欢秃鹫。我在植物园里看到五只阿尔及利亚秃鹫，它们脖颈围着极细的白绒毛，身上披着华贵的灰色大衣，并排栖在横木上，犹如五位土耳其总督，在各种鸟儿中，个头儿显得无比高大，神态显得无比威严。那种庄严肃穆的样子，俨然流亡者，仿佛经历了风风雨雨和政治动荡，不得不离开自己的国家。

鹰和秃鹫实际上有什么差异呢？鹰特别喜爱鲜血和鲜肉，但是也完全可以等猎物死了再吃。秃鹫极少猎杀，直接服务于生命，将解体的及其相关的物体重新纳入为生命服务和生命大循环中。鹰基本以捕杀为生。秃鹫则相反，是生命的仆从。

不少好战的民族，像鹰一样靠杀戮为生，因为鹰的健美和力量而选择它为象征。波斯人、罗马人均如此。人们把鹰和这些大帝国所表达的宏图大志联系起来。一些严肃的人，如亚里士多德，竟然接受可笑的寓言：鹰望着太阳，还让雏鹰凝望太阳，以便考验它们！学者们一旦走这样的“正道”，就停不下来了。布封走得更远，他甚至颂扬鹰的“节制”！他说鹰并不把猎物全吃掉。实际的情况是，只要猎物比较大，鹰就在原地吃足，很少往家里搬运。布封还说，这位天空之王“不屑理睬小动物”。然而，观察的结果恰恰相反。普通的鹰尤其爱攻击最胆小的动物——兔子；花斑鹰爱攻击野鸭；短趾白雕爱吃田鼠和老鼠，而且十分贪婪，抓住猎物往往不鸽死就活着吞下去；白尾鹰或白尾海雕还好捕杀自己的幼崽，往往在幼崽能捕食之前就把它们猎杀了。

我在勒阿弗尔附近观察所谓鹰的王者之风，尤其是鹰的节制实际情况究竟如何。一只鹰在海上被人捉住，不过落到极好人家的手中，进入一家肉铺，不用搏斗就有大量的肉吃，看来它一点也不感到遗憾。福斯塔夫[1]式的鹰，它养肥了，不大想捕猎和辽阔的天空了。如果说它不再“凝望”太阳了，那是它在盯着厨房，为了得到一大块肉，就任凭孩子扯它的尾巴。

假如以力量排队的话，那么首位也不是鹰，而是在

1　福斯塔夫：莎士比亚剧本《亨利四世》和《温莎的风流娘儿们》中的人物。

《一千零一夜》中所称的岩石鸟儿，即大兀鹰，科迪勒拉山脉巨峰的巨鸟儿。那是最大的秃鹫，幸而也最稀少。那种秃鹫危害最大，它只喜欢吃活的猎物。它捕捉到一只大动物，就尽量吞食肉，撑得动弹不得，就会让人用棍棒打死。

为了准确地判断这个种类，就应当瞧一瞧鹰巢，那是在岩壁下面的低劣建筑：拿那种粗笨的建筑比一比，我还不是说比燕雀窝的那种美妙杰作，而是比昆虫的作品，例如蚁穴，灵巧的蚂蚁在构筑中技艺变化无穷，显示出富有预见和本领的特异的灵性。

只要看到（在威尔逊的作品中）一种小鸟儿，一种蜂鸟儿，鹟鸟儿或者紫椋鸟驱逐追赶大黑鹰的情景：骚扰，不让大黑鹰休息，要把它赶出自己地盘的情景，那么对大猛禽的勇猛的传统敬佩就大大减少了。那情景真是异乎寻常，只见那小英雄腾空而起壮大声势，以体重加冲力，垂直跌落在大盗的背上，骑在上面不放，不用蜂刺而用小喙鸽着驱逐它。

您不必远行到美洲，在巴黎的植物园就能看到，乌鸦和胡兀鹫形成奇特的对比，小鸟儿显然胜过大鸟儿，精神显然超过物质。乌鸦个头儿很小，是最小的猛禽，全身披着黑色羽毛，一副教师的样子，好像教它那被俘的粗暴的伙伴胡兀鹫（鹰鹫）文明一些。观赏乌鸦如何教它玩耍，可以说千方百计地教它通人性，减少它粗劣的天性，那场面十分有趣。尤其观众比较多的时候，乌鸦才爱表演。我觉得如果只有一个见证者，它就不屑于显示它的才能。它看重观众，必要时也不客气。我看见它将孩子投来的小石子叼起来抛回去。它强加给它那肥胖朋友的最出色游戏，就是它们俩各咬一端拉一根木棒。表面上看这是强与弱的搏斗，这种模拟的平等最适于缓和这个野蛮家伙的态度，它对此不以为然，但在对方坚持下还是退让了，终于带着野性的天真凑趣玩耍。

乌鸦毫不畏惧这个有战无不胜的利爪、一下便能击杀的铁钩喙的凶残相，确信自己智高一筹，敢于在这大块儿周围转悠，从它的喙下夺取猎物；待它发怒却为时已晚，它的老师更为灵活，那黑眼睛像钢铁一样闪闪发亮，先就看出对方的反应，一下子就跳开，必要时往上飞一两根树枝，再申斥对方。

这个滑稽的家伙衣装色调暗淡，神态肃穆庄严，开起玩笑来效果则更佳。我走在南特的大街上，每天都看见一条林荫路的入口处有一只乌鸦，它翅膀被修剪了，处于半囚禁状态，只能戏弄戏弄狗聊以自慰。如果是小狗它就放过去，那狡黠的目光一旦盯上一条大狗，足以显示它的勇敢了，才蹦蹦跳跳地跟上去。它行动十分机灵而隐蔽，瞅准机会猛然落到狗背上，用它那有力的黑喙狠狠鹐两下，狗就号叫着跑掉。乌鸦心满意足，又回到原来的位置，恢复平静而严肃的神态。谁也想不到，这个哭丧相的家伙居然以这种恶作剧打发时间。

据说乌鸦仗恃群体精神和鸦多势众，往往胆大妄为，非常放肆，甚至窥伺老鹰离去时，溜进可怕的鹰巢里偷卵。还有更难置信的情况，有人声称见过大群乌鸦向守护家的老鹰挑战，用聒噪声把它耳朵震聋，将它引出巢穴，经过搏斗夺走一只雏鹰。

费这么大力气，冒这么大危险，就为这点区区的猎物！事情果真属实，那就应当这样推想，谨慎的乌鸦共和国经常受那里的暴君欺侮和迫害，便颁布法令消灭暴君族类，大家都认为要以不怕牺牲的英勇行为，不惜一切代价实施法令。

乌鸦的智慧表现在许多方面，尤其表现在选择住所上的深思熟虑。我在南特城埃德尔河的一座山丘上观察，一群乌鸦每天早晨从我头上经过，傍晚又飞回去。显而易见，它们在城里和乡下两边有住所。白天，它们栖在大教堂的钟楼上观望，以便发现城市可能提供的好猎物。吃饱了之后，它们再回到树林或遮风避雨的岩穴，喜欢在那里过夜。它们居有定所，不是候鸟。它们依恋家庭，尤其依恋伴侣，夫妻非常忠实，唯一的家就是巢。不过，它们害怕夜行的大鸟儿，就决定二三十只一起睡觉，如果发生搏斗，这么多也足以应付了。它们最仇视和最怕的是猫头鹰：白天它们一旦发现猫头鹰，就报复它夜晚干的坏事，呐喊着追逐它，趁它行动不便就往死里折磨它。

乌鸦善于利用各种各样的合作形式。正如我们看到的，首先，最温馨的合作形式家庭，也没有使它们忘记防御联盟和进攻同盟。不仅如此，它们还和强大的对手秃鹫结盟，呼唤秃鹫，赶在前边或跟在后面，夺取它们的食物。更有甚者，乌鸦还同它们的对头鹰协作，至少在它周围盘旋，等它搏斗厮打，战胜一只大动物，好从中渔利。这些机灵的家伙在一旁观望，等到鹰吃饱了肉，喝足了血，离开之后，剩下来的就属于乌鸦了。

乌鸦明显胜过绝大部分鸟类，这大概因为它们寿命长，记忆又好，能总结生活经验。大多数动物的寿命都与童年时间成正比，乌鸦则不同，它们一年之后便成熟，据说能活一个世纪。

乌鸦吃的食物非常杂，包括一切动物和植物食品、一切死的和活的猎物，这样，它们就积累大量知识，了解事物、时间、收获和狩猎。它们对什么都感兴趣，什么都观察。我们的祖先生活比我们更靠近自然，他们在许多凭经验还无法认识的事物上，就拿这种极为谨慎、极为老练的鸟儿当作指南。

别看乌鸦个头儿小，羽毛颜色暗淡，形貌古怪，也别看它们取食无道，不择手段，它们在大鸟儿中不愧是卓然出众的天才，经常引导那些高贵的猛禽。这样讲也不怕那些高贵者见怪。

不过，乌鸦的谨慎，还仅仅是从实用出发，它们的智慧，还仅仅是由利害驱动。要想跻身于高级动物，跻身于飞禽的英雄，具有火热心灵的伟大艺术家之列，乌鸦还必须缩小身形，减少肉体以利激发灵性和发展精神。大自然同许多母亲一样，偏爱最小的孩子。

第二卷

一

阳光——黑夜

“阳光！再来点阳光！”此乃歌德的临终之言。这垂死的天才之言，即大自然普遍的呐喊之声，回荡在一个又一个的世界里。这位强者，上帝的长子——他那些最谦恭的、晚熟的孩子——之一，他所言，恰是软体动物在海底之所言：它们并不愿生活在阳光不到之处。花儿需要阳光，它转向阳光，若没有阳光，它便会枯萎。我们的劳动伙伴动物，一如我们，快乐或忧伤，全凭太阳的来或是去。我那才两个月大的孙子，天一黑，他就会哭。

今年夏天，我在花园里散步，于是我听见，也看见树枝上有只鸟儿在夕阳下唱，它冲着阳光挺立，显然是那么高兴……见到它我也受了感染；这如此之小、如此之激情洋溢的聪明能干的生灵，它所给予我的启示，是我们那些家养的、郁郁寡欢的鸟儿所从未给过我的……歌声令我发颤……它脑袋后仰，胸脯前挺：从未有哪一位歌手，哪一位诗人曾如此天真，如此心醉神迷。然而，令它陶醉的，并不是爱情（恋爱季节已过），而显然是白昼的魅力，是温柔的阳光的魅力！

野蛮的科学，冷酷的骄傲，把生气勃勃的大自然贬得分文不值，并把人类和他的低级兄弟截然分开！

我含泪对它说："可怜的阳光之子，你在用歌反射阳光，所以你是多么有理由歌唱它！对于你来说，黑夜充满了障碍和危险，几乎就意味着死亡。你总还能见到明天的阳光吧？"然后，从它的命运联想到所有生灵的命运，它们从大自然的深处缓慢地升上来，进入白昼。一如歌德和小鸟，我说道："阳光，上帝呵，再来点阳光吧！"（米什莱，《人民》，第62页，1846年）

○ ● ○

鱼儿的世界是寂静的世界。有言道："沉默如鱼。"

昆虫的世界是黑夜的世界。它们全都是畏光的。即使是那些像蜜蜂一样白昼工作的，也更喜欢黑暗。

鸟儿的世界是阳光的世界，是歌的世界。它们全都依赖阳光而生存，它们吸收阳光，或从中汲取灵感。南方的鸟儿让它们的翅膀折射出阳光，而在我们的气候下生活的鸟儿，则将阳光糅进它们的歌中。

众多的鸟儿一个地区一个地区地追逐着它。

"看看吧，"圣约翰[1]说，"清晨，它们是如何向朝阳问好

1　英格兰反对国王查理一世的国会派首领。

的，而晚上，又是如何忠实地聚集在一起，观看我们苏格兰海岸太阳的落山的。傍晚时分，大松鸡飞上最高的那棵冷杉的树枝，在那里晃悠着，为的是看得更久些。”

阳光、爱情和歌，对它们来说是一回事。不是恋爱季节你想要逮住的蝉唱歌，可以用罩子将它的笼子罩上，然后突然还它以阳光，它便会放开歌喉。被残忍的家伙们弄瞎了的燕雀，会因此而起劲地唱，绝望而病态地，用声音为自己创造出和谐之光，用内火塑一个只属于它自己的太阳。

我通常认为，这便是使得在我们阴郁的气候下生活的鸟儿唱歌的原因。在这种气候下，太阳只是在天空暂晴的时候出现，而在阳光灿烂的地区，太阳是不离开地平线的。相比之下，我们这些地区则是雾蒙蒙的、阴沉沉的，不过也有阳光灿烂的时刻，其产生的效果恰似夜莺的笼子被罩上，然后又被掀开。这就激起了歌唱，使相当于阳光的悦耳之声迸发了出来。

而鸟的飞翔也依赖于阳光。飞翔要靠翅膀，同样也要靠眼睛。有些鸟类视觉敏锐，比如隼，它能从天空的最高处看见灌木丛中的戴菊莺；又比如燕子，它能在一千尺外的远处看见小飞虫，因为确信自己不会出差错，所以飞得平稳、洒脱、好看。其他的（可从速度看出）则是些近视眼，它们飞起来小心翼翼，摸摸索索，生怕撞着了什么。

眼睛和翅膀，飞翔和视觉，其能力一旦达到这么高的程度，即能让鸟儿用目光不停地拥吻、穿越无垠的景色、广袤的地区和国度；能使得它们看见多种多样、千变万化的东西，不是把这些东西缩小成地图，而是完完全全、详详细细地看见：能使得它们几乎像上帝一样拥有和感知一切，呵！那该是怎样的快乐的源泉！那该是怎样的奇特、神秘而几乎为人所无法理解的幸福！……

请注意，这些感知是这样的有力、强烈，以至它们深深地扎进了记忆。可以说深到了这种程度：就连一只鸽子（属低等动物）都会再度发现、认出一条道路上的全部意外事故，而这条道路它仅飞越过一次。那么智慧的鹳、周密的乌鸦、聪明的燕子又会怎样呢？

承认这种优势吧。让我们毫无妒意地注视这视觉带来的快乐吧。也许，有朝一日，当我们的生活变得更美好时，我们也能达到这样的快乐。靠着眼睛和翅膀，几乎同时能看得这么多、这么远、这么清楚，能感知无限，这样的幸福，取决于什么呢？取决于这样一种生活：生活在充足的阳光下，摆脱阴暗。而这是我们远大的理想。

鸟儿的生活就好像已经是这方面的一个试验了。对它来说，这种生活会是一个神奇的科学源泉，假如，在这卓越的自由中，它不带着两大不幸的话；而正是这两大不幸使这地球仍然处于不开化状态，并遏制了它的发展。

一是肚子的不幸，这不幸拖了我们大家的后腿，还尤其虐待这股活火，这吞噬东西的炉子。鸟儿被迫不停地换毛、觅食、漂泊、忘却，无可救药地做徒劳的、印象过于多变的迁移。

另一不幸，是黑夜和睡眠，是阴影和障碍的时刻。在黑夜中，它的翅膀被折断；在黑夜中，它无法自卫，它失去了飞翔能力，失去了力量。

对所有的生灵来说，阳光意味着安全。

对人和动物来说，这是生命的保障，是令人放心的安详，从容的微笑，是大自然的豁免。它结束了在黑暗中追逐我们的地狱般的恐惧，结束了理由过于充足的忧虑，也结束了同样令人痛苦的恶梦的折磨以及那搅得人心神不安的紊乱思想。

公民们联合起来，久而久之便形成了安全。置身于其中的人，很难理解野外生活的烦恼。那是在大自然让你很少有保护之时，在她那可怕的公正为与生同样合法的死开道之时。你祈求也是枉然。她对鸟儿说，猫头鹰也有权活。她回答人："我得养活我的狮子。"

有不幸者在旅行中迷失在非洲的蛮荒之地，又有悲惨的奴隶逃脱了人类的野蛮，又落入了野蛮的大自然。请读一读他们的恐惧吧。多么的惶惶不安呵，太阳一西沉，狼和豺，狮子的险恶的侦察兵，便开始不怀好意地四处转悠，远远地陪伴着你，在前面嗅来嗅去地带路，或跟在后面等着收尸！它们朝你发出哀号："明天，人们会来找你的尸骨。"又是多么的恐怖呵，瞧，它就近在咫尺，从冷酷无情的喉咙深处发出一声巨吼，敦促它的活猎物，强行地要得到他！马儿挺不住了，它浑身战栗，直冒冷汗，身子站立了起来……而人呢，蜷缩在篝火之间——假如他能点着的话——勉强保存着力量，来维持这光明的防御物；唯有它，在捍卫着他的生命。

就是对生活在我们的气候下的鸟儿来说，黑夜也同样是可怕的，尽管我们的气候好像不那么危险。它藏匿着多少妖怪呀，在黑暗中有多少令鸟儿担惊受怕的机会呀。它的夜间敌人有这样一个共同点，即它们都是悄然而至。猫头鹰是用无声的翅膀飞的，里面像是塞了棉花。身子长长的鼬，连一片树叶都擦不着，就钻进了巢。嗜血成性的榉貂动作之迅速，能在片刻之间放掉父母和儿女的血，把全家都杀死。

似乎是，鸟儿一旦有了后代，也就有了发现这些危险的千里眼。它有一个家要保护，比起后代一出世就会走的四足动物的家来，它的家，要更加来得脆弱和贫乏。可怎样保护？它几乎只能等死，它飞不了，爱情损坏了它的翅膀。整个夜里，巢的狭窄的入口由公鸟守着，它非睡非醒，疲惫不堪，把它那乏力的喙和摇晃的脑袋呈给危险。假如蛇的血盆大口或猫头鹰睁得大大的可怕的眼睛出现在面前，它将会怎样呢？

它为全家操心，却很少为自己。当它单身时，大自然可没让它受这殚精竭虑之苦。确切来说，它现在是忧愁、沮丧，而不是惊慌；它缄默、消沉，把小脑袋藏在翅膀下面，而脖子消失在羽毛中。这个完全抛开自信的姿势，是它在蛋里时曾有过的，那是在母亲幸福的牢房里，在那里，它十分的安全。现在，当它每天晚上身处危险、毫无保护时，采取的又是这个姿势。

度过茫茫黑夜，对所有的生灵来说都是一大愁事，就连受到保护的也如此。荷兰画家很天真地抓住了这点，并通过画将留在草场上的牲畜表达了出来。马主动地靠近其他同伴，把脑袋搁在对方身上。奶牛则回到栅栏边，后边跟着小牛犊，它想返回牛栏。因为它们有一个牲畜棚，一个住处，一个帮它们对付夜间困难的藏身处。而鸟呢，它的屋顶只不过是一片树叶！

那又是何等的幸福呵，早晨，当恐惧消失，黑暗隐去，当小小的灌木丛被阳光照得闪闪发光时！巢边上是何等悦耳的啁啾声，何等热烈的交谈呵！这像是在相互祝贺又见面了，还活着。然后就开始唱。云雀冲出田野，唱着往上飞，把地面的快乐一直带上了天。

鸟如此，人亦如此，这是万物的感受。印度古老的吠陀[1]的每一行都是在歌颂阳光，这生命的守护神，也都是在歌颂太阳，它每天早晨在揭开世界的同时，也在创造它，保存它。我们又重新生活了，呼吸了；我们扫视我们的家园，发现全家人都在；我们清点牲畜群，全都安然无恙，生活是完整无缺的。老虎没有袭击我们，野生动物那帮乌合之众没有入侵。邪恶的蛇没有利用我们的睡眠。感谢你，太阳，又给了我们一天！

印度人以为，凡是动物，尤其是最有智慧的，比如大象在创造生命之时，会向太阳致敬，会在晨曦微露时向它致谢，它们会在内心唱一首感恩歌。

但只有一位说出了声，替全体说了出来，它是唱出来的。

1　印度最古老的宗教文献和文学作品的总称。

谁？是弱者之一，是最怕黑夜而又最能感受到清晨的快乐的那位，是靠阳光生存的那位，其目光温柔、无比敏锐、开阔而又深邃，能洞察一切意外事故；同时又是和阳光的不足、消失和再现关系较为密切的那位。

鸟儿为整个大自然赞美早晨，祝福白昼。它是她的神甫和预言家，是她的纯真而神奇的声音。

二

暴雨和冬天——迁移

大自然的知己，一个神圣、单纯而又深沉的灵魂，维吉尔[1]，他看见了鸟儿，一如古老的意大利格言，一如天气变化的占卜者和先知所见：

没人告知，可谁都感觉到了雷雨……
鹤，惶恐地冲出山谷，
躲避那从地里升腾起的黑雾……
燕子飞着掠过海岸；
蚂蚁在搬家，它担心自己的卵。
凄凉的乌鸦黑压压的一片
划破了长空，而长空
在这长蛇阵下发颤……
看看海鸟，看看那些草地养育的
在水边、鲜花盛开的岸边生活的，
但见它们靠近潮湿的栖息地，

1　维吉尔（Virgile，前 70—前 19）：古罗马最伟大的诗人。

把脑袋呈给拍击岩石的波涛，
领着漂泊的一支漫步水上，
潜进去，又在波浪上浮现，
再潜进去，花样百出地
预报着滂沱大雨就悬在空间。
孤独、缓慢地游荡在干燥的海边，
哑嗓的小嘴乌鸦也在把雷雨呼唤。
晚上，少女转动着纺锤，
从油灯里又得出了新的预兆，
当燃烧的灯芯光亮变暗，
噼啪作响地蒙上了泡沫状黑絮。
……
可是安全又恢复了……
海鸡冠不再去潮湿的海岸，
它在淡淡的阳光下把羽毛舒展。
沮丧的雾，从山顶降落到平原，
而阴郁的猫头鹰，夜晚，在屋顶上，
不再发出长长的哀鸣。
就连乌鸦，也知晓雷雨已停，
令人羡慕堆在叶丛中玩耍，
用不那么沙哑的叫声，宣布天晴，
并去巢里，把爱情的结晶查看。

因为是出色的带电者，鸟类和气象、温度、磁等众多现象的关系比其他生灵更为密切，而这些现象是我们感觉不到，因而也是无法判断的。而它一出世，在生命的最初阶段，离会叫还早着呢，就能感觉到它们。这就好比是它身体的一种本能。而人的感觉则较为迟钝，要等到事后。有一种比人更接近自然的东西在向这本能的预报者咨询。是什么？是占卜的原理。人们将其斥为荒唐。然而却没有比这古代事物更具智慧的了。

尤其是气象学，从中获益匪浅。它以后将具有更可靠的方法。但它已经从鸟类的预见中得到了指导。但愿拿破仑在1811年是从北方鸟儿过早的路过中意识到的！是鹳和鹤通知了他。它们提前迁移，使他猜到了严寒的大冬天即将来临。它们匆匆南下，而他，则留在了莫斯科。

在大海中，疲惫的鸟儿会在大船的桅杆上过夜，而这活动的藏身处则把它远远地带离了它的道路。可是，它却能轻而易举地找到。它和地球的关系甚为密切，而地球的方向性是非常明确的，所以，在翌日早晨，它便能毫不犹豫地定出方位：和自己稍作商量即可。在单调的无边无际的大海上，除了航迹别无它路，可它却能选择出把它带往目的地的正确路线。在海上可不同于在陆地上，没有观察场所，没有定位点，没有导向物：只有与水流相关的风，也许还有看不见的磁壳，在给这勇敢的旅行者作向导。

奇特的才能！不光是欧洲的燕子知道，昆虫在这里匮乏，而却在别处等着它，于是它纵向地旅行前去寻找。而在同一海拔、同一气候下的美国黄鹂，却也知道法国的樱桃熟了，于是便立即动身前来摘我们的果子。

人们错误地认为，这迁移行为的发生有它的季节，却没有明确的日子、时期。我们观察的结果则相反，是一个果断、清醒的决定在起作用：动身时间的早晚不超过一个钟头。

我们在南特时（1851 年 10 月），季节还很美好。昆虫多，燕子的食物很容易找到，而且很丰富。我们侥幸地看到了那个智慧的团体，当时它们在举行一个大型集会，只见它们吵吵嚷嚷的，在圣费利克斯教堂顶上商讨着什么。教堂俯视艾尔德尔河，而旁边是卢瓦尔河。为什么是那天，那个时刻，而不是另一天，另一个时刻？我们一无所知，不过我们很快就明白了。

早晨，天空晴朗，可是有从旺代省吹来的风。我的松树在哀鸣，而我的被吹动的雪松在发出低沉的声音。地上落满了松果。我们开始捡。渐渐地，天空布满了云，变得灰蒙蒙的，风静了，一切都变得很阴沉。就在那时，四点左右，从四面八方，从树林，从艾尔德尔河，从城市，从卢瓦尔河，从塞夫尔市，我想，飞来了好大的一群，把日头都遮暗了，它们聚集在教堂顶上，用上千种声音，上千种叫声，辩论着，讨论着。我们虽不懂鸟语，却也猜到，它们的意见不一致。也许，幼鸟们受到这温和的秋风的挽留，想继续待下去。可是睿智的、富有经验的、久经考验的旅行家却执意要走，它们占了上风；这黑压压的一大群，像一大片云似的，同时出动了，朝东南飞去，大约是朝意大利。没飞出三百古里（飞了四五个小时），倾盆大雨便从天而降，吞没了大地。一时间，我们以为洪水泛滥了，回到在狂风中颤动的房子里，我们对长翅膀的占卜者钦佩不已：它们是如此谨慎地走在了季节的前面。

显然，并不是饥饿把它们撵走的。面对一个还很美好、富足的大自然，它们感觉到并抓住了准确的时机，并没有提前。可要是第二天走，那就晚了，昆虫都被这场滂沱大雨打落，变得找不到了。所有靠泥土维生的都躲到了地底下。

另外，也不光是饥饿，即对饥饿的先见之明决定了候鸟的迁移。如果说靠昆虫维生的那些非走不可，吃浆果的那些必要时是可以留下的。是什么在敦促它们？是寒冷吗？大部分能抵御寒冷。除了这些特殊原因外，还有另一个原因，是较为普遍而高深的，那就是需要阳光。

植物不可遏制地要追随日头和阳光，软体动物（前面已说过）会升上来，宁可游到光照较好的水域来生活，同样的，视觉如此敏锐的鸟儿会因为白昼缩短了，秋天起雾了，而变得郁郁寡欢。出于这样或那样的精神上的原因，我们有时会喜欢光线减弱，但这对它来说是一种悲哀，一种死亡……阳光，再来点阳光！不见阳光毋宁死！这是最后一首秋之歌，最后一声鸣叫的真正感受。当它们十月份启程时，我在它们的告别声中听见了它。

一想到它们每年要做的两次长途跋涉，要飞越高山、大海和沙漠，要经受迥然各异的气候、变幻莫测的风，要克服千难万险，要对付种种悲惨的意外事件，就觉得它们的决议实在是勇敢和大胆。对于轻盈、大胆的海上飞鸟，教堂雨燕和灵巧、不畏隼的燕子来说，这一行动也许是轻松的。可是其他的鸟类根本没有这般的力量和翅膀，它们大多数因为食物丰富而身体变得不灵活，它们经历了炎热的季节，经历了恋爱和生育。雌鸟完成了大自然交给它的此项重要工作：分娩生子，筑窝建巢，养儿育女。而公鸟呢，它歌唱得曾经是那么卖力！这两夫妻消耗了生命："它们体现了一种美德。"它们离春天时所具有的精力已经有一个世纪了。

许多是可以留下的，但有种东西在刺激它们。身体最笨重的，也是最积极的。法国的鹌鹑穿越地中海，飞越阿特拉斯山脉。在撒哈拉沙漠上空，它一头扎进石油王国，又越过它们。最后，它在开普敦落脚，因为再过去就是南极洲的茫茫大海了。除了南极的浮冰和把它逐出欧洲的冬天本身，它不可能给它提供别的栖身处。

是谁使它们放心大胆地采取这项行动的？某些人信赖武器，而最弱小者信赖自己的数量，因此把自己完全交给命运。野鸽子对自己说："一万或十万只里，屠杀者连十只也逮不到，我大概不会是其中之一。"因此它从容不迫。迅速移动的云，越过黑夜。假如月亮升起，白色的翅膀在它的白光上是不大显的。它们和淡淡的月光混为一体，因而逃脱。勇敢的云雀，我们古代高卢人的国鸟，出于不可克制的愿望，也相信数量。它们每天通过（多半是一个省一个省地漂泊），大量死亡，遭到追捕，可它们照唱不误。

可那没有数量，也没有力量的独行者，怎么办呢？你怎么办呢，可怜的形单影只的夜莺？你也得像其他的一样，面对重大的意外事件，可你无依无靠，举目无亲。而你，朋友呵，你是什么？一个声音。你全部的能耐就是这个会暴露你的声音。身着暗装的你，要不出声地飞过，那样就可与秋天的褪了色的树木的颜色相混。可是怎么！叶子还是深红色的，它并不具有那种意味着死亡的深褐色。

唉！你为什么不留下？有那么多的鸟只是飞往普罗旺斯，你为什么不学学它们？在那儿，在一块岩石后面，我向你担保，你将会找到一个亚洲或非洲的冬天。奥利乌尔峡谷并不亚于叙利亚的山谷。

“不，我得走。别人可以留下，它们去东方无所事事。而我，我的故乡在召唤我，我得再见到那灿烂的晴空，那些闪闪发光的、带有装饰的废墟，我的祖先曾在那上面唱过，我得停在我初恋的情人——亚洲的玫瑰上，我得沐浴在阳光下……那儿是生命的奥秘所在，是繁衍后代的情火所在，而我将在这情火中重新歌唱。我的歌喉，我的缪斯，就是阳光。”

于是，它走了，可我相信，一飞近阿尔卑斯山，它就得心跳。白雪皑皑的山顶表明已到了那扇可怕的门，在那儿，在岩石上，停着白昼和黑夜的凶残之子：秃鹫、老鹰，所有一切有爪、带钩、嗜血的强盗，被人类写进愚蠢的诗里的恶棍坏蛋。一些是高尚的强盗，它们会很快把鸟儿杀死，然后吸它们的血；另一些无耻的强盗则先使它们窒息，百般地摧残它们，最后才把它们弄死。

我想象，当时，嗓子失去音色、既不灵巧又没有妙计的可怜的小小音乐家，因为无人可商量，在进入萨瓦省狭道的长长的陷阱前，便停下来再好好想想。它停在入口处，停在我熟悉的一幢友好的房子上，或停在夏梅特村[1]的那个神圣的树林里，慎重考虑、思忖："如果我白天过，它们就都在那儿，它们知道季节到了，鹰会猛扑过来，那我就完蛋了。如果我夜里过，雕鸮、猫头鹰，那群在黑暗中睁大了眼睛的可怕的幽灵，便会逮住我，把我送去给它的孩子们……唉！我该怎么办呢？我得尽量避开黑夜和白天，在晦暗不明的清晨时刻，当露水使停在平地上的大猛兽——它连巢都不会筑——变得虚弱并把它冻僵时，我就神不知鬼不觉地过去……就算它看见我，我也可以过，趁它还没来得及用潮湿的翅膀带动它那笨重的躯体。"

考虑得很周密。然而，二十起意外事故发生了。清晨出发，它在这个长长的萨瓦省遇到顶风，风猛烈地吹，延误它的行程，使它精疲力尽，飞不动……天哪！天已经亮了……这些阴郁的巨人，才十月份，就已经披上了白大氅，在它们那无垠的白雪上显现出一个振翅高飞的黑点。这些山本来就已经够凄凉的了，偏偏还披着这长褶的大裹尸布，简直就是不祥之兆！……它们的峰顶屹然不动，而它们在自己的下面和四周却制造出一种永恒的骚动，逆向刮来的狂风，在山峰之间拍打，有时候异常猛烈，夜莺不得不等。"就算我飞得再低，在黑暗中呼啸的、夹杂着被淹物的噼啪声的激流，也会像龙卷风似的把我卷走。而如果我往高处飞，上升到阳光

1　法国作家卢梭曾在此居住，这小村因此出名。

闪闪的寒冷区域，那我就等于自首了：寒霜袭来，我会飞不快的。”

经过一番努力，它得救了。它一头扎下去，落在了意大利。在苏泽或都灵方向，它筑巢，加固翅膀。它又在伦巴第的巨篮底下了，这个用水果和鲜花筑成的大巢，维吉尔正是在那儿聆听它唱歌的。土地没有变，一如往昔，被逐出自己家园的意大利人，他人田地的忧伤的耕种者，艰辛的犁地人，追逐着夜莺。如此有益的吃昆虫的鸟，却被作为吃谷物的鸟而逐出。于是，它只要能够，便一个岛一个岛地飞越亚得里亚海，不顾带翅膀的海盗仍旧在那些暗礁上守候着。它或许会很有好感地抵达鸟的圣地，好客而富饶的埃及，在那里，大家都受到照拂，一律被喂养、被款待、被赞美。

如果不是因为盲目的好客而去疼爱那些凶手的话，这块土地会更加幸福。诚然，夜莺和斑鸠受到了款待，可鹰的待遇也一点不差。在苏丹王妃们的这些平台上，在清真寺尖塔的这些阳台上，呵！可怜的旅行家，我看见可怕的、闪闪发亮的眼睛转到这边来了……我看见它们看见你啦！

别在此久留。你的季节即将过去。毁灭性的沙漠之风拼命地刮个不停，吹干、吹走了贫乏的食物。很快就连一只飞虫也没有了，你的翅膀和歌喉将得不到营养。别忘了你留在我们林间的旧巢，别忘了你欧洲的情人。那里的天空是比较阴暗，可你会给自己创造一片天空的。爱情环绕着你，万物因听见你歌唱而激动，最纯洁的姑娘会为你而心颤……这就是真正的太阳，最美丽的东方。哪里有爱，哪里就有真正的阳光。

三

迁移（续）——燕子

燕子毫不客气地占据了我们的住宅，它住在我们的窗户下、屋檐下、烟囱里。它毫不惧怕我们。你会说，它信赖自己无可比拟的翅膀，然而不，它也把它的巢、它的子女安置在我们伸手可及之处。因而它成了房子的主人。它不仅占据了我们的房子，也占据了我们的心。

我岳父有一处作学堂用的乡间住宅。夏天，他在温室里给孩子们上课，而燕子就在那里筑巢，毫不在意这家人的活动。它们无拘无束，专心于孵蛋，从窗户飞出，又从屋顶飞进，和子女们喋喋不休，声音甚至高过主人，惹得主人用圣方济各[1]的话对它们说："燕子妹妹，你们就不能闭上嘴吗？"

家园成了它们的。母亲在那里筑巢，女儿和孙女也在那里筑巢。它们年年回来，一代又一代地，连接得可比我们要有规律。家族绝嗣了，散了，房子转手他人，燕子却总回来，它保持着自己的占领权。

就这样，这个旅行家成了家园固定不动的象征。它对老

1　圣方济各（Saint François，1181/1182—1226）：天主教方济各会和方济各女修会创始人，意大利主保圣人。

家依恋到了这种程度：房子翻修了，部分地拆除了，很长一段时间受到泥瓦匠的打扰，却照样经常地被这些忠实的、记忆力持久的鸟儿夺取、占领。

这是回归鸟。我这样称它，不仅仅是因为它每年都要回来这一规律性，也是因为它的行为举止，它的飞行方向。它的飞行尽管变化莫测，却是呈环状的，总是折回来的。

它不停地打转、回旋，不知疲倦地在同一个空间周围、在同一个地点上空飞翔，画出无穷尽的优美曲线，变化多端，却不远去。难道是为了追逐它的猎物，那飞舞和飘浮在空中的小飞虫？抑或是为了在巢窝附近锻炼它的能力，锻炼它那不知疲倦的翅膀？这无关紧要。这环状飞翔，这永恒的回归动作，总是攫住我们的目光和心，令我们遐想，令我们陷入沉思的世界。

我们可以看清楚它的飞翔，却几乎永远看不清楚它那小黑脸。那么你到底是谁呢？你呀，总是躲避着，只让我看见你那锋利的翅膀、极快的长柄镰刀，就像寺院的那种。寺院的只是一味地离去，而你却总是回来。你靠近我，似乎是看中了我；你从我身边掠过，莫非是想触碰我？……你如此贴近地抚摸我，我都感觉到了脸上有风，感觉到几乎是你的翅膀挨着了我。这是鸟儿吗？是精灵吗？呵！如果你是一个灵魂，那么就请坦率地告诉我，再告诉我分隔生者和死者的障碍是什么。我们明天也会死去，我们有可能振翅飞来再看看这亲爱的家园，我们工作和恋爱过的地方吗？我们有可能用燕子的语言对他们，对直到那时还保存着我们心的人说句话吗?

可是别性急，别打开痛苦的源泉。我们还是用老百姓的思想，用古老而美好的谚语来看待燕子吧，它们大概更接近大自然的思想。

老百姓在燕子身上只看到了自然之钟，季节之分，两大“年时”。在复活节和圣米歇尔节，在团聚、赶集、购物、上船的横梁、收租金的那段时期，黑白两色的燕子都会出现，前来告诉我们时间。它来划分和标出上一个季节、下一个季节。那些天里人们欢聚一堂，可并不是总能重逢的。半年的工夫使得这位或那位消失了。燕子回来了，可不是为了所有的人，因为有几位做漫长的旅行去了，比周游法国还长，也许是周游德国?不，比这还远。

我们的伙伴流动工们很注意燕子的生活，除非回来时他们已找不到原先的那个巢。谨慎的鸟儿通过一个古老的德国谚语把原因告诉了他们，这个小小的谚语是希望把燕子留在家里的。根据这个谚语，大诗人吕克特把自己变成一只燕子，重现了它那有节奏的环状飞翔，那始终不渝的回归，因此而产生了一支让某人发笑、而又让不止一人掉泪的歌：

青春时期，青春时期
的一首歌总回响在我耳际……
哦！多么遥远，多么遥远
那从前的一切；

从前唱的，从前唱的，
春天带回的，
飞着掠过村庄、掠过村庄的她
现在还唱么？

当我离去，当我离去，
衣柜和箱子满满的，
当我回来，当我回来，
一切都变成了空的。

哦，我的家园，
让我再一次地
坐在那神圣的地方
展翅遐想吧！

燕子呵，它会回来的，
空了的衣柜会满的，
可空虚的心依旧，空虚的心依旧，
是什么都填补不了的。

它掠过村庄歌唱，
一如既往……
“当我离去，当我离去，
衣柜和箱子满满的，

当我回来，当我回来，

一切都变成了空的。”

当你用手捧着，凑近观察时，不妨承认，燕子是一种丑陋而样子古怪的鸟。而这恰恰是因为，它是一种出色的鸟，百鸟中天生的飞翔者。大自然为达此目的，不惜牺牲一切：她不在乎外形，只考虑动作，结果她大获成功，这种鸟，栖息时显丑，而飞翔时却是百鸟中最美的。

镰形翅，凸眼，无脖，无脚，少许或全无：全都是翅膀，这便是大致的轮廓。外加宽宽的总是张开的喙，它不用停，飞翔着便可啄住猎物，合上又张开。就这样，它边飞边吃，边飞边喝、边洗浴，边飞边喂乳燕。

就直线而论，它的飞翔比不上隼闪电般的飞翔，然而相反，它却要自由得多。它旋转，转上上百个圈，转出了一个个错综复杂、模糊不清的形象，转出了迷宫般变化无穷的曲线，它和它们无限地交叉、再交叉，而敌人被转得眼花缭乱、晕头转向、糊里糊涂、不知所措。敌人被弄得厌烦之极、疲惫不堪，于是放弃了，放过了毫无倦意的它。这是真正的空中女王，由于动作无可比拟的灵巧，整个空间都是属于它的。有谁能像这样随时改变冲刺方向，突然地拐弯？没人能。猎物总是在空中抖动，像苍蝇、库蚊、金龟子，还有那上千种飘浮着的并不走直线的昆虫，因此要想猎取它们，动作就得千变万化，反复无常。这无疑是最好的飞行学校，它使燕子优于所有的鸟。

大自然为了做到这点，为了制造出这独一无二的翅膀，做出了一个极端的决定，即去掉了脚。在被人们称为雨燕的教堂大燕身上，脚是萎缩的，翅膀因此而获益。据说，雨燕每小时能飞四十五古里。这惊人的速度使它相当于军舰鸟。军舰鸟的脚是很短的，而雨燕的脚只不过是一小截：如果它停落，那便是停落在肚子上，所以它几乎不停落。与所有其他生灵相反，动便是它的休息。要是它在空中转圈，尽情地飞，那空气会疼爱地摇晃它，托住它，给它解乏。要是它想攀住，那细小的爪子便能帮它办到。可要是它停落，那就会像瘫痪者一样虚弱，会感觉到整个表面的凹凸不平，万有引力必然会残酷地吸住它，鸟中之最就像是沦为爬行动物。

从一个地方起飞，对它来说是最难不过的，所以，它把巢筑得高高的，因为它起飞时得让自己落在适合自己的自然环境里。落在空中，它是自由的，是主人；在此之前，是奴隶，它附属于一切东西，谁逮住它，它就得听谁摆布。

真正能说明一切的这类鸟的名称，是希腊名称“无脚”。这一大群燕子共有六十个品种，遍布世界各地，以其优雅的外表、飞翔和啁啾声使大地充满欢乐和魅力。它所有这些可爱的品质要归功于肢体的畸形：只有一点点，很小一点脚。它以其天赋，以其一整套全面的飞行技能而位居鸟类之首。而另一方面，它又是最深居简出、最恋巢的。

这与众不同的一族，因其脚不能代替翅膀，所以对雏鸟的训练仅限于翅膀方面的训练。在整个学飞的过程中，乳燕要在巢里待很长，在很长一段时间里嗷嗷待哺，同时培养预见性和母爱。这最爱活动的鸟类，是靠了心互相联系在一起的。巢并不是用来过夜的临时住所，而是一个家园，一个住宅，一个进行艰苦训练和相互奉献的场所。其中有一个温柔的母亲，忠实的妻子。我在说什么？何止呢，还有热心帮助母亲的小姐姐们，它们自己也当起了小小孩的母亲和奶妈。这里有母爱，有小对小的照顾和教育。

最高尚之处在于，这种友爱延伸了：遇险时，所有的燕子都是姐妹，只要有一声叫，全体都飞来了；只要有一个被抓住，众燕都会发出哀鸣，为解救对方而焦虑不安。

据设想，这些可爱的鸟会把自己的利益延伸到甚至是异类鸟身上。因为翅膀非常轻盈，它们不像任何其他鸟类那样惧怕猛禽。猛禽一旦出现，是它们首先向家禽报警的。鸡和鸽子一听到燕子的叫声即报警声，就会缩成一团，找地方躲起来。

老百姓相信燕子是飞鸟世界里最善良的，不，他们没有搞错。

为什么？由于是最自由的，因而也是最幸福的。

因其令人赞赏的飞翔而自由。

因其食物易得而自由。

因其选择气候而自由。

因此，不管我怎么注意它的语言（它对自己的姐妹说话时态度之友好，更甚于它唱时），我也从来只听到它赞美生活，赞扬上帝。

自由！多么美好的愿望！我在都灵的大广场上反复地默

念着这句话，而我们在那儿乐此不疲地看着无数的燕子飞来飞去，发出欢悦的叫声。它们从阿尔卑斯山下来，在那里找到了现成的安乐窝，它们就在窟窿里等着它们，那是脚手架在豪华建筑的墙上留下的。有时，而且经常是在晚上，它们在高高的地方叽叽喳喳地叫着，都叫人听不见彼此的说话声；它们还经常猛地冲下来，几乎是掉了下来，擦着了地面，可是又极其迅速地升起，简直像是从弹簧上弹出的，或是从弓上射出的。和我们相反，我们是不停地被召回地面，而它们像是被吸引到高处。我从未见过表现如此极端的自由的画面。这是游戏，是没完没了的娱乐。

身为旅行者的我们，却还很乐意观看这些无忧无虑、高高兴兴去朝圣的旅行者。此时，被阿尔卑斯山包围的天际显得庄严肃穆，而群山好像离得近了。黑色的枞树林已笼罩在暮色中，而冰川却依然闪耀着白色的光芒，只是已渐趋暗淡。这些高山的双重孝服使我们和法国相隔，不过我们很快就要慢慢前往了。

四

温带地区的和谐

燕子和许许多多别的鸟，把自己的巢筑得离人很近，这是为什么？它们做我们的朋友，参与我们的劳动，并用它们的歌声使之变得轻松愉快，这是为什么？这种联合而和谐的幸福情景，正是大自然的目的，然而却只有在我们温带地区的气候下才有，这又是为什么？

这是因为，在这里，鸟和人这两部分，摆脱了那无法忍受的厄运，而在南方，这厄运把他们分开，并使他们对立。酷热，使人衰弱无力，相反，却刺激了鸟，使它变得热情活跃，焦灼不安，尖刻激烈。这些情绪都通过嘶哑的叫声反映了出来。在热带地区，这两部分是完全不同的，虽然同是专制、暴虐的大自然的奴隶。而这不同，正是这大自然强加给他们的。

从那种气候转入我们的气候，便是进入了自由。在那里，我们忍受大自然，而在这里，我们主宰她。我人心甘情愿地转身离去，眼睛却仍在看那酷热难忍的天堂，在那里，我这个羸弱的孩子，曾无精打采地躺在身材高大的奶母怀里，她以为是在给我喂奶，实际是在用太浓烈的饮料把我灌醉。

这里的大自然天生是适合于我的，她是我的合法妻子，我认出了她。首先，她与我相像，和我一样的严肃认真，吃苦耐劳，她本能地热爱工作，坚韧而有毅力。她更迭的四季平分了年这个大日子，就像工人的一天，从做工到休息互相更替。她不免费赠送任何成果，她只提供能带来一切成果的东西：技能，积极性。

如今，我多么欣喜地在其中找到了自己的形象，找到了我的一丝意愿，找到了我辛勤而智慧的创造！经过我的深加工，被我完全改变了的她，给我讲述着我的业绩，向我本人再现着我。我还像从前那样看待她，那时，她还没有经受人的这番创造，还没有被变成人。

乍一看，她是单调、忧郁的，可她给我们提供了与别处迥然不同的森林和草场。

英国和爱尔兰有美丽的绿地毯，那上面的草永远在更新，形成的草地柔嫩而又轻软——不同于粗糙毛屑似的亚洲大草原，不同于非洲的多刺而怀有敌意的植物，也不同于粗野地竖起的美洲大草原，在那里，连最细小的植物都是木质的，是坚硬的乔木状的。欧洲的草场因其为时短暂的一年生植物和香气淡雅的朴实小花，具有一种青春性，明确一点，具有一种纯洁性，它和我们的思想相协调，并清凉着我们的心。

这片谦恭而柔顺的草，无意长得更高，而在由这片草构成的表层，一些茁壮无比的树却显现出其强烈的个性，与之形成了对照。它们和南方森林中杂乱无章的植物迥然不同。谁能在一大堆藤本植物、兰科植物、上千种寄生植物中分辨出树来呢？要知道那些树本身也是草本的，在那里被湮没了，而在我们高卢和德国的古代森林里，坚强而肃穆地耸立着榆树和橡树。它们生长缓慢，质地却非常结实。胳膊多节、心肠坚硬的植物英雄，八个或十个世纪中一直是胜者，现在却被人类打倒了，与人类的工程联系在一起，向它们传递着大自然作品的永恒性。

树如此，人亦如此。但愿我们有可能像它，像这强壮而和平的橡树，其强大的吸收作用集中了一切养分，并把它们变成严肃、有用、持久、坚实的个体。大家都无限信任地向它寻求支持和庇护，而它，则向各种动物伸出援助之臂，用它的树叶来遮蔽它们！……同时，它们则满怀感激、不分昼夜地用上千种声音，为这庄严、肃穆、古老的时间见证人增添着轻松和愉快。鸟儿们用歌声、爱情和青春，向它致谢，为它慈父般的绿荫增添着魅力。

西方气候下的毁不掉的活力呵！这橡树为何能活上千年？因为它年年年青。春天何时来临，是由它来注明的。当整个大自然被蒙上一层均匀的绿色时，对我们来说，新生命的激情并没有开始，因为那不过是些不起眼的植物。而当我们看见橡树从它那还留着的去年的叶丛里抽出新叶时，它才开始了。而这时，榆树让急不可耐的低等树从面前过去，它自己那淡绿色、柔嫩、朴实、轻盈的小树枝，则细致地显现在天幕上。

于是，于是大自然对万物说话了，她强大的声音甚至搅乱了智者的心灵。怎么能不呢？难道她不神圣吗？这突如其来的觉醒展现了全部的生命，从橡树坚硬而沉默的心，直到它们那至高点——鸟儿歌唱其快乐的地方。这觉醒难道不像是上帝的归来吗？

我在油橄榄树、橘子树保持常绿的气候下生活过。这些优质树很美，非常出众，这我并非不赏识，我只是无法习惯它们那一成不变、单调永恒的服装，其绿色和天空永恒的蓝色相呼应。我总在等某件事，等一种更新，然而它没发生。日子一天天过去，可全是一个样。地上没少一片绿叶，天上没少一朵轻云。“行行好，”我说，“永恒的大自然！你给我造了颗多变的心，那你起码要给我来点变化呀。雨呀，泥呀，暴风雨呀，我全接受，可也得让变更这一概念从天上地下回到我脑子里来呀，得让每年新创造出来的景象唤醒我的心，给予我希望呀，即希望我的灵魂可以重塑和重生，希望通过睡眠、死亡或冬天的交替，可以创造出新的春天来。”

人，鸟儿，整个大自然，我们在说着同样的话。我们是因了变化而存在的。寒来暑往，日出雾散，喜现忧去，这些明显的交替皆归于我们西方的素质、强烈的个性。今朝雨下得叫人心烦，明日又会是个艳阳天。东方的华丽之物、热带的奇异景观加在一起，也比不上复活节的第一朵紫罗兰，4月的第一支歌，花满枝头的英国山楂树，又穿上白裙的少女的喜悦。

早晨，一个大嗓门响起来了，声音饱满、清晰异常、尖锐刺耳，那是乌鸫在唱，连苦恼人、忧伤的老者都忍不住会绽露笑容。

一个春天，我去里昂，途经马孔的葡萄园，当时人们正在护理葡萄树。我听见里面有个女人在唱，只见她又穷又老，还双目失明，样子很可怜，可那声调却格外欢快，唱的是这支古老的乡村歌曲：

> 我们脱下了大衣裳，
> 再把那小件的来换上。

五

鸟类——人类的工人

“吝啬的”农夫，该词用来形容维吉尔可谓恰如其分。吝啬鬼，盲目者，的确如此，他赶走了消灭害虫、捍卫收成的鸟儿。

因为在多雨的冬天得不到一粒粮食，它便捕捉未来的昆虫：寻找幼虫巢，检查、翻看每一片树叶，每天都要消灭数千只未来的毛毛虫，可是，它还得和藏在一袋袋小麦里的成虫、躲在一块块田地里的蝗虫干仗！

光盯着犁沟，光盯着现时，看不到也预见不到其他，认识不到那种重要的和谐一旦被破坏，将会有什么后果，他四处奔走，或请求或赞成通过法令来除掉他必不可少的劳动帮手——能消灭昆虫的鸟。而昆虫报复了鸟，得赶紧提醒这位放逐者。比如，在波旁岛，捕杀椋鸟是要付出代价的：它消失了，结果蝗虫占领了该岛，它们吃庄稼，并释放出一种呛人的干燥剂，使吃不掉的那些变得干枯。在北美洲，保护玉米的椋鸟遭遇亦如此。就连麻雀，虽说它损坏谷物，可它更是保护谷物。麻雀嘛，是掠夺者，是强盗，人们因此百般地辱骂它，诅咒它。结果在匈牙利，一旦没有了它可就遭殃了，于是人们认识到，只有它能应付这场大战，打败在低洼地里肆虐的金龟子和数千个有翅敌人。人们因此取消驱逐令，火速召回这支勇敢的战时后备军。虽说它不大守纪律，可照样是该地区的救星。

不久前在鲁昂，在蒙维尔山谷，小嘴乌鸦被赶走了一阵。从那时起，金龟子便乘虚而入。它们大量繁殖起来的幼虫，大肆推进它们的地下工程，以至于，有人指给我看的一整片草场的表面都干枯了，草根全被啃掉，而整块草地轻而易举地被剥离，卷了起来，可以像地毯似的被拿掉。

只要是劳动，只要是人对大自然有所求，就必须懂得自然界的秩序。而这就是她的秩序，这就是她的法则：它周围、它上面的生命，是它的敌人，而往往也是它的客人，是损害它，啃咬它的食客。

没有自卫能力的惰性生命，尤其是植物，因无法移动，如果没有那不知疲倦的敌人即食客，便只能束手待毙。它们是无情的长翅膀的驱妖者、降妖者。

在热带地区进行的是外战，在那里，妖魔无处不出现。在我们的气候里进行的则是内战。这种气候里一切都比较隐蔽，比较神秘，也比较深入。

在丰饶的炎热地带，昆虫，这些毁坏庄稼的讨厌鬼，简直把什么都吃遍了。在这儿，它们偷必吃的；在那儿，它们到处乱翻：在自生自长的庄稼里，在失落的种子里，在大自然用来铺盖沙漠的水果里。庄稼繁茂无比，而种子和水果又多得出奇。而在这里，在人类用汗水浇灌的狭小的田地里，它们替人收获，侵吞人的劳动果实，甚至危害人的生命。

你可别说："冬天是我的，它将冻死敌人。"冬天会冻死敌人，尤其会冻死蜉蝣。可蜉蝣本来也会自行消亡的，而它的寿命已超过了它赖以生存的花和叶的寿命。可是，在死前，有远见的微粒确保了它的子孙后代，掩护、藏匿了它的未来，即它的繁殖菌，把它存放在了深处。作为卵和幼虫，或甚至就是以它自己的面目，即活生生的、成熟的、全副武装的，这些看不见的家伙在泥土里睡大觉，同时等待时机。这泥土是不动的吗？在草场里，我就看见它在起伏，那是黑色的矿工，即鼹鼠，在继续干它的活。而在上面，在干燥之处，是一片谷仓，旷达的鼠在一大堆麦子上耐心地熬过冬季。

所有这些都会在春天突然出现。从上到下，从左到右，这一大群分成梯队的啮齿动物，到时候各自都会相互接替、轮流换班。这支浩浩荡荡、锐不可当的大自然征来的军队，将前去夺取人类的成果。分工无懈可击。每一位的岗位都提前安排好，到时候绝不会弄错。每一位都直接奔向自己的树，自己的庄稼，它们的数量多得吓人，达到片片树叶上都有一大群。

该怎么办，可怜的人类？你有分身术吗？要想追它们，你有翅膀吗？甚至，要想看见它们，你有那样的眼睛吗？你可以任意杀死一些，可它们是十分安全的，杀死、踩死数千万，它们会存活数十亿。你用铁器、火，在毁坏庄稼的同时获胜的地方，会听见旁边有微粒大军在微微作响，它们几乎不顾及你的胜利，在隐蔽地啃咬。

听着，我要给你两个忠告。权衡一下，择其优。

第一个可以开始遵照的补救方法是，在所有的东西里投毒。给我把种子浸泡在硫酸铜里，让你的麦子裹上一层铜绿色。敌人可没料到这点，于是它惊慌失措了。要是去碰种子，它不死也得变蔫。你也一样，是呀，你身体不大好了，你大胆的计谋能帮助使我们折寿的虫灾。这真是一个幸福的时期！先是老实的农夫投毒，这带铜绿色的麦子转到面包师手里，再用硫酸铜来发酵——办法挺简单，让人挺爱用的——于是薄薄的面团就发起来了，膨胀了，然后大家竞相购买。

不，得有更好的做法。拿主意吧，对付这么多的敌人，后退并不可耻。随它们去吧，你袖手旁观好了。躺下来看，就像滑铁卢之夜，那位勇士所做的那样：他受伤了，躺倒了，接着又爬起来，眺望天边；他看见了布吕歇尔[1]，看见了大批黑压压的军队，于是他又倒下了，说道，“他们太多了。”

你更有权利这么说！你是单枪匹马地在对付谋害生命的全体大行动。你也可以说：“它们太多了！”

你会一再强调：“然而这就是希望的田野，这就是潮湿的草场，我喜欢看到我的牛消失在草丛中，让我们把牛赶到那里去吧。”

正等着它们呢。若没有它们，这大群活云似的、嗜血成性的昆虫怎么办呢？牛血好喝，而人血更好喝。进来吧，坐

1　布吕歇尔（Gebhard Leberecht von Blücher，1742—1819）：普鲁士陆军元帅，拿破仑战争中的指挥官，在滑铁卢大捷中曾起过重要作用。

在它们中间，你会受到热情接待的，因为你是盛宴。这些螫针、吻管、钳子，会在你肌肤上找到品尝美食的乐趣的。它们就要开始在你身上狂饮鲜血了，这狂饮是为了这饥饿世界的狂舞，而这狂舞是不会停止的，除非它们支持不住。你会看到不止一只昆虫在醉人的源泉上打转死去，而那源泉，正是它用自己的螫针挖开的。你伤痕累累，血迹斑斑，浮肿虚胖，可你别指望能休息。其他的又上来了，然后再是其他的，始终如此，没完没了。因为，虽然气候不像南方地区那样酷热难当，相反，雨却总是下个不停，那微温的淡水洋不倦地淹没着我们的海滩，以令人绝望的繁殖力产生着这些刚刚开始的、贪婪的生命，它们急于要爬上来，要通过毁灭高级生命来诞生和死亡。

不是在沼泽地，而是在西部高地，我看见了有着树木、草场的可爱、葱绿的山丘；我看见大片的雨水在上面滞留，然后，阳光一晒，化成了水气，留下了覆盖着一层丰富的动物性产品的土地，里面有蛞蝓、蜗牛等上千种昆虫，全是胃口极大、天生长齿的族类，它们具有能毁东西的可怕的器械、精巧的机器。只见它们乱钻乱窜，往上爬着，往里钻着，像是要吃我们似的。因为无法对付这意想不到的一大群的闯入，我们便抱来几只大无畏的、贪吃的母鸡，来和它们斗。这几只母鸡，对它们的敌人不加清点，也不争夺，只管啄食。这些布列塔尼和旺代鸡，不愧是当地非凡的勇士，它们以各自的方式作战，从而使仗打得更漂亮。“黑鸡”、“灰鸡”和“下蛋鸡”（这是它们参战时的别名）全线出击，毫不退缩。女空想家和“女哲人”虽说更喜欢保皇党的叛乱，对这场战役怕也只会写出更多的作品来。一只漂亮的黑猫是它们孤军奋战时的战友，一整天都在研究田鼠、蜥蜴的踪迹，驱赶胡蜂、吞吃斑蝥，尽管如此，它在母鸡们面前很是毕恭毕敬，而且始终保持距离。

对它们还有一句话要说，那就是惋惜。一切都结束了，该走了。它们的命运会怎样呢？虽说它们为我们尽了忠，还是肯定要被吃掉的。我们考虑再三，然后断然做出了决定。我们不无悲叹地用它们办了一桌丧宴。我们这样做，是根据野蛮人的古老信条，他们认为，要死就最好死在爱的人手中，吃英雄，会变得英勇。

看到是怎样对付这些形形色色的怪物的，看到万能的救星是怎样从天而降（可以这么说）的，真叫人觉得场面煞是壮观。这些怪物在春天醒来，它们饥饿无比，发出嗞嗞声、沙沙声、呱呱声、嗡嗡声，还可怕地跳动着；而这支百万大军虽说形态各异，武器和特点各不相同，可都是有翼的，都享有圣神骑士团可以无处不在的特权。

昆虫无处不在，不计其数，而鸟儿亦如此，外加翅膀敏捷。因受热而正在生长发育的昆虫，发现鸟儿就在面前；而增殖的鸟儿呢，它没有奶，却得在此时通过捕猎，用捕获物养活一大家子，这段时间才叫重要呢。如果鸟儿能哺乳，如果进食只是个别的鸟，个别的胃的劳动，那么世界年年都要遭殃了。可现在是一群吵闹的、索要的、叫唤的雏鸟，它们以十张、十五张或二十张嘴来要吃的，它们苛求到了令母鸟疯狂的程度：有二十个子女的山雀，因为不能每天用300条毛毛虫来让它们闭嘴而感到绝望，甚至会到巢里去啄开雏鸟们的脑袋。

我们的窗户朝着卢森堡公园。从窗户里可以观察到，冬天一来临，有益的虫鸟大战便开始了。在十二月份，我们可以看到鸟在开始一年的劳动，正直而可尊敬的山鸫夫妇——可称为翻叶器——在双双把活干。雨后，太阳一出来，它们便来到水塘，熟练而自觉地抬起树叶，不经过仔细检查，绝不放过任何东西。

就这样，在那最阴郁的、大自然仿佛死去的几个月里，鸟儿继续让我们看到了生命的景象。甚至在雪地上，山鸫也会向醒来的我们致意。冬季散步本无欢快可言，可我们散步时，身边总有金色羽冠的戴菊莺，总能听到它那轻快的小唱，轻柔而似笛声的呼唤。麻雀比较放肆，会出现在我们的阳台上：它们很准时，因为它们知道，每天会给它们开两次饭，而且不需要以自由为代价。

此外，当春天来临时，正直的劳动者便不再毫无顾忌地讨要什么。当孵出的小鸟一开始会飞，它们便兴高采烈地领着它们来到窗台上，像是为了致谢和感恩。

六

劳动——啄木鸟

在针对鸟儿的愚蠢的诽谤中，最愚蠢的莫过于针对啄木鸟的了。说什么啄树的啄木鸟专挑健康、坚硬的树，即挑那些难度最大、可增加其工作量的。通情达理者则多次指出，可怜的鸟儿是以虫子和昆虫为生的，它是在寻找被虫蛀过的、比较好啄的病树；再说，这类树能使它们得到比较丰富的猎物。它和这些破坏分子——它们会殃及健康的树——做顽强的斗争，是在给我们帮大忙。国家即使不给它发工资，起码也应授予它森林管理员的荣誉称号。可结果怎样呢？作为全部工资，无知的有关部门主管人经常悬赏通缉它。

不过，啄木鸟若不遭到诽谤和迫害，是不会当上劳动模范的。它默默地干着自己这一行，足迹遍布两个世界，它服务于人、教育人和感化人。它服装多变，这位好工人通常头戴鲜红帽，这是它一般的辨认特征，其头顶厚实。它用作十字镐、锥子、凿子和刮软刀的职业工具，是它那切削得方方正正的喙。它的腿健壮有力，长有能使它抓紧、抓牢的黑粗爪，从而确保它能稳稳地待在树枝上。它在上面以很不舒服的姿势一待就是数整天，总是从上到下地敲着。除了早晨，早晨是它摆动身体，朝各个方向活动四肢的时候，就像优秀工人所做的那样：他们先做一会儿准备活动，然后就不再离开岗位。它一整天都在那儿专心致志地啄呀啄的，到很晚了，那啄声仍不绝于耳；它把工作时间延长到深夜，从而好多干上几个小时。

它的身体构造适合于一种专心致志的生活。它的肌肉总是很紧张，这使得它的肉很硬，而且啃不动。它的胆囊很大，似乎表明它有易怒、工作时拼命干、猛干的明显倾向。其实它一点也不爱发脾气。

人们对这个奇特的生灵想必有各种各样的看法。对这个伟大的劳动者是褒还是贬，那要看你对劳动尊重与否，你自己勤劳与否，你把一种地点固定而专心的生活看作是上天的诅咒还是降福。

人们也寻思过啄木鸟是忧伤还是快乐的，答案也各不相同，但也许都是对的，按种类和气候来看。我不难想到，威尔逊和奥杜邦尤其是在指美丽的金翅啄木鸟，这种啄木鸟可以在地处热带边缘的加罗林群岛上找到。他们认为它比较快乐，比较好动。在一个炎热而多昆虫的地区，这种啄木鸟很容易谋生；它的喙，弯曲而优雅，不像我们啄木鸟的喙那么坚硬，这似乎也说明，它啄的树木比较好对付。至于法国和德国的啄木鸟，它得啄穿我们古老的欧洲橡树的表皮，所以它的工具完全是另一种，一种方形的、沉重而结实的喙。可能它的工作时间要大大超过另一位。这名工人所处的环境比较艰苦，而且干得多，挣得少。尤其是在旱季，干它这一行真惨，猎物都躲得远远的，找凉快去了。因此，它要求雨，总是叫道：雨呀！雨呀！老百姓便是这样来理解它的叫声的；在布尔格尼省，他们称它为灰啄木鸟检察官。如果不下雨，就会停工，而且有可能挨饿。

我们伟大的鸟类学家、杰出而天才的观察家图斯奈勒，认为它是快乐的。可他这样认为是否误解了它的性格？他又是根据什么这样认为的？根据它为了博得雌鸟的青睐而做出的有趣的卑躬屈膝状。可是，我们当中又有谁，在最一本正经的人当中又有谁，在这种情况下不做出同样的举动呢？他因此称它为闹剧演员，街头卖艺者，因为在他看来，啄木鸟是很善于转换角色的。对于一种飞翔能力很差的鸟儿来说，这样做也许是最明智的，尤其是面对一个十分高明的射手。这证明它是有理性的。如果是面对一个一般的猎人，它知道自己的肉不好吃，便会任其走近。可若是面对一个出色的行家，鸟类的热心朋友，它就很应该感到惧怕了，因为它会被弄死，做成标本，用来充实藏品。

我请这位著名的作家再考虑一下，像这样一种持之以恒的工作，应该会产生什么样的精神状态和情绪。坐立不安在此是无济于事的。像这样日复一日的漫长的工作日，哪有什么舒适可言，而舒适，是只有傅立叶称之为有魅力的工作才具有的。啄木鸟是一个单干户，而且是为自己的利益而干的，所以它大概无可抱怨；它觉得干得多，干的时间长，对它自己有好处。于是它用它那双结实的腿，采取一种很难受的姿势，在那里很坚定地一待就是一整天，甚至更久。它幸福吗？我认为是的。快乐吗？我表示怀疑。忧伤吗？丝毫不。

狂热的工作使我们变得如此之严肃，而作为回报，忧伤为之一扫而光。

智商低的劳动者，或可怜的劳累过度者，因为只能在停止不干时才能想象出幸福为何物，所以必然会在一种兢兢业业的生活中看到命运的诅咒。德国城市的手艺人断言，这是一个面包师，他在自己的柜台里游手好闲，使可怜的老百姓挨饿，还欺骗他们，出售面包时缺斤短两。现在他可受到惩罚了，干呀干的，要一直干到最后的审判那一天，而且只能靠昆虫来活命。

悲哀和古怪的解释。我倒更喜欢古老的意大利寓言。比丘斯，时光（即农神）之子，是一个朴实无华的英雄，他鄙视迷惑人的爱情和喀耳刻[1]的巫术。为了躲避她，他偷来翅膀，逃到了森林里。虽说他不再具有人形，却更加具有一种神奇的预见和预言才能：尚未诞生的，他却能听得见；尚未存在的，他却能看得见。

对啄木鸟还有一种很严肃的评价，那就是北美印第安人的评价。这些英雄认为，啄木鸟是个英雄。他们喜欢随身携带一种啄木鸟的脑袋，那种啄木鸟被称为“象牙喙啄木鸟”。他们认为，它的热情、勇气将会传给他们。他们这样认为理由是十分充足的，正如经验所证明。内心最坚定的人，因随时能在自己身上看到这个有力的象征，而变得更加坚定。他

1 喀耳刻：希腊神话中美丽的女仙，太阳神赫利俄斯之女。

对自己说："论力量，论顽强，我亦将如此。"

不过应当指出，如果说啄木鸟是英雄，那不过是个和平的干活的英雄。除了干活，它再无所求。它的喙，会很可怕；它的趾，也十分有劲，可都是为完全不同于搏斗之类的事情而生就的。工作完全攫住了它，以致任何对手都不可能引导它去干仗。工作使它专心致志，要求它竭尽所能。

工作是复杂而多变的。首先要当个出色的护林员，须经验丰富、触觉良好，能用锤子，我的意思是用喙来检验它的树。它得会听诊：这棵树的回音怎样，它在说什么，它身上有什么。听诊法是最近才用于医学的，可数年来竟一直是啄木鸟的主要技术。它询问、探查，通过听来看出树的组织的海绵状空洞。这样的树外表健康而强壮，因为树身高大，被航运部门用标记锤在上面做下待伐或需保留的记号。业务非常熟练的啄木鸟却断定它生虫了，被蛀了，有可能支撑不住而招致重大损失，有可能在造船时弯曲，或造成船舶进水，引起失事。

啄木鸟将反复检验过的树据为己有，在那里定居下来，它将在上面施展技术。这棵树内部空了，因此朽了，因此有居民了，是一群昆虫住在里面。得敲敲城门。城民们将会乱套，它们会想要逃跑，或从城门上，或从下面的下水道里。得有哨兵，既然没有，那就由唯一的围攻者来把守好了，它不时地朝后看，以顺便逮住逃跑者，一根极长的舌头用来干这个再好不过，它射出来时就像一条小蛇。本次狩猎将会怎样，它尚无一定的把握，而它的食欲倒在狩猎中变得十分旺盛，这便促使它去投入地干。它透过树皮和树木去看，它目睹了敌方的恐惧，旁听了它们的会议。有时它会飞速地下去，想着是否会有什么秘密出口能使被围攻者脱身。

一棵树外表很健康，里面却被蛀了，变朽了，这对爱国者来说是一种可怕的景象，因为他想到了城邦的命运。在共和国开始衰败时，罗马就觉得自己像这棵树。有一天，啄木鸟飞来落在广场的审判席上，就在大法官的手下。罗马不禁为之一颤。老百姓大为震动，一些凄凉的想法在他们脑子里直打转。可是被召见的预言者赶到了：假如此鸟不受惩罚而离去，共和国就会完蛋；假如它留下，它就会威胁到将它抓在手中的人，即大法官。这个大法官，叫埃里尤斯·蒂博洛，他立即将鸟杀死，可他自己也很快死了，而共和国却又延续了两个世纪。

这个事件是伟大的，而并不可笑。共和国得以延续，是因为她庄严地向这位公民发出号召，要求他具有献身精神，也是因为一颗伟大的心默默地响应了她。这样的行为是会产生结果的，它会造就人，造就英雄；它会使得城邦得以永存。

言归正传，再来谈我们的鸟。这位劳动者，单干户，伟大的预言家，也逃脱不了普遍规律。每年两次，它中断工作，一反严肃刻苦的常态，该说出来吗？变得十分可笑。和人类相比，它还是幸运的，因为它这种样子，一年才两次！

可笑吗？它这是在恋爱，所以并不可笑，可爱的方式却令人发笑。它郑重其事地穿上节日服装，披上最美丽的羽毛，用它那美丽的绯红色，美化一下那张有点阴郁的脸，然后便围着它的意中人打转。它的情敌亦如法炮制。可是这些天真的劳动者，生来是干较为严肃的事情的，对花花世界的那一套一窍不通，不会像蜂鸟那样，展示优雅的举止。除了以相当笨拙的屈膝礼，表达它们应尽的责任和谦恭的敬意，其他便一概不会了。要说这屈膝礼笨拙，至少在我们看来是这样的，而在要吸引的对象眼里，却未必。它能取悦对方，这才是最重要的。选择由女王做出，根本不搞武斗。多么善良而自尊的工人们！多么值得赞赏的习俗！其余的，则闷闷不乐地退出，可是却高尚而虔诚地保持着对自由的尊重。

中选者和它的美人，你以为它们会悠闲地去做爱，在森林里游荡？哪里，它们马上就开始干活。“向我证明你的才能，”它说，“证明我没有选错。”对一位艺术家来说，这是多么好的机会呵！它在激起它的才华。它从木匠变成了细木工匠和木器工人，从细木工匠，又变成了几何学家。形状的规则性，这神奇的节律，对它来说就产生于爱情之中。

这正是安特卫普[1]那位著名铁匠优美动人的故事：甘丹·梅茨爱上了画家之女，为了赢得对方的爱，成了十六世纪佛朗德斯地区最伟大的画家。

爱情把一位熏黑的火神，

变成了一位阿佩拉斯[2]。

1　比利时城市。

2　阿佩拉斯（Apelle，活动时期为公元前四世纪）：希腊化时代早期画家。

于是，有一天早晨，啄木鸟变成了雕刻家。以百分之百的精确度，圆规才画得出的完美无缺的圆形，它凿了一个地道的半球形的漂亮拱顶。整个拱顶吸取了大理石和象牙的光滑，而且还不乏保健和战略方面的预防措施。一个斜面外倾、可防水渗入的弯曲、狭窄的入口，有利于防守，只需用脑袋和勇敢的喙，便可将其关闭。

什么样的心能抗拒得了这个？谁能不接受这位艺术家，这位勤劳的家庭必需品供给者，这位无畏的保护人？在这位忠实的捍卫者勇敢的掩护下，可以放心大胆地完成那棘手而又神秘的生儿育女之事了，这又有谁能怀疑呢？

因此，人家不再拒绝，瞧，它们安家了。此时只缺一支赞歌了（赞歌！哦，赞歌！），如果说大自然没有赋予它旋律方面的才能，这可不是他的错。不过至少，从它那尖锐刺耳的声音里，人们不会听不出热烈的心声。

祝它们幸福！祝年轻、可爱的一代在它们的注视下破壳而出，快快成长！猛禽是不会轻易闯入的。但愿那蛇，那可怕而邪恶的蛇不要来光顾这个巢！但愿孩子的手不要来残忍地夺走这甜蜜的希望！但愿，尤其是鸟类学家，鸟类的朋友，能远离这些地方！

如果坚持不懈的工作、炽烈的家庭之爱，对自由的英勇捍卫，能令人不得不肃然起敬，能阻止人类的残忍之手，那么就没有一个猎人会去碰这高尚的鸟了。有位年轻的博物学爱好者闷死了一只，把它做成了标本。他对我说，他因为这场激战而病了一场，他内疚不已，觉得自己成了杀人犯。

威尔逊好像有过一次类似的感受。

我第一次观察这种鸟，是在北卡洛林州，当时我使它受了轻伤，是伤在翅膀上。我逮它时，它叫了一声，那完全就像是孩子的叫声，叫得那么响，那么凄厉，连我的马都受了惊，险些将我掀翻。我把它带回威尔明顿市：从街上经过时，鸟一个劲儿地叫，引得人们都从门窗里向外张望，尤其是引出了一群惊骇不已的妇女。我继续赶路。回到旅店的院子里，只见店主和许多人迎了上来，显然是那叫声引起了他们的惊慌。判断一下吧，当我为我自己和我的孩子要所需要的东西时，他们更是惊慌成什么样子。店主脸色苍白，惊呆了，其他人则惊得说不出话来。我就这样逗弄了他们一两分钟后，便露出了我的啄木鸟，结果引起了哄堂大笑。我把它带上楼，放在我的房间里。然后便去看我的马，并照料它。等一小时后再回来，刚一打开房门，便又听见了那同一种可怕的叫声，这次好像是因苦于逃跑的企图被发现而发出的。它沿窗而上，几乎到了天花板，而就在天花板下面，它已经开始凿了。床上落满了大片的石灰，天花板的板条已露出了差不多有15平方法寸[1]的面积，而斜窗板上则形成了一个可通过拳头的窟窿。照这样，再过一小时，

1 法国古长度单位，等于十二分之一法尺，约合27.07毫米。——编者注

它肯定能给自己打开一个出口。我在它脖子上系了根绳子，然后把绳子固定在桌子上，便随它去了：我希望它活下来，于是便去找食物。再上来时，我听见它又干开了。等进到房里，我看见它几乎毁了那张桌子，它把全部的怒气都朝它发泄了。当我想把它画下来时，它啄了我好几口，它表现出来的勇气是如此崇高、如此不可遏制。我都想把它放回它的老家森林里去了。它和我共同生活了三天，拒不进食，结果我愧疚地目睹了它的死亡。

七

鸣唱

谁都会注意到，要是客厅里来了客人，而交谈又很热烈，那么，关在笼子里的鸟儿必然会以它们的方式加入，也就是啁啾或鸣唱！

这是它们普遍的本能，甚至在自由时亦如此。它们是上帝和人类的回声。它们附和声音，附和说话声，并加上它们自己的诗，其天真、原始的节律。或类似，或成对比，总之，它们增添和完善着大自然的伟大效果。波浪的拍击声是低沉的，相反，海鸟的音符则是尖锐、刺耳的；摇曳的树发出的是单调的沙沙声，而斑鸠和林鸟却赋予其温柔和忧伤的叠韵；乡村苏醒了，田野里呈现出一片欢快，云雀用歌声与之相呼应，把大地的喜悦带上了天空。

因此，到处，在大自然的大型乐器演奏会上，在这神奇的管风琴奏出的深沉的叹息之上，喧嚣的海涛之上，突现出一种声乐，那是鸟类的音乐，是用琴弓热情地奏出的，而且几乎总是一些高音，与低沉的背景音恰成对照。

这带翅膀的声音、热烈的声音、天使的声音，发自于一种紧张、繁忙，然而却比我们的生活要优越的生活，发自于一种流动多变的生活，它使固定在田野上的劳动者思想更加恬静，并向往自由。

春天到了，植物的叶子又长出来了，其生命因此得以更新；同样的，鸟儿回来了，它们又在恋爱，又在鸣唱了，动物的生命也因此得以更新，恢复了青春。南北半球的情况则迥然不同，处于低级状态、尚在进化中的新生世界，渴望找到哪怕一个声音，鸣唱，但尚不具备达到极致的心灵，绽开生命之花。

世界这一高级层面的美好、伟大的现象，便是在大自然以叶和花开始她的无声音乐会，它的三月和四月之歌，它的五月交响曲之时，我们全体人和鸟，都随着这和声颤动，我们都有了节奏。此时，最弱小的成了诗人，而且常常是卓越的歌手。它们为自己的爱侣歌唱，因为它们想赢得对方的爱情；它们为聆听者歌唱，而且出于好胜心，纷纷做出了惊人的努力。人类也呼应鸟，他们在对歌。这样的和声在炎热的气候下是从未有过的。在那里，鲜艳的色彩取代了悦耳的声音，而它不可能也创造出一种纽带来。那里的鸟儿尽管羽毛华贵、亮丽，却依然孤独。

与那些鲜艳夺目的精品鸟相比，我们这些地区的鸟类，因为外表朴实而内心丰富，因而贴近穷人。它们不大，可以说很少寻找美丽的花园、高雅的小径、大公园的树荫。它们全都与庄稼人生活在一起。上帝使它们无处不在。树林和灌木丛，林中空地，田野，葡萄园，潮湿的牧场，池塘芦苇，山林，甚至白雪皑皑的山顶，到处都有它这长翅膀的一族，不论什么地区，不论地势如何，都有这悦耳的声音，因此，人类不论到哪里，上到很高处，或下到很低处，都能找到一支快乐和慰藉的歌。

天刚蒙蒙亮，牲畜群的铃铛刚刚从牲畜棚里响起，鹡鸰便准备为它们带路，并围着它们蹦跳。它和牲畜打成一片，和牧羊人亲密相处。人和牲畜都喜爱它，因为它使牲畜不受昆虫的侵扰。它大胆地停落在奶牛的脑袋上和绵羊的背上。白天，它几乎与它们形影不离，直到把它们忠实地带回黑夜。

白鹡鸰也是坚守岗位的，它围着洗衣女飞来飞去；它迈开它那双长腿一直跑到水里，并讨要面包屑吃；出于一种奇特的模仿本能，它会把尾巴上下摆动，像是为了表示自己也在干活，以此来挣取自己的工资。

出色的田野之鸟，农夫之鸟，是云雀。它是农民殷勤的陪伴，在农民辛勤耕耘的土地上，处处都有它的踪迹，它在鼓励，支持，并为农民歌唱希望。希望，是我们高卢人的座右铭，正因为如此，他们把它尊为国鸟。这朴实的鸟儿外表寒碜，内心却富有，而且善唱。

大自然好像严待了云雀。它的爪长得使它不适于在树上栖息，于是它就地筑巢，以可怜的野兔为近邻，除了犁沟，别无遮挡。当它孵化时，那段生活是何等的动荡不安、充满风险啊！得操多少心，担多少忧啊！一块草皮几乎抵挡不住狗、鸢和隼的侵袭，掩护不了这位母亲的柔弱的小宝贝。它匆匆地孵化，匆匆地哺育惊惶不安的雏儿。谁不认为这可怜的鸟儿会和它那忧郁的兔邻居一样的凄惨呢？

此类动物多悲苦：恐惧常伴之。（拉封丹）

可是，相反的事情奇迹般地、意想不到地发生了，由于天性快乐、善忘，如果你愿意，也可以说是轻率，总之是由于法兰西式的无忧无虑。国鸟一旦脱险，便重又变得从容、善唱，难以抑制那种快乐。还有一点也令人称奇：它所经历的危险、动荡不安的生活、残酷的考验，并没有使它的心肠变硬，它依然善良、快乐、合群、轻信，发扬着友爱精神，一如燕子，必要时，云雀也会喂养自己的小妹妹。这在鸟类中是不多见的，所以它堪称是这方面的典范。

两样东西在支持和激励着它：阳光和爱情。它一年中有半年时间都在恋爱，一年中有两三回，它得生儿育女，从而经历风险、领略幸福；它得担负起应付各种意外事件的没完没了的训练工作。不过，一旦缺乏爱情，对它来说还有阳光，而阳光可以使它振奋。只要有一缕阳光，就足以使它重展歌喉。

它是白昼之女。当白昼一开始，当天际泛红，太阳喷薄欲出，它就箭也似的冲出犁沟，把欢乐的颂歌带上云天。这圣诗，如黎明般清新，如童心般纯洁、快乐！这响亮有力的声音，在向收割的人们发出信号。“该走啦，”父亲说，“你们没听见云雀在唱吗？”它跟随着他们，给他们鼓劲；到了炎热的时辰，它催他们入睡，为他们驱赶昆虫。它把悦耳的声音，源源不断地倾泻在睡意朦胧的少女侧着的脑袋上。

“任何一种鸟的歌喉，”图斯奈勒说，“都敌不过云雀的歌喉，其唱腔丰富而多变，音色浑厚而圆润，声音稳定而悠长，声带柔韧而不倦。”云雀可以毫不停顿地一口气唱上一个钟头，笔直地升到空中，直达千米高度，在云区抢风飞行，以到达更高处，行程如此之广，却不会丧失一个音符。

“哪只夜莺能这么做呢？”

这阳光之歌，是给予世界的恩赐。在阳光普照的整个国家，几乎都可以找到它。有多少不同的地区，就有多少种云雀：林中云雀、草地云雀、灌木云雀、沼泽云雀、普罗旺斯省克洛平原云雀、香槟省白垩云雀、属于不同世界的北极云雀，你还可以在盐碱地的大草原、被可怕的塔塔尔海峡的北风吹干的平原上找到它们。这是可爱的大自然坚持不懈的索取，是上帝慈母般的亲切的抚慰！

可是秋天来临了。当云雀在耕犁后面收获昆虫时，北极地区的客人到达了：斑鸫恰恰在我们收获葡萄时赶到，它头顶王冠，气宇轩昂，俨然是北方王，不过我们察觉不到罢了。在大雾弥漫的天气里，从挪威飞来了戴菊莺。在巨大的枞树下，小魔法师唱着它那神秘的歌，直到严寒降临，它才决定下来，加入到鹪鹩的行列中去，成为它们中的普通一员。小鹪鹩则是与我们同住的，它们用自己清脆的音符来取悦我们的茅屋。

季节变得严酷了：所有的鸟都在向人靠拢。正直的灰雀，忠实温和的一对儿，凄凄切切、细声细气地前来求助。冬莺也离开了灌木，天快黑时，它鼓起勇气来叫门，声音微颤、单调、带着哭腔。

在10月的头几个雾天里，快到冬天时，可怜的无产者到森林里去取他那不多的一点越冬用的木柴。一只小鸟被斧子声所吸引，飞近了他；它在他身边转来转去，为他轻轻地唱着它最温柔的小曲，想方设法热情地对待他。这是好心的仙女派来的红喉雀，是为了告诉孤独的劳动者，大自然中还有人在关心他。

樵夫把前一天砍下的、埋在灰烬里的烧焦的木柴，一根根堆在一起，而刨花和枯树枝在火焰中噼啪作响。这时，红喉雀唱着跑来，与火共舞，与人共乐。

大自然睡着了，并裹上了她的雪大氅。人们再听不见别的声音，只能听见北方鸟的叫声，这些鸟在空中显现出它们那尖锐的三角形；或北风的呼啸声，它拼命地往小茅屋的屋顶里灌。这时，一种如笛声般的、抑扬低回的小唱，以创造性劳动的名义，又前来抗议万物的死气沉沉、服丧和停工。

行行好，开开门吧，给几粒面包屑，一点谷子。如果它见到的是友善的面孔，便会进到房间里来。它对火并不是无感觉的。这可怜的小鸟来自冬天，经过这短暂的夏天，再回到冬天去时，体力就会有所增强了。

图斯奈勒愤愤不平地认为，没有一位诗人歌颂过红喉雀。他这不是没有道理的。可是这鸟儿本身就是它的诗人。如果有人能把它的诗写下来的话，便会发现，它完美地表达了蕴藏在它生活中的朴实的诗意。在我家里的并在我书房里飞来飞去的这只，因为没有同类来听，便停在镜子前，也不打扰我，对着在另一面出现的想像中的红喉雀，低低地诉说着它全部的思想。下面便是大意，它出自一位女性之手，她尽量记录下来的诗句是这样的：

我是可怜的
樵夫的伙伴。

秋天里我是，
而当寒风乍起，
又是我给了他
最后一支林中曲。

他很悲苦，于是我唱，
穿着我缀金的丧服。
在凝滞的薄雾中，
我又看见了天空。

愿这歌声令你振奋，
让你保留希望。
愿它用梦想来安慰你，
并把你带回到黑夜！

可是当严寒来临，

我便来敲你的窗。
没有枝叶了，
可怜可怜小鸟吧！

是你秋天的伙伴，
又来到了你的身旁。

天空、万物抛弃了我……
樵夫，给我开开门！

在这缺粮的时光，
小小的旅行家，
享用完一点面包屑，
便会入睡在你的温暖中！

我是可怜的
樵夫的伙伴。

八

鸟巢——鸟类建筑学

我在面对着几个法国鸟巢写作，这一套有趣的收藏品，是我的一个朋友为我收集的。我现在能够评价、核实作者的描述了，也许还能加以改进，假如我有限的写作才能，能使人对一种非常特别的艺术产生一点概念的话。这种艺术和我们的艺术有所不同，乍一看，你是怎么也不会相信的。你一看到那些东西，便知道它们是无可取代的。得看和摸：于是你觉得，所有的比喻，都是不正确的，乃至错误的。这是另一个世界的东西。该说它们高于或低于人类的作品吗？两者都不是，可基本上是不同的，要说有共同之处，也几乎只是就外表而言。

首先让我们来回忆一下：这可爱的东西有说不出的精致，全凭技巧、熟练和计算。材料嘛，往往很简单，而且并不总是艺术家偏爱的那些。工具也极不完善。鸟类没有松鼠那样的手，也没有海狸那样的牙，只有喙和爪（那爪根本不是手）。似乎，筑巢对它来说该是一个无法解决的难题。我眼皮子底下的那些，是由一种织物或紊乱的苔藓，柔韧的小树枝，或长长的植物纤维构成的。可是与其说是织成的，不如说是集成的，是混合材料的粘合，是把一种材料持续不断地用力推和塞进另一种材料里：这是一种很辛苦而且很用力的艺术，单靠喙和爪是不够的。实际上，工具便是鸟自身的躯体，即它的胸，它用胸挤压材料，直到使之完全服帖，掺和并固定到整个作品上去。

而鸟巢的内部，赋予其圆形的工具不是别的，正是鸟的躯体。它在里面不停地转，把四面的墙朝后推，使之最终形成了这个圆圈。

于是，房子，便是它本身，是它的外形和它即时付出的努力，我要说，是它的痛苦。成果的取得全靠胸一再地、不停地挤压。这一根根草，为了形成和保持弯曲，哪一根不被胸部、心脏挤压过数千次；在挤压的过程中，肯定还伴有呼吸紊乱，也许还有心跳。

四足动物的居所则完全是另一回事。它生来就是被毛的，哪里还需要巢？因此，那些筑巢或挖洞的，多半是为自己干，而不是为了后代。旱獭是它那斜面地道里的熟练的矿工，那地道使其免遭寒风的侵袭。松鼠会用灵巧的手竖起美丽的小塔，为自己遮雨。善于对付困境的大工程师河狸，能预见到河水上涨，会给自己建上好几层，然后随心所欲地爬上去。所有这一切全都是为了个体，而鸟筑巢则是为了全家。它原本无忧无虑地生活在稀疏的枝叶下，充当着敌人的目标，可它一旦有了伴，预料之中的、期盼中的母性，便使它成了艺术家。巢，乃是爱情的产物。

因此，艺术作品标志着非凡的意志力、特别持久的激情。尤其是这一种，你更能感觉到这一点。它和我们的艺术作品不同，事先并没有经过构思，而构思可以制订计划，使工作得以持续地、有规律地进行。在此，计划就在艺术家身上。主意一旦拿定，哪怕没有构思，没有框架，没有预先的支持物，飞船也会一个部件一个部件地造起来，哪个部件都不会打乱整体。一切都可随时添加，而且是对称的、十分和谐的。工具奇缺，需要做出艰苦的努力，把材料集中起来，并通过胸部的挤压，把它们粘合起来。在这种情况下，事情之难，可想而知。

母鸟并不相信公鸟能胜任一切，可它把它当供应者使用。它去找材料，草呀，苔藓呀，根茎呀，或嫩枝什么的。可是当房子建成了，涉及内部布置，涉及床呀，家具呀，事情就变得比较困难了。得想到，这床得接受一个极易着凉的蛋，而蛋受了凉，不论是哪个部位，都可能造成雏鸟的某个肢体坏死。这小家伙出生时是光秃秃的，腹部嘛，有母亲的腹部紧贴着，是不会怕冷的，可是背，背还光着呢，只有床能使它保暖：当母亲的在这方面特别小心，特别不放心，以致很难满足。丈夫送来了马鬃，可是太硬了：只能铺在下面，做有弹性的床绷。它又送来了大麻，可是太凉了：只有丝绸和某些植物的丝一般的绒毛、棉花或羊毛才行，或最好是用它自己的羽毛、绒毛，它把它们拔下来，放在乳鸟身下。

看公鸟找材料是相当有趣的，它找起来很熟练，而且偷偷摸摸的，它怕人用目光追随它，会太清楚走哪条路能找到它的巢。往往，假如你注视它，为了蒙骗你，它会改变路线。上百种巧妙地偷来的东西将符合母鸟的愿望。它会跟随小羊羔，为的是收集点羊毛。它会在鸡窝里捡从母鸡身上掉下来的鸡毛。它会大胆地窥伺，挡风披檐下的农妇是否会把她的线球或纺纱杆上的卷羊毛放下片刻，然后便会叼着棉线，满载而归。

收集鸟巢是最近的事，因而藏品不多，类型也不够丰富。然而鲁昂的藏品以其内部格局见长，而巴黎的藏品有好几种很有趣的样品，从这些藏品中已经可以看出，创造鸟巢这种杰作运用了哪些不同的技艺。鸟巢的发展情况怎样？是如何逐步改进的？这并不是指从一种技艺到另一种技艺（比如说从砖瓦工到编织工），而是指在每一种技艺中所达到的高度，这得看鸟类的智力状况、材料处理起来的难易程度以及气候条件。

那些鸟类矿工，像企鹅、海雀，它们的后代一出世便会跳入海中，所以它们仅仅满足于挖个坑就行了。而蜂虎、海燕，它们得哺育自己的后代，于是便在地底下挖了一个真正的住所，比例非常得当，带有几分几何学的味道。它们还加以布置，在里面铺上柔软的材料，这样雏鸟就不会觉得那么硬了，也不会觉得潮湿的土地是那么凉了。

而那些鸟类泥瓦工，像红鹳，它用泥垒成棱锥体，为的是把自己的蛋和被淹的土地隔开，并用那双长腿站着孵化，所以，它仅满足于完成一个很粗糙的作品。这还仅仅是个普通工。真正的泥瓦工是燕子，它把自己的房子吊在我们的房子上。这类东西中的奇迹，也许要数斑鸫的令人惊讶的纸板制品了。它的巢，被葡萄树遮蔽着，很容易受潮，于是外面裹上苔藓，这样混在青枝绿叶里能躲过一双双眼睛。可是你看看里面吧：这真是一个令人赞叹的高脚杯，它干净、光滑、闪闪发亮，丝毫不亚于玻璃，都能在上面照出人影来。

融建筑、细木工和木雕为一体的艺术，是为森林所特有的一种朴拙的艺术。鸦鸮在这方面所做的尝试是不值一提的。它的喙虽大，却乏力而不厚实，因而它只能凿凿生虫的树。而啄木鸟的工具却比较好，这我们前面已经看到了，所以它更能干：它是真正的木匠；而当爱情来临时，它又成了雕刻家。

篾工、织工这一行当可谓种类繁多，而干这一行的鸟类也不计其数。指出它们的起点、发展，和一种如此之多样化的技艺的极致，那可就得花很多时间了。

岸边的鸟类就已经会编织了，可是不大熟练。它们何必要多干呢？大自然给它们穿得那么好：它们有油质的、几乎不渗水的羽毛。所以它们对生活场所不那么重视。它们的主要专长是捕猎，总是吃素，而且食量小，这些食鱼族是很挑食的。

鹭、鹳的编织非常简单，在这方面，林中篾匠松鸦、嘲鸫、椋鸟、灰雀，已有所超越。它们的家庭成员较多，所以它们的工作量也较大。它们先制一个粗糙的底，再在上面安一个漂亮程度不等的筐，即一个用植物的根和小块木柴连得很紧的编织物。扇尾莺把三根芦苇精巧地缠绕在一起，而芦苇的叶子则被夹在里面，形成织物的活动而安全的底面，而它就随着这底面起伏。山雀把它的钱袋状摇篮的一面吊起来，让风摇晃它的全家。

金丝雀、金翅鸟、燕雀都是熟练的制毡工。后者惴惴不安，提防心强，在已完成的活计上，巧妙机智地粘上白色地衣，而上面的斑点令寻找者颇感困惑，他将这掩饰得极好的可爱的鸟巢当成了青枝绿叶上的畸变，一种偶然出现的自然物。

粘连和毡合也在鸟类编织工的作品中起着重要作用。把这些技艺截然分开是错误的。蜂鸟用树胶加固它的小房子。其余大部分鸟则用唾液。有几种——咄咄怪事！——在爱情的启迪下还用上了人工技术，在这方面，它们的器官提供了最起码的帮助。一种美洲椋鸟甚至能用喙非常灵巧地缝合树叶。

几种熟练的编织鸟，不仅仅满足于用喙，还加上了脚。经纱一旦准备好，它们便用脚踩住，而喙则把纬纱嵌入。它们成了名副其实的织布工人。

总之，它们够灵巧的，甚至灵巧得让人吃惊。可是它们缺乏工具。它们特别不适合干它们非干不可的活。相比之下，大部分昆虫都装备得非常好，它们有出色的工具。它们是真正的工人，而且天生如此。鸟只是在爱情的感召下当上一阵子而已。

九

鸟城——共和国试验

我越想，就越发现，鸟并不像昆虫是一种成批动物。它是大自然的诗人，是生灵中最独立的，其生活卓越而高尚，充满风险，总之是很缺乏保护的。

让我们走进美洲的原始森林，考察一下离群索居的生灵所发明或拥有的安全措施。让我们来把鸟的本领，其天才的努力，和它的邻居，生活在同一场所的人的发明比较一下。它们之间的区别给鸟增了光。人的发明完全是攻击性的，印第安人发明了棍棒、割带发头皮的石刀，而鸟只发明了巢。

论清洁、暖和和漂亮，鸟在各方面都优于印第安人和黑人的小屋。在非洲，黑人的小屋常常只是因年深日久而形成空洞的猴面包树。

黑人尚不知道有门。他的屋子是敞开的，为了对付野兽的夜袭，他只是用荆棘把入口堵住而已。

鸟类也同样不会关闭巢。那它如何来防御呢？一个重大而可怕的问题。

它把入口做得狭窄而迂回。如果它选择一个自然巢，即利用一棵树的空洞，那么它就会操起熟练的泥瓦工活，把入口缩小。好几种鸟，像面包师，会筑一个带两套居室的双重巢。在放床的凹室，母亲孵化；在前厅，父亲守卫。这绝不掉以轻心的哨兵随时准备打退敌人的入侵。

有多少敌人要提防呀！蛇、人类或猴子，还有松鼠，怎么说呢，还有鸟类自己。这一族也有自己的窃贼。邻居们有时会帮助弱者收回财产，用武力赶走不正当的窃取者。有人担保，秃鼻乌鸦（小嘴乌鸦的一种）的正义感会有更充分的表现。有的年轻夫妇为了早点成家，不惜去偷别的巢里的材料、家具。而它们并不放过这类家伙。它们十个八个地联合起来，把罪犯的巢撕得粉碎，彻底捣毁这个贼窝。受到惩处的小偷们不得不另起炉灶，飞往远处去筑巢。

这难道不是一种财产所有权和神圣的劳动权观念吗？

到哪儿去找保障？怎样来确立一种公共秩序？真想知道鸟类是如何解决问题的。

可能有两种解决办法：第一是联合，即组织一个政府，它能把力量集中起来，能把弱者的聚集变成一种防御力量。第二种，（神奇乎？荒谬乎？虚构乎？）实现阿里斯托芬[1]的飞城，建一个这样的住所：因其轻巧能防笨重的空中强盗，而地面强盗，猎人、蛇又无法接近。

这两件事，一件是难办的，另一件似乎是办不到的，可鸟类却实现了。

先是联合，再是政府。君主制度是低级试验。猴子每群

1 阿里斯托芬（Aristophane，约前450—前386）：古希腊著名喜剧作家。

都有一个领头王，同样，好几种鸟类，尤其是在处境危险时，好像都追随一个首领。

食蚁鸟有王，天堂鸟有王。霸鹟，勇敢非凡、不屈不挠的小型鸟，用自己的藏身处来掩护较大的鸟类，因而它们追随它、信赖它。有人担保，高贵的鹰是不捕食某些鸟类的，它对它们压抑了自己这方面的本能，让一些胆怯而信赖其仁慈的家庭在它下面和四周筑巢。

不过最可靠的联合是实力相当者的联合。鸵鸟、企鹅等一群鸟类因此而联合在一起。好几种为了旅行而聚结的鸟，迁移时便形成了临时共和国。人们知道鹤和鹳能和睦相处，它们的共和政体具有严肃性，而它们的战略战术则无懈可击。其他的，因为个体较小，防御能力较差，况且处在残忍而多产的大自然不断为它们产生可怕的敌人的气候下，因而彼此不敢分开，各自的住所都相互挨着，然而却不会混淆，在一个共同的屋顶下分室而居，形成真正的鸟群。

帕特森的描绘像是难以置信的，可是却被勒瓦扬证实了，后者经常能在非洲找到这种奇特的城邦，并对它做过研究、剖析。《鸟类建筑学》一书中的木刻画让人能更好地理解他的讲述。画上是一顶安放在一棵树上的大伞，它那公共屋顶下有 300 套住房。"我叫几个人把它带来了，"勒瓦扬说，"他们把它放在一辆大车上。我用斧子把它劈开，结果发现，这尤其是一堆博斯曼草，不掺杂任何其他东西，可编得非常紧，雨是透不过去的。这堆草只是建筑物的框架：每只鸟都在公共亭下为自己筑了一个私巢。巢仅占据屋顶的边缘，上面部分是空的，可也并不是没用的：因为升得比其余部分高，使得整个建筑具有足够的倾斜度，就这样保护了每套小住房。总之，请想象一下，一个不规则的斜面大屋顶，其内部边缘布满了一个紧挨一个的鸟巢，这个奇特的建筑物是什么样，这下就可以有一个正确的概念了。

“每个巢直径有三四法寸，这对鸟来说足够了。可是，因为它们是围着屋顶一个个相互接触的，所以看上去就像是一个整体，而它们只是被一个小小的开口分隔。这个开口充当着巢的入口，而且，经常是一个开口为三个巢共用，一个开口在底部，其余两个在侧面。有三百二十个巢，共有六百四十个居民，假如每个巢住一对夫妇的话。对此你可以表示怀疑。不过，我每次对着一大群鸟开枪，杀死的公鸟和雌鸟的数目总是相等的。”

可嘉的榜样！值得效仿……我只是愿意相信，这些可怜的小生灵的友爱精神就足以起到保障作用了，它们的数量和声音有时能令敌人惊慌失措，使妖怪惶惶不安，让其改道而行。可是假如它执意不走。假如它自恃有鳞片状皮肤，对叫声充耳不闻，侵略鸟城，而这时，小生灵们又羽毛未丰，飞不了，那么这数量就几乎只能增加牺牲者了。

剩下的是阿里斯托芬的观点，空中城，即与土地、水脱离，在空中建城。

这是天才之举。为了实现此举，必须要有奇迹，即要有世界上的两种力量：爱和恐惧。

最强烈的恐惧，莫过于能使你的血凝固的那种了：假如你朝一个树洞里张望，而一条冰冷的蛇的黑扁脑袋抬起来，冲着你的脸嗞嗞作响，这时，你即使作为人，作为强者，也不能不发抖。

何况是没有防御能力、在自己的巢里被逮住，无法使用自己翅膀的小生灵，那就更得瑟瑟发抖，惊恐万状了！

空中城是在蟒蛇出没的地区发现的。

非洲是蟒蛇之乡，在可怕的旱季，遍地都可见。而在亚洲，在孟买的灼热的河岸上，在柠檬发酵的森林里，它们大量繁殖、发育成长、充满毒汁。在摩鹿加[1]，它们不计其数。

菲律宾大嘴鸟的灵感由此而产生。大嘴鸟，便是这位大艺术家的名字。

它在紧挨水边的地方选一根竹子。在这棵树的树枝上，它巧妙地吊上一些植物的纤维。首先，它知道巢有多重，所以不会出错。然后，它把一些相当硬的草一根根地固定在植物纤维上（没有任何依托，是空中作业）。这活费时而累人，必须要有耐心和极大的勇气。

只有一个前厅，就好比一个吊在水上的12—15尺的圆筒，开口在下面，所以得自下而上往里进。上端像一个葫芦或一个鼓起的口袋，总体上如化学家的曲颈瓶。有时，五六百个相似的巢就吊在一棵树上。

这就是我的空中城，不像阿里斯托芬的那种，是想象中

1　马来群岛中一属印度尼西亚的群岛。

的、虚构出来的，而是确实的、实现了的，它符合三个条件：因为是在水边河畔，所以很安全；甚至因为开口狭小而猛禽进不去；进去得自下而上，十分费力。

哥伦布[1]曾向人提出，看谁能使鸡蛋在桌上站住。当时对方对他说的话，您或许也会对建空中城的灵巧的鸟儿说，即你会对它说："这简单得很。"一如哥伦布，鸟儿的回答将是："你怎么想不出来呢？"

1 哥伦布（Colomb，1451—1506）：意大利航海家，新大陆发现者。

十

训练

瞧，巢筑好了，而且母亲想方设法，对其采取了一切谨慎的保护措施。它停在已完成的作品上，想象着明天它将要容纳的新客人。

在这神圣的时刻，我们难道不应该也想一想，寻思一下，这颗母亲的心容纳着什么呢？

一颗灵魂？我们敢说这灵巧的建筑师，这温柔的母亲，有一颗灵魂吗？

有好多人——何况他们是很敏感、很富有同情心的——都会大惊小怪地排斥这个十分自然的念头，将其视为一种可耻的假设。

他们的感情把他们引向这个念头，而他们的理智，起码是他们所受的教育，却使他们远离之，而下面的观点则早就有人让他们从思想上接受了。

动物不过是些机器，是机械的木偶，或者说，假如人们以为在它们身上看到了一点敏感性和理性，这也纯粹是本能的反映。可本能又是什么呢？我不知道什么叫第六感觉，这东西是无法下定义的，可它们生来就具有，而不是靠后天获得的；是一种盲目的力量在起作用，建成和做成上千种灵巧的东西，而它们自己却并未意识到，另外，它们个人的活动在其中起到了一定的作用。

如果是这样，这本能便是一成不变的东西，它们的作品也将是不变的、规则的，不论是时间还是环境都无法使之多样化的。

冷漠、分心、别有所忙的人，没时间来观察，会口头上接受这种观点。为什么不？乍看起来，动物的此类行为，以及此类作品，似乎差不多是规则的，要做出别的判断，需要多加注意，多花时间，多做研究，而这种事情不值得这么做。

先把这争论搁一搁，来看东西本身。让我们举一个最平凡的例子，一个个别的例子，让我们靠自己的眼睛，靠自己的观察，而观察，是每个人凭着最一般的感觉都可以做到的。

请允许我在这里老老实实地提供一份日记，是关于我的金丝雀，名叫戎基叶的。因为日记是从它第一个孩子一出世，便开始一个小时一个小时地记录，所以非常准确，总之，是真正的出生证。

首先应当说，戎基叶是在笼子里出世的，并没有见过筑巢。我一看到它因为要当母亲了而骚动不安，便经常把笼门打开，让它在居室里自由活动，并收集所需要的床上用品。它果真收集了，可不知如何使用。它把它们集中起来，在笼子的角落里推挤和毡合。很显然，它先天并不具有建筑技能（完全与人一样），鸟要是没学过这个，是不会的。

我给了它一个现成的巢，起码是一个能做建筑物框架和墙的小筐。它于是做了褥子，并用毡子好歹把四壁衬上。然后就孵蛋，孵了16天，表现出了惊人的坚定、热忱和虔诚，而这一切均出自于母爱。这孵蛋的位置非常累人，可它每天仅离开几分钟，还得是在公鸟来代替时。

第16天中午，蛋壳裂成两半，只见巢里有没毛的小翅膀和小脚在爬，有某种东西在竭力从膜中完全脱出。身体是一个大肚子，圆圆的，就像一个皮球。母亲呢，眼睛睁得大大的，脖子伸得长长的，翅膀颤抖着，从小筐边注视着孩子，也注视着我，像是在说：别靠近！

除了翅膀和脑袋上有几根长长的绒毛，它全身都是光秃秃的。

这第一天，它只给它点水喝，而它已经会张开喙了，而那喙，也已显得很懂事了。

不时地，为了让它更好地呼吸，它会离开一点，然后又把它放在翅膀底下，轻轻地抚摩它。

第二天，它吃东西了，可吃的是嚼食，一点精心制作的、清淡的海绿，先由父亲送来，然后由母亲接过，并由它小声地叫着递过去。很可能这不是食物，而是泻药。

只要孩子一得到所需要的东西，它就任由父亲飞来飞去，算是放它的假。可孩子一要，母亲就用它最温柔的声音呼唤奶公，而奶公把嘴装得满满的，匆忙赶来，把食物递给它。

第五天，眼睛不那么鼓了；第五天早晨，羽毛开始沿着翅膀长出来，而背部的颜色变深了；第六天，孩子会睁眼了，当你叫它时，它也开始牙牙学语了；父亲试着自己来喂食。母亲度假了，并频频外出。它也常常停落在巢边，爱恋地注视着自己的孩子，可孩子在骚动，感觉到有活动的需求。可怜的母亲！用不了多久，它就会想要从你身边溜走的。

这是第一阶段的训练，是基本生活训练，而这种生活尚是被动的；而第二阶段的训练（是主动的，即飞行训练），我后面将谈到。在这两种训练中，有一点是显而易见的，时时都可看出来的，那就是，一切都慎之又慎地适应最不可预料的东西，即本质上是可变的东西，即适应孩子个人的力量；食物的数量、质量以及制作方法，保暖、抚摩、清洁等方面的问题，全都处理得非常巧妙，连那些因情况而异的细节都注意到了。这些，连最细心、最有预见性的女性，都是很难做到的。

它望着自己亲爱的小宝贝时，心在剧烈地跳动，眼睛在闪闪发光，见此情景，我不禁说道："我守在儿子的摇篮边时，不也是这样吗？"

啊，如果这是机器，那我自己又是什么？而谁又能证明我是一个人呢？如果那躯体里没有一颗灵魂，谁又能向我担保我就有一颗人类的灵魂呢？那么该相信什么呢？假如我应当从一些显然是最理性、最深思熟虑而且也是最个体化的行为中得出这样的结论：使生活和思想运转的，只是无理性的、机械的、木偶式的东西，即某种钟摆式的东西，那么世界岂不只是一个梦，一个幻景！

请注意，我们是在对一个被俘的生灵进行观察，它是在无法避免的、住所和食物都是特定的情况下完成上述行为的。可是，如果这一切都是发生在自由自在的森林里，在那儿，它得为许多当俘虏时用不着考虑的情况而操心，那它的行为显然会有更多的选择，更多的个人意愿和思考！我尤其想到它们对安全问题的操心，对鸟类来说，这在野外生活中也许是第一位的，它比任何东西都更能对它非凡的自由起作用，并验证之。

在继这生活的启蒙——我刚才已举了这方面的例子——之后，便是我称之为职业训练的启蒙，而每种鸟，都有一种职业。

训练的辛苦程度，要依据每种鸟所处的环境和情况而定。捕鱼训练，比如说，对企鹅来说是比较简单的，小家伙步履不大矫健，领它下海是相当困难的，它的大奶妈在等着它，已经为它准备好了食物，它只要张嘴就行。而对鸭子来说，这种训练就比较复杂了。今年夏天，在诺曼底的一个池塘里，我观察到了一只雌鸭，它后面跟着一群小鸭子，它在给它们上第一课。乳鸭们聚集在一起，一副贪婪的样子，只求活命。听到它们的叫声，母亲顺从地潜入水底，衔上来一条泥鳅或一条小鱼，然后公平分配，从不给同一只小鸭子连续分两次食。

这画面中最感人之处在于，母亲虽然胃大概也是空着的，可它什么都不给自己留，似乎以奉献为乐。它显然在全神贯注地引导全家像它那样做，像它那样勇敢地钻进水里去捕食，它用近乎温柔的声音，敦促大家拿出勇气和信心来做这个动作。我有幸看到小鸭子一个接一个地，也许是哆哆嗦嗦地钻进了黑魆魆的深渊。训练这才告结束。

这种训练很简单，是属于低等职业方面的。剩下来要讲的是技能训练，即飞行技能、唱歌技能和建筑技能。鸟类歌唱家的训练是最复杂不过的。父亲的坚持不懈，小家伙们的顺从听话，非常值得钦佩。

这种训练超出了家庭范畴。年纪尚轻且歌技欠佳的夜莺、燕雀，会在高手身边聆听和自我提高，那鸟儿是人们提供给它们当老师的。在俄国的宫殿里，人们对夜莺的鸣唱有一种东方式的雅兴，有时能看到这类学校。夜莺大师在自己的笼子里，而笼子挂在大厅中央，周围是它的弟子们，它们各自在自己的笼子里。为了让它们来聆听和上课，每小时得花不少钱。大师教唱前，它们之间先吱吱喳喳地寒暄一番，彼此问好并相互辨认。可是当那权威博士专横地一声喊叫——声音好比来自一口优质钢钟——大家便安静下来。只见它们一个个毕恭毕敬地聆听，然后便羞羞答答地重复。大师很热心，回到主要的唱段上加以纠正，而且态度很温和。有几位鼓起勇气，在几个和得顺利的音上，力图与那唱得极好的旋律保持一致。

如此之高难度、如此之多变、如此之复杂的训练，难道是来自机器，来自处于本能状态的、无理性的动物的吗？谁能否认这其中有颗灵魂呢？

让我们睁开眼睛看看事实吧。抛开偏见，抛开已知的、约定俗成的东西吧。根据某种大家都赞成的偏见，某种教义，把灵魂归还给动物，是会冒犯上帝的，这样做是不可以的。而创造人，创造灵魂和意志，比起制造机器来，上帝不知要伟大多少呢！

放弃骄傲吧，承认自身一无所有，而承认动物的虔诚灵魂是会使人脸红的亲戚吧。它们是谁？是你的兄弟。

它们是谁？是一些刚刚开始的灵魂，是一些还只具有生存能力的灵魂，它们正在谋求更全面、更广泛、更和谐的生活，而这样的生活，人的灵魂已经达到了。

它们会达到吗？如何达到？上帝把这些秘密留给了自己。

有一点是确凿无疑的，那就是他在号召它们也往更高处攀登。

它们——并非暗喻——是大自然的幼子，上帝的婴儿，它们在试着靠他的阳光来行动、思索，它们在摸索，可是渐渐的，会走得更远。

> 哦，可怜的孩子！你紊乱的
> 思路尚未理清……

的确，是孩子的灵魂，可是远比人类孩子的灵魂要来得温和、忍让、耐心。它们大部分是何等宽厚、默然地忍受着

（比如我们的马）恶劣的待遇，忍受着鞭打和伤害！它们全都会承受疾病，承受死亡。它们会走到一旁去，用沉默包裹自己，躺倒并躲藏起来，这平和的态度经常成为它们最有效的药物。否则，它们就接受命运，如睡着般死去。

它们也像我们一样在爱吗？最羞怯的那些，为了捍卫自己的子女和家庭，会骤然变得很英勇，当你看到这种情景时，又怎么能怀疑呢？人为了自己的孩子而不怕死的献身精神，你每天都可在霸鹟、椋鸟身上找到，它们不仅抵抗鹰，而且愤怒而英勇地追赶它。

有两件事惊人地相似，你愿意看看吗？瞧，一方面是妇女在教自己的孩子学走第一步，另一方面是燕子在教雏燕学习第一次飞翔。

一样惴惴不安，一样给予鼓励，举例子呀，出主意呀，采取保护措施呀，心里其实是很担心、很害怕的……“放心吧，再容易不过了。”事实上，这两位母亲的心都在发颤。

训练课是很有趣的。母亲振翅起飞了：它专注地看着，也稍稍抬起了身子。然后，只见母亲在飞来飞去：它边看，边扇动着翅膀……所有这一切都还进行得顺利，因为这是在巢里呀……可是要想鼓起勇气飞出去，困难就来了。母亲招呼孩子，给它看某个诱人的小猎物，它答应事后奖赏它，它力图用小飞虫做诱饵把它引出来。

小家伙还在犹豫着。设身处地为它想想吧。这并不是在房间里，在母亲和奶奶之间学步，跌倒了有垫子接着。这教堂大燕呀，是在钟楼顶上授第一堂飞行课，在这关键的时刻，它在很吃力地给儿子鼓劲，或许也是在给自己鼓劲。我敢保证，母子俩不止一次地目测深渊、注视马路……我不妨声明，对于我来说，这场面是伟大的、动人的。它得相信自己的母亲，它也得相信儿子还这么稚嫩的翅膀……上帝要求两方面都表现出信任和勇气来。崇高而卓越的起点！……可是它相信了，它冲出去了，而且不会再掉下来了。它惊惶不安地飘荡着，天空中慈祥的微风在托着它，母亲令人放心的叫声在支持着它……一切都结束了……从今后，它将泰然自若地在风雨中飞翔，因为这第一次考验，这靠信任而完成的飞行，已使它变得坚强勇敢。

十一

夜莺——艺术和无限

著名的布道场，如今是圣日耳曼市场，众所周知，每星期天又成了巴黎的鸟市。这是一个有着不止一个名称的让人感到好奇的地方。这是一个不断更新的大型动物园，法国的鸟类学家感兴趣的流动博物馆。

另一方面，像这样一种拍卖活的生灵，总之是拍卖俘虏——其中许多都感觉到自己的俘虏身份——的方式，令人间接地联想到东方市场，联想到人类奴隶的拍卖。在那里，商人展示并出售它们，根据机敏程度的不同给它们作价。带翅膀的奴隶，虽不懂我们的语言，却依然明确地表达出奴隶的思想。一些是生下来便如此，故而一副屈从的样子；另一些却阴郁而沉默，总是向往自由。有几只似乎在向你打招呼，想拦住过路人，只求得到一个好主人。有多少回，我们看到一只聪明的金翅鸟、一只可爱的红喉雀哀怨地望着我们，其目光明明在说："买我吧！"

今年夏天的一个星期天，我们去逛了那个鸟市。这将使我们永生难忘。市场并不丰富，更谈不上悦耳：变声和沉默期已经开始了。但我们照样被个别几只鸟的憨态攫住了，并对它们产生了强烈的兴趣。鸣声、羽毛，鸟的这两大属性，往往吸引住了人们，妨碍人们去观察生动而独特的表意动作。只有一种，美洲嘲鸫，它具有喜剧演员的天才，其所有的鸣唱，都是用一种模仿来表现的，这种模仿完全符合它们的性格，而且经常是很有讽刺性的。我们这里的鸟没有这种奇才，可它们以意味深长，并往往是悲怆的动作，平实而下意识地表达了脑海中闪过的东西。

那天，鸟市皇后是一只黑头莺，价格昂贵的艺术鸟，它被单放在货架上，置于其他鸟笼之上，宛如一款无与伦比的首饰。它飞来飞去，轻盈而可爱。它身上的一切都是优雅的。因为是关在笼子里经过长期的训练造就的，它似乎无所遗憾，只能给人以甜蜜和幸福之感。很显然，这是个美妙无比的生灵，鸣唱和动作是那样的和谐，以致看到它动，就仿佛听见了它唱。

在较低处，在低得多的地方，在一个窄小的笼子里，有只稍大一些的鸟，因为被用很不人道的方式关着，给人以一种奇怪的、迥然不同的印象。这是一只燕雀，是我见过的第一只盲眼的。没有比这景象更让人痛苦的了。得有一种对一切悦耳的声音都一窍不通的本性，得有一颗不开化的灵魂，才可能用这样的眼睛来换取这位牺牲者的鸣唱。它焦虑不安、起劲卖力的态度，在我看来，使它的歌声变得很忧伤。最糟的是，它像是具有人性的：它使人联想起近视眼者和后天失明者经常做的转头和难看的肩膀动作。这鸟绝不是先天就失明的。它老是使劲地向左歪脑袋，用那双空荡荡的眼睛，寻找着阳光。而这个歪脑袋的动作，已成了一种抽搐。脖子像是要缩进肩膀似的，而且膨胀着，似乎是为了从中汲取更多的力量。脖子是扭着的，肩膀有点驼。这不幸的、仍在唱的、变形了的高手，因那股不可遏制的、追逐阳光的力量而变崇高了，它总是往高处去寻找，总是到无形的、已保留在脑海里的太阳中去获取它的歌。它的形象却是丑陋、卑贱的，那是沦为奴隶的艺术家的形象。

这种鸟是不大可训练的，它用一种纯铜般的、绝妙的音色，重复着它的老家树林里的歌，带着它出生地的特殊的音调：有多少不同的地区，就有多少燕雀的方言土语。它忠实于自己：它只歌唱它的故乡，而且是用同一个音符，可感情却是激烈的，好胜心也是非同寻常的。若是让它面对一个对手，它会连续八百次地重复这个音符，有时甚至会重复至死。我并不奇怪，比利时人会热情地颂扬这唱家乡曲的英雄，他们会给阿尔登山脉森林歌手的赛歌，颁发奖金、桂冠，甚至凯旋门，以表彰这种为取胜而不惜付出生命的崇高的献身精神。

在比燕雀所在的位置还要靠下的地方，在一个小小的、简陋的笼子里，杂乱地关着六七只大小不一的鸟，捕鸟者指给我看一名囚犯，他要不说，我是识别不出的，原来那是一只幼小的夜莺，是当天早晨捕到的。那捕鸟者以惯用的伎俩，把可怜的俘虏置于一群小奴隶当中，只见它们一个个兴高采烈，而且已经完全习惯了囚禁生活。这是一群小鷦鷯，是最近在笼里出世的。他盘算得很好：观看天真无邪的童年时代的游戏，有时候能消除巨大的痛苦。

而这一位的痛苦显然是巨大的、无限的，比我们用泪水来表达的任何一种痛苦更要来得能够打动人。它远远地待着，缩在暗影里，笼子的深处，半躲在一个小食盆里，羽毛稍稍竖起，身子因而变得粗大，眼睛紧闭着，连被撞着也不睁开；那些好动的小家伙做嬉闹、冒失的游戏时，经常互相推搡，撞到它身上。显而易见，它既不愿看，也不愿听，不愿吃，不愿被安慰。这自觉自愿的黑暗——这我能感觉到——在它那撕心裂肺的痛苦里，是一种为了使自己不存在而做出的努力，是一种有意的自杀。它在从精神上拥抱死亡，尽其所能，以感官和一切外部动作的停止来求死。

请注意，在这种态度里，丝毫没有仇恨、痛苦和愤怒，丝毫没有能使人联想到它的邻居、顽强的燕雀的因素，那位的态度则是在使劲，它是那么激烈，那么焦灼不安。而这位，甚至那些无忧无虑、无所顾忌的幼鸟有时扑到它身上，都不会引起它任何不耐烦的表示。它显然在说："都已经不存在了，还有什么关系呢？"尽管它眼睛是闭着的，这我还是看出来了，我感到了一颗艺术家的灵魂，感到了用以对付野蛮的世界和残酷的命运的全部温柔、全部阳光，其中毫无刻毒和冷酷。这便是它赖以生存的东西，正因为此，它没有死去。虽然它无比哀伤，但它在自身找到了强有效的、为本性所固有的补药：心中的阳光，歌。这几个字，说出了夜莺的语言所表达的意思。

我明白，它没有死去，因为即使在那时，尽管它不愿活，尽管它想死，可它没放弃唱。它的心在唱着那无声的歌，而那歌，我完全听到了：

让我痛哭吧！

自由……

自由！……给我自由吧！我在为它哭泣！

我没料到会在那儿又找到这支歌，从前，它是由另一张嘴（它再也不会张开了）唱出的，而且已经咬伤了我的心，在那儿形成了一个时间抹不去的伤口。

我问看守，是否可以买下它。那狡猾的人回答说，它太小了，不能卖，它自己还不会吃食呢。显然不是那么回事，因为这不是当年出世的，可是他要留待冬天卖，到那时，等声音恢复了，好卖个高价。像这种出世时是自由的夜莺，是真正的夜莺，其价值与笼生的迥然不同：它唱起来也迥然不同，因为它见识过自由，见识过大自然，它怀念它们。大艺术家的才能最出色的部分，是痛苦……

艺术家！我前面说过该词，而我现在并不想推翻。这并不是相像事物的类比、比喻，不，这是事物本身。

我觉得，在有翅族里，夜莺不是第一个，而是唯一应该得到这一称号的。

为什么？因为只有它是创造者，只有它在改变、丰富、充实自己的歌，在其中增加新的歌。只有它，是通过自身来达到自我丰富、自我变化的，其余的则是通过训练和模仿。只有它，在概括它们，把它们全部包括进去：它们当中每一个，出类拔萃者中的每一个，都提供了一段夜莺之歌。

只有一种鸟能与它相提并论，于朴实和单纯之中，达到了卓越的效果：这就是云雀，太阳之女。而夜莺也是很需要从阳光中获得灵感的，以至于，它就是被关起来，孤零零的，被剥夺了爱，而只要有阳光，就足以使它鸣唱。让它在黑暗中待上一阵，然后突然让它回到白昼，它会欣喜若狂，大唱赞歌。不过它们之间也有所不同：云雀不歌唱黑夜，它没有小夜曲，没有和各种大夜景的默契，没有黑暗的深沉的诗意，午夜的庄严肃穆，黎明前的向往，总之，没有那变幻无穷的诗。这诗以其全部的曲折和变化，向我们表达、展示了一颗伟大而充满柔情的心。云雀有抒情的才能，而夜莺却有史诗，有悲剧，有内心的斗争，因此而产生了一种特别的阳光。在浓浓的黑暗中，它能在自己的灵魂和爱情中看见；有时候，好像还超出了个人的爱情，进入了博爱的海洋。

怎么能不称它为艺术家呢？它具有最高级的艺术家的气质，而处在这个阶段的人类，却鲜有这种气质。这气质中所包含的一切，优点、缺点，在它身上都极为丰富。它是孤僻、胆怯、多疑的，可丝毫不诡诈。它不顾及自己的安全，总是独来独往。它嫉妒性很强，与燕雀一样争强好胜。“它会唱得筋疲力尽。”它的一位史学家说。它孤芳自赏，尤其是在有回音的地方定居，好聆听和回答。它极度的神经质，在被囚禁时，它时而白天长睡不醒，做恶梦，时而挣扎、熬夜、乱奔乱跑。它易患神经病，易患癫痫。

它是善良的，又是凶狠的。我再说明一下。对待弱小者它心肠很软：给它孤儿它会抚养、关心，不论是公的还是老的，它都会供食，悉心照料，一如雌鸟所为。另一方面，它对待猎物也是极其粗暴的，吃起来狼吞虎咽，一副贪婪相：它身上有内火，所以它总是很瘦，并经常感到有更新的需要。这便成了很容易让人逮住的原因。只要在四月，尤其是五月的早晨布下圈套就行了，这种时候，因为整夜整夜地唱，它已经筋疲力尽了。黎明时分，它疲惫不堪、虚弱无力、急于进食，于是它盲目地扑向诱饵。另外，它也是非常好奇的，为了看新东西，它也会过来让人逮住。

一旦被逮住，如果不注意捆住它的翅膀，或确切来说是不注意把笼子的外面蒙上，顶上用棉垫等衬上，那它就会使出吓人的蛮劲来胡乱折腾，以求一死。

但这种狂暴只是表面的，其实它是温柔而听话的。正因为如此，它才能达到那样的高度，真正成为艺术家。它不仅是最有灵感，而且也是最可训练、最可调教、最为勤勉的。

看着小家伙们围着父亲专心聆听，从中获益，形成自己的嗓子，一点一滴地纠正自己的错误，纠正初学者的生涩，柔化它们不成熟的声音，就像看戏一般。

可看它自我训练，自我评判，自我提高，聆听自己唱新的主题，又不知要有趣多少！这股执着、严肃劲儿，来自对艺术的尊重和内心的虔诚，是艺术家的道德观，是它的神奇之处，这使它与众不同，绝不会混同于自视很高的即兴演唱者，后者无意识的吱喳声，只不过是大自然的回音而已。

因此，爱情和阳光大概便是它的起点了，可是，能隐约看见并能强烈感受到的艺术本身，和对美的热爱，则成了维持它那颗心的第二精神食粮，并给了它新的灵感。而这是无止境的，是一个冲着无限展开的白昼。

艺术家真正的伟大之处在于，超越自己的目标，比自己想要做的做得更多，而且——那又完全是另一回事——跨越目标，穿越可能做到的事，再看得更远些。

由此而产生出巨大的悲伤，产生出永不枯竭的忧愁之源，产生出哀悼不幸的崇高而可笑之事，因为那些不幸是它自己从未经历过的。其他的鸟儿对此惊讶不已，有时会问它怎么啦，为何伤感。它虽然自由幸福地生活在自己的森林里，却照样会这样回答：

> 让我痛哭吧！

那是我的囚禁者在沉默中所唱的。

十二

夜莺（续）

沉默期对夜莺来说并不是无收获的：它沉思、琢磨，孕育新歌。其中有听来的，也有它自己试作的。它对这些歌加以修改和提高，它在这方面是很有鉴赏力、很有分寸感的。对无知的歌手唱走调的音，它用和谐、巧妙的异音去置换；对人家教给它的、它当时没有跟唱的不完美的曲子，它便再现它，不过已真正是属于它自己的、适合它自己才能的，从而成了一首夜莺曲。

“别泄气，”一位资深而天真的作者说，“假如幼鸟不愿跟着你学唱而继续啁啾的话。它很快就会让你看到，它并没有对秋天和冬天上的课失去记忆，*漫漫长夜好思索*，到了春天，它会倒出来的。”

在冬天，追随关在黑笼子里的夜莺，是很有意思的。笼子用绿毯子蒙着，可以让它的眼睛产生一点错觉，令它回忆起自己的森林。从十二月起，它就开始大声地向往，高谈阔论，用感人的音符描绘在它脑海里闪过的东西，描绘眼前没有的、爱过的东西。也许它忘记了自己未能迁移，以为自己到了非洲或叙利亚，到了一个有着更灿烂的太阳的地区。也许它看见了它，这太阳；它看见玫瑰又开放了，用波斯诗人

的说法，它又开始对不可能的爱情唱起了赞歌：哦，太阳，哦，大海，哦，玫瑰！……（吕克特）

而我，我会简单地认为，这高尚而悲怆的、调门如此之高的歌，不是别的，而只是它自己。它的爱情和战斗生活，它夜莺的悲剧。它看见了树林，看见了爱过的、使树林变美的东西；它看见了自己敏捷而动人的姿态和飞行生活的上千种风韵，那是我们的生活所无法感知的。它对它说，而它回答它：承担两个角色，回答响亮的雄性大嗓门的腔调的，是温柔而细小的叫声。还有什么？我毫不怀疑，它那欢愉的生活，温馨、亲切的巢——犹如它的天空般的可怜的小房子——又出现在它眼前了。它以为自己身临其境，它闭上眼睛，完成这幻觉。蛋破壳出雏了，它圣诞节的奇迹出来了，是它的儿子，未来的夜莺，已经长大了，而且鸣声悦耳。在它那昏暗的笼子的黑夜里，它如痴如醉地听着它儿子的未来的歌。

所有这一切，当然，都是带着一种朦胧的诗意，其中有阻碍、争斗来打断情侣的相聚。世上的任何幸福都不是纯粹的。第三者出现了，囚禁者独自在发怒和生气，它显然在对付无形的对手，另一位，出现在它脑子里的可耻的情敌。

这一幕发生在它身上，一如发生在春天，那时，雄鸟又回来了，是在三月和四月左右，雌鸟回归之前，它们决定在它们之间安排争风吃醋的大决斗。等雌鸟一回来，一切就应当风平浪静，太平无事，只有爱情、友谊、和平。这场决斗持续了两周。假如雌鸟回来晚了，那么斗歌双方的努力便是致命的。罗兰[1]的故事一丝不差地实现了：他吹他的象牙号角，一直吹到精疲力竭、生命完结。它们也一样，一直唱到最后一口气，唱到死，它们想要占上风，不然就死。

有人担保，情郎比情女要多两三倍，假如这是真的，那么这场棘手的竞争之激烈便可想而知：这也许正是最初的闪光，也是它们才华的奥秘所在。

战败者的命运是可怕的，比死还不如。它得走，离开本乡本土，去和低级鸟类共栖，得从唱歌沦为说土语，得自我忘却，自我降格，在平庸的群体中使自己也平庸化，这样，渐渐地，它就再不会说自己的语言，也不会说它们的，总之是什么语言都不会说了。有时候，你会找到这类流放者，它们已是徒具其形了。

情敌倒是逐走了，可什么都还没干呢。得取悦对方、软化对方。这真是一个好时机，新歌悦耳的感召将触动这颗小小的桀骜不驯的心，让它为爱情而放弃自由！在其他鸟类中，雌鸟规定的考试项目是，帮着挖巢或建巢，表明自己是能干的，能把家放在心上的。效果有时颇佳。正如我们前面所见，啄木鸟由工人变成了艺术家，由木匠变成了雕刻家。可是，唉！夜莺可没这么灵巧，它什么都不会干。最小的小型鸟论喙、论翅膀、论爪子，也要比它灵巧一百倍。它只有歌喉，那就让它用吧：它的力量将在这方面爆发出来，而它在这方

1　意大利诗人博亚尔多（M. M. Boiardo，1440/1441—1494）的浪漫故事史诗《热恋的罗兰》中的主人公。

面是不可遏制的。其他的鸟类可以展示它们的作品，可它的作品，则是它本人：它展示自己，表现自己，它以伟大而崇高的形象出现。

在这庄严的时刻，我只要听到它唱，就总是认为，它不仅必然会触动它的心，而且能改变它，升华它，使它变得高尚，传给它一个崇高的理想，在它身上植入一个迷人的梦，即一只杰出的夜莺，它将是它们爱情的结晶。

这便是它的孕育，它孕育情人的才华，使它富有诗意，帮助它在精神上为自己创造出它将要孕育的。所有的胚芽首先是一种概念。

让我们来概括一下。到此为止，共有三种歌：

赛歌剧，其中轮流地表现气恼、骄傲、对抗、醋性大发时的狂怒等情绪。

求爱歌，是温情脉脉的恳求，可是掺杂有骄傲、不耐烦、近乎蛮横的动作，显然，天才为自己尚未被对方赏识而感到惊讶，为对方迟迟不表态而感到生气，并对此有所抱怨，可是很快又用恭敬的态度来哀求了。

最后是胜利歌：*我是胜利者，我是被爱者，国王，上帝，唯一的……造物主……*这最后一个词包含了强烈的生命和爱情，因为，尤其是它在创造，在反映和折射它的才华，在改变它，以至于，它身上的每一个动作，每一丝局促不安，每一次翅膀的颤栗，对它来说都已只是它的旋律，这旋律，在这喜人的恩赐中，已变得很明显了。

巢呀，蛋呀，后代呀，由此而来。所有这一切都是实现了的、活生生的歌。这就是为什么在神圣的孵化工作期间，它片刻都不离去。它并不在巢里待着，而是停在附近的一棵稍高的树枝上。它深知，隔开一段距离，嗓子会发挥更大的功效。从这个高高的位置上，万能的魔法师继续在迷惑和丰富巢，它以歌、心、柔情和意志，在参与这个伟大的秘密，它仍在孕育。

就在这种时候，应该听它唱，听它在自己的森林里唱，与这股授精的力量一起激动，而这股力量也许正好能揭示伟大的上帝，能让藏匿着的、躲着我们的他，在这世上被抓住。我们每前进一步，他就在我们面前后退一步，而科学只是把他用来藏身的遮蔽物挪远一点而已。“他过去了，”摩西[1]说，“我是从背后看见他的。”“那过去的不是他吗，”林奈说，“我从侧面看见他了。”而我，我闭上了眼睛。我是用一颗激动的心来感觉他的，我感到他从我身上滑过去了，那是在一个被夜莺的歌喉变得迷人的夜晚。

靠近吧，这是一个情人；远离吧，这是一位神。旋律，在这儿是颤动的，是在热烈地引诱感官；在那儿，则因为微风的作用而在扩大、增强。这虔诚的歌，充斥了整个森林。在近处，它关系到巢、情人和应该出世的儿子；可是在远处，就不是这个情人了，也不是儿子了，而是大自然，是母亲和女儿，是永恒的情人。这是无限的爱，它是代表万物在爱，

1 摩西：古代犹太人的首领、先知。

在歌颂；这是感动，是感恩，是感谢，它们在天地间被万物交换着。

孩子，我在我们南部的乡村，在繁星闪烁的美好夜晚，在我父亲的老屋旁，就已经感受到这些了。后来，我又有了更深的感受，特别是在南特附近，在上面提到的那个偏僻的果园里。夜晚不那么闪亮了，被蒙上了一层微温的薄雾，透过它，星星在谨慎地抛着媚眼。有几只夜莺在就地筑巢，地点很不隐蔽，就在我的雪松之下，长春花之中。它是午夜左右开始的，一直持续到黎明。能够独自熬夜，使自己的声音充斥这万籁俱静的空间，它感到幸福，显然还感到骄傲。没人打断它，除了快到早晨，公鸡，这不同世界的、对才子们的歌感到陌生却又准点上岗的生灵，感到自己有必要认真报时，以通知那位劳动者。

另一位坚持了一阵，一如朱丽叶对罗密欧：“不，还没到黎明呢。”

它就把巢筑在我们附近，这表明，它几乎不怕我们，它感到非常安全。就这点而言，在两位忙于工作又十分仁慈的隐修士旁边，对它来说，并不亚于在多歌、多梦的有翅膀的隐修士旁边。我们可以随心所欲地看它或和全家一起飞来飞去，或和一位骄傲的邻居用歌决斗，那位有时会前来寻事。久而久之，我认为，我们对它来说多半是变得讨人喜欢了，像是忠实的听众，业余爱好者，或许还是行家。夜莺需要赏识、喝彩和赞许。它显然很器重人类专心致志的耳朵，很懂得他的赞赏。

我又看见它在我附近，离我至多有10步或15步，它蹦跳着，我走它也走，保持着同样的距离，既让我够不着它，又让我听见并欣赏它。

它见了你身上穿的衣服，绝不是无所谓的。我注意到，鸟类一般不喜欢，而且怕黑色。我就随意地穿略带淡紫色的白色，头戴一顶饰有几朵矢车菊的草帽。我见它不时用格外有神的黑眼睛盯着我，目光显得胆怯、温和而又有点骄傲，显然是在说："我是自由的，而且有翅膀，你奈何不了我。可我愿为你歌唱。"

在孵化期，会有很大的雷雨。有一次，雷电就落在我们附近。任何情景也比不上这一时刻来临时的情景来得生动：空气缺乏，鱼儿都浮上来透气，花儿蔫了，一切都在遭受痛苦，都在哭泣。我明明看到，它也是这样。从它那像我一样憋闷的胸脯里，发出了一声沙哑的叹息，听起来就像一声粗暴的喊叫。

可狂风骤起，直往我们的树林里灌，最大的那些树都刮弯了，甚至刮断了。那可怜的巢怎么样了？它在地上敞着，除了长春花的叶子，别无遮挡。它幸免了，因为，随着太阳的重现，我在净化的空气里看见我的鸟儿比任何时候都快乐，它在飞，而心中充满了歌。整个有翅族都在歌颂阳光，可它则格外起劲。它的喇叭嗓子又恢复了。我看见它在我窗户底下，目光炯炯而胸脯鼓着，正陶醉在幸福之中，而我的胸脯也因为这同一种幸福在颤动。

灵魂之间这种美妙的结合，可谓无处不有。怎么不是呢？它存在于我们和带翅膀的兄弟之间，存在于人类和活生生的大自然之间。

十三

结论

在我正要写本书的结论时，我们著名的大师到了。图斯内尔给我带来了一只夜莺。在此之前，他在大打其猎，而眼下正是秋猎期。

我曾请他帮我出主意，指导我挑选一只会唱歌的夜莺。他没写信，可人来了；他没给我出主意，而是寻找，结果找到了，于是送给我，圆了我的梦……无疑，这便是友情。

欢迎你，鸟儿，为了把你带来的那双宝贵的手，也为了你自己，为了你神圣的缪斯，那永驻你身的才华！

你愿意为我唱歌吗？愿意用你那爱情与和平的力量，协调一颗被残酷的人类史搅乱的心吗？

这是全家的一件大事，我们把可怜的俘虏艺术家安置在窗洞里，用窗帘罩上，这样子，它既是独住的，又是群居的，便可慢慢习惯它的新主人，辨认环境，看出自己是在一幢安全、友善的房子里。

这客厅里没有任何其他鸟儿。不幸的是，我那不拘礼节的红喉雀闯进了这间屋，而它一向是在我的书房里自由自在地飞来飞去的。对此我们并不很担心，何况它整个白天见到其他鸟儿，像金丝雀、灰雀、金翅鸟，都是无动于衷的。可是一看到夜莺，真叫人难以置信，它竟然会狂怒之极。这易怒而无畏的家伙，也不看看它仇恨的对象是否比自己要大上两倍，就用喙和爪子向笼子发起猛攻，企图杀死对方。这时，夜莺连连发出恐惧的叫声，声音凄厉而沙哑，它这是在呼救。另一位虽然被金属条挡住了，可是却停在很靠近的地方，爪子攀住一幅画的框架，吱吱地鸣叫着，噼啪作响（只有这个通俗的词能描绘出尖刻而细小的叫声），用目光刺穿对方。它一字一顿地说：

> 歌王啊，你来干什么？在树林里，你那专横、有磁性的嗓音，弄得我们大家都唱不成歌，哼不成小调，你的歌声响彻整个旷野，这难道还不够吗？你还要到这里来夺取我给自己创造的新生活，夺取这人工树林，而我整个冬天就在里面栖息，那书架的木板就是它的树枝，那些书，就是它的树叶！……你来分享和窃取对我的关注，分享和窃取我主人的沉思和我女主人的微笑！……我多么不幸呵！而我一向是受宠的呀！

的确，红喉雀与人的关系已达到非常亲密的程度。一个漫长冬季的经验证明，它对人类社会的喜爱，要大大超过对它的鸟类社会。我们不在时，它也和大鸟笼里的鸟儿一起聊会儿天，可我们一到，它就离开它们，好奇地来停在我们面前，和我们待在一起，仿佛在说：“你们可回来了！可你们去哪儿啦……干吗这么长时间扔下家不管？”

对红喉雀的入侵，我们很快就忘了，可是，它那胆怯的牺牲者、可怜的夜莺好像没忘，它总是惶惶然地飞来飞去，而且怎么也无法使它安定下来。

这时，我们留心着不让任何人靠近它。它的女主人已对它进行了必要的照料。唯一能维持这火热的生命之炉的一种特殊的混合饲料（血、大麻、罂粟），已认真拌好。血和肉，是养料，大麻是麻醉草，而罂粟是中和麻醉作用的。夜莺是唯一必须不断注入睡眠和幻梦的生灵。

可这一切都是无济于事的。两三天过去了，它始终极度不安，因绝望而拒不进食。我伤心不已，追悔莫及。我本是自由的朋友，却有了一个囚犯，一个无法安慰的囚犯。要有一只属于自己的夜莺，我产生这个念头时，并不是没有顾虑的，如果仅仅是为了消遣，我绝下不了这个决心。我很清楚，光看到一名这样的俘虏，一名对被虏极为敏感的俘虏，就会让你常常陷入忧伤。可是如何释放它呢？奴隶问题是所有问题中最棘手的问题，专制者因无法补救而受到惩罚。我的俘虏在来我家之前，已在笼里关了两年，已不会飞，也丧失了觅食的本领；它就是会飞会觅食，也不能再回到自由的鸟群中去了。在它们骄傲的王国里，不论谁，只要当过奴隶，只要在笼里待过，而又不死于痛苦的，就会受到严厉的判决和处置。

我们本来是不可能轻易地摆脱这种状况的，要不是有歌来帮忙的话。一支温柔、变化不大、隔着一定距离，尤其是在傍晚时唱的歌，好像攫住、感染了它。只不过，你看它时，它不怎么聆听，而是躁动不安；可你要是不看它，它就来到笼子边，伸出牡鹿般的长脖子（是一种可爱的鼠灰色），不时地竖起脑袋，身子一动不动，目光机敏、好奇、明显的贪婪，来品尝、领略这意想不到的美妙歌声，同时显出一副苦思冥想、专心致志、真挚而挑剔的神情。

过了一会儿，它对物也显得这么贪婪。它想活了，于是吞食了罂粟、大麻……

女性的歌，图斯内尔已经说过，是最令它喜爱的，不是漫不经心的少女唱的轻浮的小咏叹调，而是一种柔和、伤感的曲调。舒伯特[1]的《小夜曲》对它有特殊的效果。在这个充满柔情而又无比深沉的德国灵魂中，它好像感觉到并认出了自己。

可它的嗓子并没有恢复。它在十二月，在被运送到这里来之前，就已经开始唱了，运送引起的不安，地点、人物的改变，对新环境的担忧，尤其是红喉雀恶狠狠的致意和行凶，都令它过于激动。它现在安静下来了，不再怨恨我们，可是猛地被打断了的缪斯仍在沉默，缪斯要等到春天才会苏醒。

现在，它肯定知道了，唱歌的女人远不想伤害它，于是它接受了她，看起来就像接受了一只形态不同的夜莺。女人可以毫无困难地走近了，甚至可以把手伸进笼子。它很注意地看她想干什么，可是不再动。

1　舒伯特（Schubart，1797—1828）：奥地利作曲家。

我和它并没有结成音乐同盟，于是我很好奇地想知道，它是否也会接受我。我没有表现出丝毫的急切和鲁莽，因为我知道，在某些时候，光是目光就能使它局促不安。于是我好长一段日子都埋头于古书和十四世纪的文件中，并不看它。可它呢，当我独自一人时，会很好奇地注视我。当然，它的女主人在场时，它会把我忘得一干二净，于是我被废除了。

就这样，它看到我时往往不再慌乱，它把我当作一个无伤害性的、和平的、不大动、也不大出声的生灵。火在壁炉里燃烧着，而在火旁的这个安静的读书人，当它最喜欢的那个人不在时，在静悄悄的、近乎孤独的时间里，便成了它凝视的对象。

昨天，我独自一人时，便斗胆地走近了它，对它说话，一如对红喉雀那样。它没有躁动，没有显出不安来，它在平静地等待，目光非常温柔。我看出，我们和解了，我被接受了。

今天早晨，我亲手把罂粟放进了笼子里，而它并不惊慌。有人会说："谁给吃的谁就受欢迎。"但我执意指出，我们的和约是昨天签订的，那时我还什么都没给，所以其中并不存在任何利害关系。

就这样，在不到一个月的时间内，最神经质的艺术家，最胆怯、最多疑的生灵，和人类重归于好了。

这真是一个有趣的证明，它证明了：我们和这些被我们称为低级动物的生灵之间，有着自然的和睦，有着先存的和约。

○●○

这个和约，这个永恒的公约，目前尚未能被我们的粗暴、不明智和武力撕毁，而这些可怜的小生灵还能轻而易举地回到这上头来，而我们自己也将回到这上头来，真正成为人类。这正是这整本书力求得出的结论，也是在夜莺介入后，我这个父亲被夜莺接受后，我要写的结论。

鸟儿这么容易就原谅了我们，在这个事件中，鸟儿成了它自己的暴君，这就是我的活生生的结论。

○●○

一些旅行家曾经最先在人类从未涉足过的新地区登陆。他们回来后不约而同地报道：动物，不论是哺乳类，两栖类还是鸟类，都并不躲避他们，相反，多半是前来好奇而友善地注视他们，而他们却报以枪击。

就是在今天，人类虽然无比残忍地对待了它们，可它们在遇险时，仍然毫不犹豫地靠近他。

鸟类从前的天敌是蛇，四腿动物的天敌是老虎。而它们的保护者，则是人类。

野狗老远就能闻到老虎和狮子的气息，于是跑来紧挨着我们。

对鸟类来说也是一样，当蛇令它感到恐惧时，当蛇尤其是在威胁它的尚未长翅膀的雏儿时，它会找到最富有表现力的语言来哀求人类，并向他致谢，假如他杀死其敌人的话。

这就是为什么蜂鸟喜欢挨着人筑巢。也可能是出于同样的原因，在爬行动物繁殖力强的时期，燕子习惯于住在我们家里。

○ ● ○

一个基本的观察。鸟见了人会躲，而且怕人的手。人们往往把这种现象误认为是不信任。其实，这种惧怕太有道理了。一旦这种惧怕不复存在，鸟儿便成了一种无比神经质，无比脆弱，碰都碰不得的生灵。

我的红喉雀属于一种很皮实、很随便的鸟，它不停地接近我们，能多近就多近，无疑，它对自己的女主人毫无惧意，可是一旦落到手下，却也会哆嗦。轻抚它的羽毛，弄乱它被逮住时竖起的绒毛，都会令它十分反感。尤其是看到那只手伸过来要抓它，它会本能地、不由自主地后退。

晚上，当它在外面逗留，迟迟不归笼时，它并不拒绝被放回去，但不是看着自己被抓，而是转过身去，躲在窗帘后面或藏在裙褶里。其实它很清楚，它肯定会被抓住的。

所有这一切并不是不信任。

○ ● ○

驯化艺术是走不远的，如果光想着动物被驯化后能对人有用的话。

尤其应当摆脱这样的考虑：人是可以对动物有用的；人有责任将这个地球上所有的客人都吸引到一个更温馨、更和平、更高级的社会去。

○ ● ○

我们现在尚处于蒙昧之中，所以我们几乎不知道对动物来说有两种状态：绝对的自由和绝对的受束缚。可是，有多种半束缚状态是动物自愿接受的。

比如，小型的智利隼就喜欢住在主人家里。它独自去捕猎，而每天晚上，又忠实地把它所捕到的猎物带回去和全家一起享用。它愿意受到父亲的表扬、母亲的夸赞，尤其是孩子们的抚摸。

○ ● ○

人从前手无寸铁，因此是由动物来保护的。后来他的状况渐渐变了，成了它们的保护人，尤其是自从他有了火药，能远距离地射杀最可怕的生灵后。他大大减少了猛禽的数量，给鸟类帮了大忙。

他还可以给它们帮另一个同样大的忙，就是在夜间保护无辜的鸟类。黑夜！睡眠！完全把自己抛给有可能发生的最可怕的事件！哦，残酷的大自然！……可她又被证明是无罪的，因为她在世上还安排了深谋远虑、心灵手巧的生灵，人将越来越成为其他生灵的第二保护人。

“我知道安德尔省有一幢房子，”图斯奈勒说，“那里的花房到晚上是开着的，接待去那里寻求避难所的善鸟，帮它们对付黑夜的危险。滞留在黑夜中的鸟儿会很信任地用喙敲门。因为很高兴能关在屋里过夜，并确信人是正直的，它们到早晨会快快乐乐地飞走，用欢快的表演和自由的歌来回报他的好客。”

○ ● ○

至于驯化问题，我就避而不谈了，既然我的朋友若弗鲁瓦·圣蒂莱尔先生正在以一种可嘉的方式重新开辟这条被忘怀已久的道路。

做一对照足矣。古人在这方面留给了我们人类曾赖以生存的、惊人的遗产：狗、马、驴、骆驼、大象、牛、绵羊和山羊、鸡科目的驯化。

在刚刚逝去的两千年中，可有什么进步？可有什么新的收获？

只有两个，而且肯定是无足轻重的：火鸡和中国野鸡的引进！

○ ● ○

人类为地球的利益所做的直接的努力，是完全不能与人类生活的谦逊的助手默默无闻的劳动相比的。

至于谈到被人们十分愚蠢地小看的家禽，当你看到埃及的烤箱使成千上万只鸡蛋破壳出雏，或看到我们的诺曼底省用它们装满了大船、商船，而这些船只每年都要经过芒什海峡，你就会重视“家庭经济的小手段是如何产生出巨大成果的”这一问题了。

假如法国没有马，而某人给了她马，像这样的获得，对她来说要胜过获得莱茵省、比利时和萨瓦省，光马就值三个王国。

现在，有这样一种动物，光它自己就能代表马、驴、奶牛、山羊，它有它们全部的用途，而且它尤其产一种无与伦比的羊毛。这种动物吃苦耐劳、身强力壮，耐寒力极强。你听出来了，我是在讲羊驼。若弗鲁瓦·圣蒂莱尔先生竭尽全力把它引进到了这里，其坚持不懈的精神极为可嘉。一切都好像联合起来反对他：凡尔赛宫美丽的羊驼群因遭蓄意谋害而死亡，植物园的那一群因场地窄小和潮湿也面临死亡。

征服羊驼比征服克里米亚重要十倍。

可是，又一次地，这类引进需要金钱上的慷慨，预防措施的完善，训练时的亲切温和，我们说，这些条件是很难同时具备的。

在此，我要进一言：事情虽小，但意义不小。

一位并非学者的大作家贝尔纳丹·德·圣皮埃尔曾经说过，在引进动物的同时，如果不把它特别有好感的植物移植到它身边，那么引进是不会成功的。此话像其他的观点一样，学者们听了一笑了之，并将其称为诗。

不过，他倒是被视为知识渊博的业余爱好者，而且名副其实，因为，他在这里，在巴黎，收藏了一批活鸟。可不管他怎么悉心照料，到手的一只珍稀雌鹦鹉始终固执地不肯生育。他打听到它筑巢所用的植物，便委托人从勒阿弗尔港给他送来。他未能得到活的，只得到了无枝无叶的，仅一段枯木而已。没关系，在这段空心树干里，鸟儿找到了它通常的位置，便理所当然地在里面筑起了巢。它恋爱了，并成了家；它下蛋了，并孵化了。现在，它已儿女成群。

○●○

重新创造居住和觅食环境、植物围栏、整个鸟类之间的和谐，这可以哄骗流放者，令它忘记故乡，这不仅仅是科学范畴的事，同时也是一种发明创造。

确定每种生灵可以接受的自由和受束缚的限度，与我们联合和协作的限度，这是能使人类感兴趣的最重大的课题之一。

这是一门无精神上的深化便无法深入的新兴艺术，一种刚刚起步的高雅、敏锐的鉴赏。而它的存在，也许要有赖于女性对科学活动的参与，但迄今为止，她仍被排除在外。

这门艺术意味着，除了正义和智慧，还要有无比的爱心。

注释

一部书的首要说明，无疑就是其概述的方式。这种方式简述如下：

本书明察鸟儿本身，较少涉及人。

鸟儿出身比人低微（跟爬行动物一样是卵生的），但是比人有三点优势，构成了鸟儿的特殊使命：

1. 翅膀、飞行。独一无二的强力，也是人类的梦想。任何其他动物行动都缓慢。相比鹰隼、燕子，阿拉伯骏马就成了蜗牛。

2. 飞行不仅仅依赖于翅膀，也依赖于呼吸和视觉的无比强大的能力。鸟儿简直就是空气和阳光之子。

3. 鸟儿本质上是带电的生灵，能瞧见、知晓并预见天和地、时间、季节。抑或同地球有密切关系，抑或对周围地点、道路有惊人的记忆，鸟儿总能辨清方向，总能认路。

鸟儿盘旋，深入，直达人根本达不到的地方。这种能力绝不可能忽视，尤其鸟儿巧妙地对爬行动物和昆虫开战的时候。

还应当补充鸟儿某些种类巨大的劳作，持续不断地清除一切危险而肮脏的东西。这种战争和这种劳作，哪怕停止一天，人类就要从地球上消失。

阳光的爱子每天对死亡、对致命而邪恶的生灵的胜利，正是鸟儿每天迎接黎明的高歌，这种无限快乐的赞歌的主题。

然而，除了歌声，鸟儿还有许多别种语言。鸟儿跟人一样，也要饶舌，慷慨陈词，高谈阔论。除了我们，鸟儿是唯一真正有语言的动物。人和鸟儿掌握了世界语言。

鸟儿是一种征兆，总是靠近人，而人总是伤害鸟儿。鸟儿推测得出来，当然也预感到，总有那么一天，人终将走出我们还目睹的野蛮状态。

鸟儿承认人是独一无二的创造物，得天厚爱而圣化，应该成为万物的仲裁，应该做一件天大的善事，实现这个星球的命运："所有生命的整合，所有生灵的和解。"

这种和平的整合，要通过教育和启蒙的伟大艺术，必须长久开展，而人开始依稀望见前景了。

○ ● ○

第 52 页。飞行教育，以及第 65 页。——人为了让人相信自己，有朝一日能成为超人，就在梦想中赋予自己翅膀，人这样做错了吗？梦想还是预感，已无关紧要了。

可以肯定，飞行，如鸟儿所拥有的本领，的的确确是一种第六感。认为飞行完全依赖于触觉，那就未免太荒谬了。[参看众多作品中，于贝尔（Huber），《猛禽的飞行》（*Vol des oiseaux de proie*），1784 年。]

翅膀之所以那么快捷，那么行之有效，全赖一种在万物中再也找不到的超强视力的协助。

应该承认，在大气中，在阳光中，鸟儿就是一切。如果说存在一种崇高的生命，一种火的生命的话，那么就是鸟儿的生命了。

谁能辨出整个大地，一览无遗呢？谁能用目光和翅膀测量大地呢？谁能了解大地的所有道路呢？不是指划出来的路线，而是同时贯连所有方向：因为，对鸟儿来说，什么不是路呢？

鸟儿同炎热、电和磁所有这些难以估量的力量的关系，我们还不大了解；然而，从鸟儿预知气象的特殊能力中，人们也隐约看出点儿什么来。

如果我们早就认真研究，那么数千年前，我们就乘上气球了。可是，即使乘上气球，甚至能掌握飞行方向的气球，我们还远非称得上鸟儿。模仿鸟儿的肌体，一件一件复制出机械，根本不等于行动的整体协调一致，动作统一，也根本不可能这样自如，速度快得惊人。

至少为了自己的生命，我们还是放弃这种高级的天赋，只好满足于观赏这两种肌体，我们人的和鸟儿的肌体，看其差别最小的方面。

人的肌体更高级，虽然不那么专长，却能够弯曲，便于更多方面的功用，尤其人的手无所不能。

反之，人体不那么统一而集中。我们的下肢，大腿和小腿就很长，拖曳着远离行动的核心。下肢的血液循环更为缓慢，在生命的最后一刻尤为明显：人死脚先死，在心脏停止跳动之前很久，双脚就死去了。

鸟儿的躯体几乎呈球状，生命集中肯定达到了崇高而神圣的顶点。我们看不到，甚至想象不出，还会有更高度的统一体。集中到极限，这构成鸟儿本身的巨大力量，但是也意味着鸟儿的极端个性，离群索居，社会交往能力弱。

高级昆虫（蜜蜂、蚂蚁等）之间存在的那种深厚的、令人赞叹的团结友爱，在鸟儿中间绝对找不见。群飞倒是常见，但是真正的共和体，则少之又少。

母性、爱，鸟儿的家庭观念极强。同种类的友爱、同情，甚至不同种类之间的相互救援，对于鸟儿并不鲜见。然而，在鸟儿身上，友爱完全处于第二位。鸟儿的整颗心放在爱上，放在窝儿里。

鸟巢就是隔离，就是弱点和依赖性；鸟巢也是一种诱惑，要为自己创造一个保护者最崇高的生灵，也同样不免需要最多的保护。

○ ● ○

第 53 页。关于鸟儿在卵中的生命。——这些细节取自非常准确的杜维尔努瓦（Duvernoy）先生的论述。蛋类学（L'ovologie），如今已经成为一门科学。然而，关于鸟卵的专著，据我所知很少。最古老的一种是上个世纪的，出自一个名叫马奈斯（Manesse）的神甫之手，非常空洞，教育意义不大（巴黎自然科学博物馆图书馆藏手稿）。同一个图书馆还拥有德文作品，威尔芬格（Wirfing）和冈特（Gunther）论鸟巢和鸟卵；另有一部著作，也是德文的，尽管还有缺陷，我倒觉得版本更佳。我看到出版了一套新的版画集，制作精美多了。

○●○

第57页。含明胶而富有营养的海洋。——德·洪堡（De Humboldt）先生头一批作品之一，《热带地区场景》（*Scènes des Tropiques*），我认为在此书中，他是头一个观察到这种现象的。他把这种现象归咎为数不胜数的水母和其他类似动物分解在水中。果真如此，海水充斥着化解的尸体，那么非但不能提供营养，不是反而会害了鱼类吗？这种现象与其归咎为消亡的生命，也许不如归咎为初生的生命，归咎为活物质初次发酵，形成了最初的微生有机组织。

特别是在表面上荒僻凄凉的极地海洋，人们观察到这种特点。在极地的海中，生命大量大量涌现，以致海水都完全变色了。海水呈深橄榄绿色，含有稠稠的活物质和食物。

○●○

第69—70页。我们的自然科学博物馆。在谈到博物馆的收藏品时，我不能遗忘它那宝贵的图书馆：它接收了居维叶的藏书，还接受欧洲所有学者的馈赠而丰富了馆藏。我无限感激馆长德努瓦耶先生，以及勒迈西埃博士。勒迈西埃博士先生也热心向我介绍他个人藏书的大量小册子和有趣的回忆录。

○ ● ○

第 71 页。德 · 布封（De Buffon）。——我觉得如今过分忽略了这位伟大的博物学家：当年他也同样收到、录制了大量的十分准确的观察记录，而向他提供资料的人，全是专业人士、宫廷猎犬队官员、猎场看守人、海员，以及各行各业的人。

○ ● ○

第 73 页。北极企鹅。——南极企鹅的兄弟，个头儿小些。企鹅的翅膀真跟鸟儿一样，不再是瘪胸脯上飘浮的肢体。我们北极地带更为稀薄的空气，已经扩大了企鹅的肺部，肋骨都要突出了。两只腿同躯体分得开些，更容易保持平衡，风度好也就多了几分自信。两半球相同产物之间，却有明显差别。

○ ● ○

第 77 页。海燕，海员的恐惧。——在航船周围水面上行走，似乎要把航船引向毁灭的海燕的传说，起源于荷兰。这种说法想必不错。荷兰人习惯家庭航行，带着妻子儿女，甚至带上家畜，他们比别国航行者更容易受不祥征兆的影响。他们当中胆量也许最大者、名副其实的两栖动物，他们也照样忧心忡忡，想象种种遭遇，只因他们拿来冒险的，不仅仅是他们的身体，还有他们的情感，要将一个宝贵的家庭，一个温情的小天地，交付给变幻莫测的海洋。这只粗壮沉重的小船，不如说是一间漂浮的房屋，却总要穿越北欧海域、北冰洋，以及荒凉的波罗的海，不断来往于从阿姆斯特丹到喀琅施塔得[1]那样最危险的航路。有人还嘲笑这些式样过时的差劲的船，可是有的人却感到这些船装货和住家两用，结构十分巧妙，他们在荷兰的港口看到这种船，不能不产生极大兴趣，发出满心的祝愿。

○ ● ○

第 84 页。巨鹰。——请到自然科学博物馆参观这种巨鸟的遗骨及其巨卵。经计算，它应比鸵鸟大五倍。

实在遗憾，我们收藏的丰富的化石，因为没有展位，大部分埋没在博物馆的抽屉里。拨出三四万法郎，就能建起木展廊，可以全部展示出来。

眼下有人谈论起来，就好像刚开始的这些广泛的研究已经接近尾声。谁不晓得人只是略微瞥了一眼死亡的神奇世界的大门！人也只是抠破点儿地球的表皮。无数新的技艺和工业的手段（譬如为新建铁路，穿凿阿尔卑斯山脉的手段），进行更深的挖掘，就可能为科学开启意想不到的前景。时至今日，古生物学还是建立在为数极少的实例的狭小基础上。不妨想一想，（这个地球已经历数百万年）死去的生物，数量远远大于现存的生物，因此我们认

1 喀琅施塔得（Kronshtadt）：俄罗斯在芬兰湾的岛屿和造船基地，位于彼得堡西面。

为依赖几件样品来进行推演，这种方法未免太大胆了。可以打赌，以成百上千对这一件，数以万亿的死者，一旦出土，就将说服我们承认，至少让不完全列举给忽悠了。

○●○

第 84 页。人有一百条命也葬送了。——这正是最初的理由之一，人和动物当初就结成了紧密的联盟；而我们太傲慢了，以怨报德，淡忘了这种盟约，殊不知没有这种盟约，人就不可能生存。

当我们看到遗骨的那些巨鸟为人清理地球，降服占优势的多如牛毛的爬行动物时；当人来到大地，面对残余的爬行动物，面对地球新的客人，同样可怕的老虎和狮子时，人就找到鸟儿、狗、大象在身边护佑。

有人曾在亚历山大展示这种能咬死狮子的最后几只巨獒。这种可怕的动物站到人一边，并不是因为恐惧，而是出于天生的好感，出于对猫科动物，虎狮这样巨猫的特殊憎恶。

如果没有狗加盟来对付猛兽，没有鸟儿加盟来对付蛇和鳄鱼（鸟儿将鳄鱼扼杀于卵中），那么人也就肯定完蛋了。

马的友谊对人同样很有用。这种友谊看得出来：凡是年幼的马，一闻到狮子的气味就惊慌失措，不可名状；马要靠拢并依附于人。

人若是没有马、牛、骆驼把人从重负中解救出来，若是靠自己的脖颈脊背运送巨大的重物，那么人就会始终做自己柔弱躯体的可怜奴隶。人通常受体重和力量比例失调的控制，或者干脆放弃劳动，不求技艺也不求进步，只靠偶然捕捉的猎物生存，或者永世当搬运工，伛偻着身体，拖拉着重物，脑袋低垂，不望天，也不思想，永远也不能长进到发明创造的高度。

○ ● ○

第 94 页。关于昆虫的威力。——不只是在热带地区，昆虫才特别可怕。上个世纪初叶，半个荷兰险遭毁灭，只因堤坝的基桩同时摧折，全被一种人称船蛆的虫子神不知鬼不觉地给蛀噬了。

这种可怕的蛀虫，往往长达一尺，专在物体内部蛀噬，外面不露任何痕迹。忽然有一天，梁木折断，基桩毁损，航船沉没在波涛中了。

如何找见并逮住这种蛀虫呢？有一种鸟儿知道，就是凤头麦鸡（le vanneau）：这是荷兰的卫士！因此，正如有人所说，毁掉凤头麦鸡的卵，则是极为冒失的行为。[卡特尔法日（Quatrefages）:《一位博物学家的回忆录》(*Souvenirs d'un naturaliste*)。]

将近一个世纪以来，法国传入一种同样骇人的怪物：白蚁。船蛆啃蚀湿木头，白蚁则啃蚀干木头。每一群只有一只母虫，具有惊人的繁殖力，每天产卵 8 万枚。拉罗舍尔（La Rochelle）开始担心悬在半空的美洲这座城市的命运，白蚁已经吞噬了所有建筑物的基础，在下面挖好了地下墓地。

在圭亚那，白蚁穴十分巨大，蚁丘高达 15 尺，人们只敢用炸药从远处攻击。要判断一下蚂蚁的数量（长翅膀或有四只爪子），人们才敢闯进这个魔窟，寻找那只大量排出可诅咒的卵的可怕的母白蚁。[斯米斯曼（Smeathmann）:《关于白蚁回忆录》（*Mémoire sur les termites*）]

气候能拯救我们吗？白蚁在法国也大量繁衍。鳃角金龟子也在法国繁衍起来，一直蔓延到阿尔卑斯山脉的北坡，它们在冰川的寒风中吞噬树木。面对这样的害虫，任何捕食昆虫的鸟儿，都应该受到尊重：至少沃州（瑞士）刚刚置燕子于法律的保护之下。[参看舒迪（Tschudi）的作品。]

○ ● ○

第 96 页。热带雨林里始终能闻到一股强烈的麝香味。——德·洪堡先生说，库马纳（委内瑞拉）平原，除了一阵阵暴风，还有一个异常特殊的现象。吸饱了雨水的土地，又被烈日晒热，便散发这种麝香味，而在热带地区，这是种类差异极大的动物的共同气味，包括豹、山猫、水豚、加利纳索秃鹫、鳄鱼、蝰蛇、响尾蛇。携带这种气味的沼气，似乎只有随着沃土覆盖不可计数的爬行动物、虫子和昆虫的遗体，开始吸饱了水，才逐渐散发出来。无论在何处挖土，都会惊奇地发现轮番发育，变化或分解的有机体。在这种气候中，大自然似乎更加活跃，繁殖力更强，可以说更不吝惜生命。

○ ● ○

第 98—99 页。蜂鸟等。——杰出的博物学家，勒松

（Lesson）、阿扎拉（Azara）、斯特德曼（Stedmann）等，向我们提供了大量精彩的描绘，只可惜在关于蜂鸟的习性、特点和食物等方面，还不够那么详尽。

至于蜂鸟生活（一种十分紧张的生活）的地方极端有害健康，前辈旅行家拉巴特（Labat）等人的叙述，完全由现代人证实了。杜维尔和勒松先生到新几内亚旅行，看到原始森林的美景又奇特又可怕，几乎不敢跨入密林深处。

那些森林最神奇的一面：亿万闪光蝇营造的明亮夜景的奇妙幻境，由一位法国旅行家卡克雷（Caqueray）先生证实了。卡克雷先生近期游历了巴拿马周围地区，十分生动地描绘了那种景象。[参看他的日记，刊登在《新法兰西杂志》（*Revue Francaise*），1855年6月10日。]

○●○

第110页。消除痛苦。——死亡的痛苦固然难免，但是可以延长生命。久而久之，人就可能减少，减轻，并且几乎消除痛苦了。

变得冷酷无情的旧世界，要嘲笑这句话就嘲笑去吧！我们已经看到这种景象：现如今，我们欧洲通过战争野蛮化了，将全部医术都集中到外科，只会用武器治病，让人受尽痛苦的折磨；可是年轻的美洲却发现了奇迹，消除痛苦的这种深沉的梦想。

○ ● ○

第 107—108 页。解剖模型的珍贵博物馆，欧祖（Auzoux）博士的博物馆。——我要借此机会，不胜感激我们亲爱的教授，他诲人不倦，灵活地引导我们这些无知者，文人、上流社会人士和女人入门。他希望解剖学放下身段，让人人知晓，变成大众知识，而这个目的达到了。他那些令人赞叹的解剖模型、明白无误的示范讲解，逐渐完成了这场大革命，而人们已经感到其重大意义。我能对学者们冒昧地讲一讲我的想法吗？他们本人可能有一种优势，手头总能掌握这些研究用具，使用特别方便，而且比例都放大了，也就大大减少了注意力的疲劳。许多模型，因为大小差异，人们以为不同，如果按照形状的真正比例关系简单放大，那就会重又显得相似了。

不过，看样子美国对这些人体模型的优点，远远比我们敏感。一位美国投机商，据说有意请欧祖先生每年向他提供两千副人体模型，他确信能置放到所有小城镇，甚至每座村庄。昂佩尔先生说道，美国某个村庄还力图建个小博物馆、一个气象站，等等。

○ ● ○

第 111 页。头脑退化。——大脑的重量同体重的比例列举如下：

鸵鸟 ………………………………………………… 1：1200

鹅 …………………………………………………… 1：360

鸭 …………………………………………………… 1：257

鹰 …………………………………………………… 1：160

鸻 …………………………………………………… 1：122

隼 …………………………………………………… 1：102

鹦鹉 …………………………………………………… 1：45

红喉雀 ……………………………………………… 1：32

松鸦 …………………………………………………… 1：28

燕雀、公鸡、麻雀、金翅鸟 …………………… 1：25

歌手山雀 …………………………………………… 1：16

蓝头山雀 …………………………………………… 1：12

（阿莱和勒雷计算。）——这份记录，由我们著名的显微组观察专家和解剖家罗班（Robin）先生盛情提供给我。

○ ● ○

第 111 页。高贵的隼。——高贵的鸟儿（隼、北欧大隼、猎隼，等等），就是那些用爪缚住猎物，用喙将其毙死的鸟儿；它们的喙长成齿状，有这种功效。它们都是划桨式飞行的鸟儿。卑贱的鸟儿（鹰、鸢，等等），大多扬帆式飞行，它们用利爪攻击，撕裂并窒息猎物。划桨式飞行的鸟儿要拔高则吃力，因此，扬帆式飞行的鸟儿就更容易逃脱。划桨式飞行的猛禽的战术，就是事先努力飞得很高，到时候扎下来就行，从而破了扬帆式飞行的鸟儿的策略。（于贝尔：《猛禽的飞行》，第四印刷所，1784 年。这是这个知识王朝的首创，接下来还有：鸟儿的于贝尔、蜜蜂的于贝尔、蚂蚁的于贝尔。)

○●○

第109—111页。生与死的有益平衡。——许多种类鸟儿飞经法国不再停歇了。它们飞得极高，几乎望不见，振翅匆匆飞越，还纷纷说道："咱们飞过去！快点儿飞过去！咱们躲开这个死亡之地，这片毁灭之地！"

普罗旺斯，以及法国南方许多其他地区，已经荒无人烟，没有栖息任何鸟群兽群，尤其草木也贫乏了。破坏自然的和谐，就不可能不受惩罚。鸟儿虽能裁决植物生死，但它还是植物的保护者。

众所周知，大鸨几乎从香槟地区和普罗旺斯地区绝迹了。鹭飞越过去，鹤也难得一见。随着我们侵占土地，这些居住在沙尘的荒漠和沼泽地的益鸟儿，都飞往别处讨生去了。在一定意义上，我们的进步造成了我们的贫困。在英国，同样的状况也十分明显。[参看John（约翰），Knox（克诺克斯），Gosse（戈斯）和其他先生关于体育和自然虫的出色文章，译文载于《英国杂志》(*La Revue britannique*)。]大松鸡面对步步进逼的农民，只好撤离了，鹌鹑飞往爱尔兰了；十九世纪实用技术不断改进，一行行白鹭也渐渐稀少了。在鸟儿消失的这些原因之外，还应该加上人的野蛮行为：人那么轻易地毁灭了一大批无害的种类。一位法国旅行者说道，猎物惊慌逃窜；哪里也不像我国农村这样。

忘恩负义的民众必遭报应！……这里的民众是指那些狩猎部落，他们完全忘记动物对我们的种种好处，剿灭了无辜的生命。

造物主的一句可怕的判决，沉重地压在那些狩猎部落的头上："他们不可能创造任何东西。"任何技艺都不是出自他们之手。人类传承的遗产中，没有他们的丝毫贡献。北美印第安人个个是英雄，又有什么用啊！这些种族没有构建，没有做成任何持久的东西，只凭一身勇力，结果从大地上消失了，取而代之的是比他们低下的人，欧洲的最后移民。

不要相信这句格言：猎户逐渐变成了农民。大谬不然，他们打死野兽，或者自己丧命：这便是他们的命运。我们通过阅历，能完全明白这一点：猎杀过的人，还要猎杀；创造过的人，还要创造。

人与生俱来就有激动的需要，而小孩子为了满足这种心理，通常就要杀害，搞小恶作剧，突然下毒手，背信弃义，折磨弱小，至于劳作和学习逐渐进步，运用小技巧做成点什么玩意儿所产生的温和而缓慢的激动，他们不会有多大兴趣。创造、毁坏，这是童年的两大乐趣：创造要花费时间，而毁坏很容易，瞬间完成。再小的创造，也包含着造物主和善良的大自然的天赋：和易和耐心。

一件令人不快的丑事，就是看到一个孩子打猎，看到女人欣赏、赞美捕杀，还鼓励她的孩子。这个敏感而脆弱的女人，不是给她孩子一把刀，而是一支枪；从远处射杀，很好！看不见猎物的痛苦状。可是某位母亲，却看得一清二楚，一个圈在房间里的孩子解闷，扯下苍蝇的翅膀，折磨一只鸟儿或者一只小狗，她会认为这样很好。

有预见的母亲！日后她才会明白，培养一副铁石心肠是怎么回事儿。她年老体衰之后，成了人世的废物，她就会亲身感受她儿子的残暴了。

……

那么射击呢？有人提出异议。小孩子学习射杀，那样一次一次杀害，到头来不就要势必射杀飞行的燕子吗？欧洲只有一个国家，人人都会打枪，打鸟儿的现象却最少。威廉·退尔[1]的祖国，当她的孩子们为解放祖国而战的时候，善于向他们指明一个更正义也更高尚的射击目标。

……

法兰西并不残忍。为什么这么喜爱杀害，这样屠戮动物呢？

这是缺乏耐心的人民，年少的人民，孩童的人民，正经历一种粗鲁的、变化的童年。法国人行动起来，不是创立就是打破。

法国人尤其打破的是他们本身。一种粗暴的教育，由爱或严厉激发的暴风雨般的狂热，摧残、扼杀了孩子身上天生同情心所初萌的道德花朵，即母乳所播下的良种，极少能重新开花结果的博爱的胚芽。

一种令人难以置信的冷酷无情，凄迷着许多孩子的心。有一些经过生活长时间历练；长大成人后又醒悟了，成为有阅历而明

1　退尔（William Tell）：瑞士传奇英雄。十三世纪，瑞士还受奥地利统治。退尔本是农民，带头反对奥地利当局，在一次伏击中杀死州长，这便是瑞士人民起义的信号。1308年元旦，瑞士终获自由。传说奥地利当局要测试退尔射箭的功夫，逼使他从远处射一个放在他儿子头顶的苹果。德国剧作家席勒根据退尔的传说，创作了剧本《威廉·退尔》，这一传奇从而名闻世界。

智的人。明智又还给他们温情。然而，最初那颗清纯的心呢？永远也不能回归了。

况且，法国人生来这么幸运（除了极少地区性的例外），为什么患上了对和谐的特殊无能症呢？法国人都有自己的歌曲，表现活泼、快乐的迷人小曲调。然而，他们还需要坚持不懈的努力，需要一种专门教育，才能达到和谐。

○ ● ○

第 123 页。清晨，当恐怖逃逝，多么幸福啊！——（舒迪语）在清晨露水粉红的色调宣告太阳临近之前，甚至往往在最微弱的曦光在东天显示拂晓之前，而星辰还在幽暗的天幕上闪烁，一棵老杉树巅就隐隐响起一阵叽叽声，随后跟进的啁啾之声越来越响亮，继而声调升高，一连串持续不断的高音，从四面八方冲击大气，仿佛兵刃连续撞击的清脆之声。这是林中雄鸡交配的时间。它眼神热切，在它的树枝上舞蹈跳跃，而它的那些母鸡在下方矮树林平静地卧着，恭敬地瞻仰它们的老爷和主子的狂舞。没过多久，就不是唯独它活跃森林了。乌鸫也起来了，抖落它浑身闪闪发亮的羽毛上的露水，开始在树枝上磨锐它的喙。它从一根树枝跳到另一根树枝，一直跳到它栖息的枫树的树巅，惊奇地看到曙光已经替换黑夜，而森林的居民还都在睡梦中。它两次、三次吹响它那军号，得到还被雾气遮住的高山和深谷的回声。

茅舍房顶冉冉升起缕缕白色炊烟，狗在农舍周围尖叫，而奶牛脖颈上挂的铃铛响起来了。于是，鸟儿离开树丛，鼓翅冲上高空迎候太阳，而旭日再次给它们送来有益的阳光。多少可怜的小麻雀在庆幸逃脱了黑夜的危险。小麻雀栖在小树枝上，头埋在羽毛中，以为无需担心，可以打个盹儿了，不料借着一颗星光，看见猫头鹰无声无息地溜进树丛，盘算着犯下滔天大罪。榉貂也从深谷来了，白鼬从岩石上下来，杉树貂也离开了窝儿，狐狸则在灌木丛里游荡。所有这些敌人，可怜的小麻雀在可怕的昨夜全看到了。在它的树上，在地下，在空中，无处不存在要它性命的威胁，这样的时刻多难熬啊，它一动也不敢动，遮护它的只有新发的树叶！因此，现在生活安全了，有阳光来保护、保卫，可以张开翅膀疾飞，它该是多么欢快啊！

燕雀扯开喉咙，发出响亮的鸣声；红喉鸟在落叶松树巅鸣唱，而金翅鸟在桤木的枝叶间，鸫和灰雀则在树冠中，无不参加大合唱。山雀、戴菊莺和鹪鹩，组成了三重唱。野鸽咕咕叫，啄木鸟在敲打它的树木。然而，在这些欢快的鸣叫之上，更加响亮的是树林的云雀的美妙音调，以及斑鸫那无法模仿的歌声。

○●○

第127页。迁徙。——对于饥饿的阿拉伯人，沙漠中寥寥无几的居民来说，候鸟的到达是上帝的恩典，天赐的食物：这个时期的鸟儿，旅途疲劳，身体滞重，非常容易捕捉。《圣经》告诉我们，在阿拉伯中部地区岩石地带，流浪的以色列人又饥饿又虚弱，突然看见长翅膀的食物自天而降，不禁欣喜若狂：带翅膀的食物不是犹太先知很有节制的以利亚（Elie）显圣降下的蝗虫，也不是乌鸦果腹的面包，而是美味而富有营养的沉甸甸的肥鹌鹑，并且是自动掉到他们手中的。他们吃得几乎撑死，法老的一锅锅肥鹌鹑肉再也没有给他们留下遗憾。

我诚心地原谅饥饿者的贪食。可是，怎么说我们的人呢？生活在欧洲最富裕的国家，收获粮食和葡萄之后，谷仓和食物储藏室都装满了，可是他们还照样捕杀这些可怜的候鸟儿。不管肥瘦，什么都好，就连燕子他们都吃，他们吞食鸟儿歌手，"那些只有歌声的鸟儿"。他们疯狂野蛮到极点，将夜莺叉在烤杆上，还拔掉羽毛，弄死可怜的红喉鸟，这个家庭的成员昨天还在手上吃食儿了呢。

候鸟迁徙期间就是屠杀的时间。催促鸟群南飞的自然法则，对于候鸟中的数百万只来说，就是一条死亡的法则。大批出发，返回的仅有几只；旅途的每一站，它们都要大量流血。鹰在岩石上等候，人在山谷中守候。逃过高空暴君的利爪，还会遭受地上暴君的捕杀。"好时候！"孩子或者猎人说，凶残的孩子以杀戮为戏了。"这是上帝的意愿！"老饕餮者说，"我们顺从就是了！"这就是人给这种屠杀的狂欢节下的评语。我们只了解这些，历史还没有写受害者的想法。

鸟的迁徙意味着鸟类相互交换场地（除了冬季的极地）。气候或食物的某种原因，决定一类鸟儿离开，也恰恰是决定另一类鸟儿到来的原因。燕子秋雨季节离开我们的时候，我们就会看到鸻和凤头麦鸡的大军出现，寻找被雨水逐出居穴的蚯蚓。十月份，随着天气渐冷，鸫、金翅雀、戴菊莺又替代逃离我们的鸟儿歌手。

在鹌鹑和斑鸫迁往南方时，山鹑、山鹬就从山上飞下来。也正是这个季节，水禽几路大军离开地球极北端，迁到海洋湖泽没有冻冰的温带地区。大雁、天鹅、鹡鸰、野鸭，组成鸟阵，劈空冲向苏格兰、匈牙利的湖泊，冲向我国南方的水泽，等等。鹳体质娇嫩，逃往南方了，而鹳的表姊妹鹤，也要从缺乏食物的北欧出发了。鹤飞临我国大地时，向我们付了买路钱，为我们清除被一阵温暖的秋风吹活的两栖动物和爬行动物的残余。

○ ● ○

第 131 页。这就需要阳光。——然而，夜莺从亚洲回到我们这里，就逃避阳光。不过，真正的艺术家，就必须柔和地处理阳光，光与影混杂。伦勃朗极尽明暗的技巧，他的绘画同时制造出温和与热烈的效果。夜莺开始鸣唱的时候，暮霭同落日的余晖已经交织起来，也正是为此，我们的心弦随着夜莺的歌声震颤。在这种暮色苍茫的时刻，我们的心灵重又掌握内中的阳光。

○ ● ○

第 149 页。不要讲：冬天将冻死昆虫。——德·居斯蒂纳先生讲述，他到俄罗斯旅行，住在尼吉尼（Nijni）集市场，他惊恐万状，看见无数蟑螂在他的房间乱窜，散发恶臭的气味，根本清除不掉。舒迪博士是位非常耐心的旅行家，观察瑞士细致入微，他肯定地说，猛烈的南风刮十二小时，冰雪就会完全融化，无数鳃角金龟子大军开出来，扫荡整个国家，跟我国南方的蝗灾同样厉害。

我们去意大利旅行所观察到的现象，不会逃过博物学家的眼睛，即秋天金龟子并不死掉。我们那栋楼的一些无人居住的房间，冬季几乎房门紧闭，春天我们瞧见一只只金龟子休眠等待天气转暖。再说，在这个国家，即使生命短暂的昆虫也不死。巨大的库蚊每天夜晚都向我们开战，尖利地嗡嗡叫，向我们讨血吃。

昆虫繁衍的这些证据，即使在温带或寒带地区也不缺乏，不过，我们说一只燕子一天吃 1000 只苍蝇还不算多，一对麻雀每周给一窝雏鸟吃 4300 只毛虫或金龟子，一只山雀每天吃 300 只毛虫，那么我们就会同时看到病症与药方。这些数据，我们引自卡特法日先生的《回忆录》(*Souvenirs*)，以及《瓦尔特·特里维廉写给〈英国的鸟类〉出版商的一封信》(*Lettre écrite par M.Walter Trevelyan à l'éditeur des Oiseaux de la Grande-Bretagne*)，译文载于《英国杂志》，1850 年 7 月 1 日。

这就是一个很不完整的概述，看我们为我们的气候鸟类尽了什么力。

有好几种鸟儿还勤勤恳恳守护牲口群。鹭鸶守护耕牛，用剪刀似的喙啄开牛皮，从皮下叨出一只吮吸牛血和生命的寄生虫。鹡鸰、椋鸟，也差不多同样帮助了我国的牲畜。燕子能消灭亿万计的飞虫：这些飞虫有库蚊、蜻蜓、大蚊、苍蝇等，它们几乎不落，看得见它们在阳光里飞舞。夜鹰、雨燕，暮晚的猎手，便清除金龟子、蜚蠊、尺蛾，以及大批只在夜晚活动的啮齿目动物。啄木鸟专吃藏匿在树皮里吮吸树液的虫子。各类蜂鸟、花蜜鸟，生活在热带国家，能够清洁净化花蕊。在任何国度，蜂虎鸟都向贪吃我们水果的胡蜂猛烈开战。金翅鸟，撂荒地的朋友，爱吃茎菊科植物种子，防止茎菊科植物侵占土地。我们花园的鸟儿，黄莺、燕雀、鸫、山雀，清除园中花木和大树上的蚜虫、毛虫、金龟子等，这些害虫一泛滥，危害难以估量。许多诸如此类的害虫，在卵或蛹里冬眠，等待春暖花开时节孵出；然而，它们在这种状态中，也受到鸟鸫、戴菊莺、鹪鹩仔细地搜寻。鸟鸫翻找贴着地面的叶子，戴菊莺攀上最高的树枝，或者捕捉树干上的虫卵和蛹。我们看到在潮湿的牧场上，乌鸦、鹳在刨地捕捉白蛆：它啮食我们牧草的根，需要三年才能蜕变成鳃角金龟子。

我们就此打住，以免絮烦了读者，然而，益鸟的名册才刚刚翻阅。

○●○

第 156 页。啄木鸟，好似占卜师。——气象学所采用的观测方法，都那么严谨，那么有效吗？有的学者不免怀疑。也许最好审查一下，从古人的气象学中，从他们以鸟儿对天气的预知中，我们是否能获益。主要的文摘都在波利（Pauly Stuttgard）的百科全书中指出来了，见预知天气词条。

啄木鸟，在波兰和俄罗斯的大草原，是受人钟爱的鸟儿。在这些树木不多的平原上，啄木鸟总是飞向树木。跟随啄木鸟，总能找见一道小隘谷可以避身，继而还能发现溪流，最终下坡能走向河流。由这种鸟儿指引，人们就能找到方向，辨认出这个地方。［密茨凯维奇[1]：《斯拉夫人》（*Les Slaves*），第一卷，第 200 页。］

○ ● ○

第 166 页。鸣唱。——我们不要孤立，由上帝聚拢起来的东西。您将一只鸟儿装进笼子里，放在身边，可是无需多久，它的鸣唱或因太响亮，或因太单调，就会让您听厌了。反之，这只鸟儿如果参加自然的大合唱，就能贡献它的音调，补全了和声。某一歌喉太高亢，在空气的波荡流转中就会变得柔和；某一嗓音太细弱，就由清风携带着游走潜入各处。

况且，在密林深处，歌手不断移位，忽而远离，忽而靠近，拉开距离的效果，引人遐想，那琴弓能拨动心弦。

这歌声如果在您身边，就会总是一个调门；只要驾驭风的翅膀，这乐声就是圣洁的，能沁人灵魂，让人喜不自胜。

○ ● ○

第 170—171 页。鸟儿来到炉边取暖。——我是在《诺曼人征服英格兰》（*La Conquête de l'Angleterre par les Normands*）中，发

1　密茨凯维奇（Mickiewicz，1798—1855）：波兰最伟大的诗人。诗集《诗丛之一》（1822）包括歌谣、传奇；《诗丛之二》（1823），包括《先人祭》第二部和第四部。1832 年定居法国，受聘法兰西学院，讲授斯拉夫文学。

现这一精彩片段。蛮族撒克逊人的头领召集他祭司和智者们，讨论他们是否应该皈依基督教，他们当中一人这样说道：

国王啊，你可记得冬天里，外面刮风，下雨下雪，你同将领和武士们围坐着桌子，厅里很暖和，生着旺旺的炉火，时常发生一件事：一只小鸟儿从一扇门飞进来，飞速穿越大厅，又从另一扇门出去。小鸟穿越的这一瞬间充满温馨，感觉不到风雨，也感觉不到暴风雨了。然而，这是瞬间的事，一眨眼小鸟就不见了，“而它从冬天，又回到冬天”。我觉得人在大地上的一生，正是这种情景，比较人生前和死后的悠悠岁月，人的一生多么短暂。

从冬天走进冬天。

○ ● ○

第 174 页。巢，孵化。——连接印度和澳大利亚的整个岛链上，鸡形目（les gallinacées）家族的一种鸟类无需孵卵。鸟卵父母捡草堆成一座小山丘，草发酵的温度适于卵孵化，它们一旦堆好了草垛，种类繁衍就交给自然了。古尔特先生提供了这些有趣的细节，他还谈到另一类鸟儿建造的特殊的巢。这是用插进土里的小树枝排成的一条林荫路，而树枝顶端聚拢起来，由交织的草茎加固。初步的工程完成之后，艺术家们还想到美化。它们到处寻找，往往要飞很远，拾来最光鲜的羽毛、最光滑的贝壳、最亮丽的石子，以便铺好进口的路。这条林荫路倒不像鸟巢，而像初恋幽会的场所。[（参看古尔德（Gould）先生的出色作品：《澳大利亚的鸟类》（*Aust ralian birds*），配有彩色版画。）]

○●○

第190—191页。本能与理性。——无知者、无所用心者，总以为什么都差不多。而随着人学会观察，按科学之见，什么都不相同。多样性显现出来，这种不易捕捉的差异，差不多没有价值，首先让人避免混淆事物，继而特点逐渐突出，变成一种鲜明的差异：一个物体同另一个物体拉大了距离，形成了空隙、断裂，有时甚至形成鸿沟，将两个物体隔开，距离越来越大，结果在这些乍一看差不多的事物之间，有时多少人努力也不可能再拉近了。

有人讲过，并且重复道，昆虫的劳作绝对相似，遵循一种机械性的规律。可是，列奥米尔们、于贝尔们，却发现许多事实，绝对在这种所谓的规律之外，尤其是蚂蚁。蚂蚁的生活非常复杂，事变层出不穷，要时刻应付意外情况，因此，蚂蚁只要面对生活，就势必迅速分辨，表现出高变的机智灵活，而这种机智则是个性的最高标志之一。

人们原以为，鸟儿筑巢总是千篇一律。绝非如此。仔细观察就发现，鸟儿根据气候和季节，筑巢也相应变化。在纽约，巴尔的摩黄鹂（Le baltimore）筑毡状巢，以抵御严寒。在新奥尔良，黄鹂就筑透气的巢，空气自由流通，起降温作用。加拿大山鹑冬天在巢上搭一个小披檐，而在贡比涅（法国城市），天气比较温暖，山鹑就取消它们认为没有必要的遮护。季节不同，也有类似的差异。本世纪初几年，美国的春天来得很晚，（威尔逊的）旋雀（le vrillot）就很聪明，也推迟两周筑巢。我还冒昧地补充一点，我在法国南方看到这些判断每年都在变化。通过一种无法解释的预见，夏季可能偏凉时，鸟巢就更加密闭。

北欧海雀（mergula）尤其怕贪吃鸟蛋的狐狸，巢就选在水平面的岩石上，以便一窝雏鸟刚孵出来，稍微受到窥视，就有时间跳进水里。反之，在我们海岸，海雀只担心人类侵害，就在人够不到的地方，最高、最陡峭的悬崖上做窝。

无知者，还有那些办公室的博物学者，倒是同意种类不同，筑巢也有差异，但是他们认为同一种类，行为和劳作就完全相似，只要采取一种笼统的庄严态度，从远处和高处观看事物，就可能支持这种观点。不过有朝一日，博物学者操起旅行杖，穿上铁掌鞋，变得谦虚而执着，不知疲倦地朝拜大自然，那么全部事物就变样了。他们在每种鸟的工程中，观察，记录，比较许多个体的作品，抓住了差异，终于得出逻辑事先就会提供的这个结论：的的确确什么也不相像。外行人看这些作品都是雷同的，而威尔逊们、奥杜邦们却发现其多样性，一种变化多端的艺术，随着手段和地点，随着艺术家的特点和才能不同而变化，表现出无限的随意性。这样也就扩展了自由、想象和创造力的领域。

但愿我们的收集品能拉近每个种类的许多样品，而这些样品按照发展和个体的才能分段排列，标明做窝的鸟儿的大致年龄。

如果这种无穷的千差万别，绝非源自一种自由的行为，绝非源于一种个体的自发性；如果有人要将所有差异概括为一种相同的本能，那么要想论证这样一个神奇的命题，就必须让人相信另一种奇迹：这种本能尽管是同样的，却有一种特殊的弹性，能适应、符合不断变化的这种各样的情况，以及无穷无尽的偶然。

在动物历史中，如果发现所谓本能的某种行为，假定违反我们本能的天性似乎所要的一切，那将是怎样的行为呢？富歇·道布松维尔（Fouché d'Obsonville）谈到的那头受伤的大象意味什么呢？

这位富有判断力的旅行家，非常冷静，又毫无浪漫虚构的倾向，他在印度看到一头在战争中受伤的大象，每天去医院让人包扎伤口。不过请猜一猜，那是如何包扎呢？要烙一下……那里气候很危险，什么都腐烂，就不得不经常采用烙灼伤口的治疗方法。那头象耐受这种治疗，每天都去医治，它并不怨恨那个烙得它剧烈疼痛的外科医生。它哀吟着，仅此而已。它显然懂得，医生只是为它好，折磨它的刽子手是它的朋友，这种残忍的疗法必不可少，目的是为它医好伤。

这头象的行为显然是经过思考的，绝非出于一种盲目的本能，它的举动意愿明确，完全违反天性。

○ ● ○

第 191—192 页。夜莺教师。——这个细节，我援引自一位夫人，加西娅·维阿尔多（Garcia Viardot）夫人，她完全有资格判断这类事物。俄罗斯农民天生耳朵灵敏，对大自然特别敏感（同大自然对他们的严酷成正比），他们有时听见西班牙女歌唱家的演出，便说道：“夜莺唱得没这么好。”

○ ● ○

第 193 页。小家伙还犹豫……——“有一天，我在蒙捷带儿子散步。我们望见北面小萨莱沃山上，一只苍鹰冲出峭壁的岩缝。它飞近大萨莱沃山时，便停下了，而它背上驮的两只雏鹰开始尝试飞行，起初不离左右，紧紧围着老鹰；过了一会儿，两只雏鹰感到累了，就回到教师的背上歇息。试飞逐渐拉长，这堂课临结束时，两只雏鹰飞行的圈子显然大多了，但始终没有离开它们体育教练的视线。大约一个小时过去了，两名小学生又回到父亲的背上。老鹰则飞回那条岩缝。”［尚维埃尔·德·日内瓦（Chenvières de Genève）先生］

○ ● ○

第 218 页。智利小隼。——这个细节，我摘引自一本新书，挺奇特，但不知名，是一个智利人用法语写的：《智利》［作者维库纳·马克纳（Vicuna Mackenna）1855 年版，第 100 页。］——那个国度值得关注［参看比尔保（Bilbao）先生的出色文章］，全靠本国公民的活力，大大改变了美国公民对南美洲不好的看法。美洲只要还感觉不到本应实现它的大和谐的对立两极，它就不会作为一个世界而存在。

○●○

关于有羽翼的生灵最后一个注释。——为了评价对我们平凡生活条件完全陌生的生灵，就必须脱离大地，飘飘然于其上。这样就会依稀看到，这是某种既低级又高级的东西，既在世上又在世外，毗邻天使的生命，在动物生命的虚无缥缈之境。人渐渐有了这种意识，就会丧失那种欲念，不再想把长翅膀的生灵，把上帝的这种精妙、这种奇特、这种气冲霄汉的梦想拉回到庸常的尘世。

就说今天，在一处毫无诗意、被人忽略、又脏又暗的地方，周围是巴黎黑泥，在地窖一般黑暗潮湿的楼底层，我看见，听到一个小生物在轻声啁啾，绝非世间之物。这是只莺，常见的种类，不是歌声值高价的黑头莺。当时这只莺并没有歌唱，只是在喃喃自语，音调跟它的处境一样，没有什么变化。冬季、昏暗、囚禁，无不同它对应。它落到一个非常粗鲁的人，一个投机商的手中，四周所能听到的，唯有能击碎它的歌声的声音。上方有几只大嗓门的鸟儿，其中还有一只鹇鸫，它们不时吹响嘹亮的号角。而这只莺经常被迫噤声，它早已习惯，只看见它浅吟低唱。不过，在这种克制的抒发中，在这种半哀怨的顺从习惯中，带能让人感到一种迷人的优雅、一种胜过女性的柔弱美。再加上胸脯和姿势的独特魅力，戴一条灰色麻项圈，虽然普通，却很光滑，微微闪着丝光。

我想起安格尔和德拉克洛瓦先生的绘画，表现被囚禁的阿尔及尔或东方的女子，完全是一种无可奈何、无情无绪的神态；这些生命的漠然、烦闷简直一模一样，而且内心的一切激情，也同样在衰减（可以说熄灭了吗？）。

啊！在这只莺身上，却是另一番情景。内心激情还完好无损，既超越又不及一个女子。根本无法比较。它低级在于动物性，在于它这鸟儿的美丽面具，可是它长了翅膀，能飞得很高，小小的躯体里又有长了翅膀能唱歌的灵魂。它有一种超强的不在场的能力，总远离现实，在它灌木林的家园，在它小时候被劫走的窝里，或者在它未来的爱巢中。它啁啾发出五六种声音，这就完全温暖了我的心；而我本人，此刻也长了翅膀，陪伴着它在梦中飞翔。

儒勒·米什莱生平与创作年表

李玉民编译

儒勒·米什莱（1798—1874）

民族时期的法兰西民族历史学家、革命时期的人民历史学家；首先是史实和文明结构的地理学家和哲学家，继承了叙事或别开生面描述的、哲学的或分析的两种传统，又以其“全面激活”的实践、先知般想象力并有条理的习惯、拉伯雷式绝对独特而又温雅又严肃的行文，超越了这两种传统，——他必须时刻确保掌握风景与地段、纪实与资料、原始手稿与艺术品、飞跃的博学与打磨中的概念。他还创建了一个复杂的网络，保持与通信者和朋友们的联系，一种政治上和科学上的生活本能；没有这种本能，仅凭他雄心壮志，孤胆英雄，也势必失败。这种效仿维科[1]的“胆识”，是从启蒙世纪哲学家那里

1 吉安巴蒂斯塔·维科（1668—1744），意大利历史学家和哲学家，他的《历史哲学的原则》（1725），在每个民族循环历史中，区分三个时期：神圣时期、英雄时期和人性时期。他的《新科学》由我国老一代学者朱光潜先生译成汉语。

继承下来的，能够活跃并磁化数不胜数的“摘录”、调查、笔记、往来的信函、修改的校样儿、复审的课文，在这种过程中，作品才构建起来。

他的文风客观而又灵活，很早就为他招来批评，也赢得赞扬。他写作的这些优点，尤其揭示了作品构思和撰写的秘密：一种不间断的动态，从一篇阅读到一次晤面，从一堂课到一本书，从一场听众到另一场听众，从一种纯粹文学或艺术的感受，到彻查图书馆和文献馆的老底儿，从一条文献目录的端流，到激发出一种象征，从陆续安排的提纲，到撰写出片段的文稿。

米什莱的这种写作状态，也是他的生活状态。

1798 年　8 月 21 日，儒勒·米什莱生于巴黎。父，约翰·富尔西·米什莱，原籍法国莱讷省拉昂市，印刷工人。母，原籍法国阿登省。

从出生到 1814 年，由于印刷业极不景气，米什莱一家人生活在贫困中，在巴黎迁居了八次。

1799 年　拿破仑发动“雾月十八”政变，为帝制做准备，1804 年称帝，创建第一帝国。

1808 年　米什莱的父亲因欠债，入佩拉吉监狱囚禁数月。

1810 年　10 月，一直失学的米什莱，开始上语法学家梅洛先生的课，他在课堂结识普万索，成为终生挚友。

1812 年　米什莱进入巴黎名校查理曼中学，上三年级（相当于我国初中三年级）。

1814 年　父亲所在的印刷厂，因 1810 年限制印刷工人而关门。他于 1814 年受聘，到杜什曼医生的疗养院当经理。

1815 年至 1820 年

拿破仑第一帝国于 1814 年 4 月解体。1814 年 4 月至 1815 年 3 月，为波旁王朝路易十八第一次复辟。1815 年 3 月，拿破仑从流放的厄尔巴岛返回，重新执政，史称“百日政变”或“百日王朝”。1815 年 6 月 18 日，拿破仑兵败滑铁卢，第二次退位。第二次王朝复辟：路易十八于 1815 年至 1824 年在位；查理十世于 1824 至 1830 年在位。

1815 年　2 月 9 日，米什莱丧母。米什莱父子迁到植物园附近，住进杜什曼医生的疗养院。

伏尔西太太也为杜什曼医生工作，1816 年丧女；她善待米什莱，充当了母亲和教师的角色。

1817 年　米什莱通过文学班中学会考。

1818 年　仅用一年时间，就修完大学的文学课程，获文学学士学位证书。米什莱受聘为辅导教师，能维持自己生活了，他还免费听大学课程。

杜什曼医生的疗养院关门了。米什莱父子搬到罗凯特街，伏尔西太太和疗养院原护士波莉娜·卢梭，一起来同居。波莉娜于六月中旬，成为米什莱的情人。

1819 年　获文学博士学位。

1820 年　米什莱开始记日记（五月），开始撰写回忆录（回忆童年），为了他的好友，在医药学院学习的普万索。他开始对自然科学产生浓厚兴趣。

1821 年至 1825 年

1821 年　2 月 14 日，好友普万索去世，葬在拉雪兹神父墓园；米什莱的母亲也葬在那里。此后，那座墓园便成为米什莱爱去的一个地方。

9 月 21 日，米什莱通过了整顿之后的中学、大学教师资格会考。

10 月 13 日，任命为查理曼中学的额外教师。

1822 年　10 月，受聘为圣巴尔伯中学教师，教授历史课。中学的历史课多年取消，1818 年由负责教育的官员鲁瓦耶·科拉尔提议恢复。

1823 年　12 月，伏尔西太太去世。

1824 年　4 月，米什莱会见维克托·库赞，自由派哲学的年轻带头人。库赞鼓励米什莱翻译维科的《新科学》，正是这部著作，为米什莱提供了他的历史哲学的基本原则。

5月20日，米什莱娶了怀孕的波莉娜。

8月28日，女儿阿黛尔·米什莱出生。

1825年 5月，米什莱同埃德加·基内建立联系，二人是在库赞那里相识的。米什莱同基内的交谈中，更好地了解了德国及其思想家。

米什莱写出了《现代历史编年表》(1453—1789)。

1826年至1828年

1826年 写完《现代历史对照年表》。这两本《年表》是中学教材，用到教学实践，取得了极好的效果，但是很快又受到遏制；低年级的历史课被教育部门叫停。

1827年 2月3日，米什莱被任命为师范学院的哲学和历史讲师。

3月8日，开始发售维科《历史哲学的原则》，由米什莱译成法文，前面加了他的一篇《论维科的体系与生平》。

10月15日，米什莱的《简明现代史》第一部分出版。

1828年 4月15日，《简明现代史》第二部分出版。这两册书是新编的中学历史教材，在教学中得到极高评价。

8月16日至9月18日，德国之行，研究中世纪历史和路德的宗教改革，主要参观海德堡、法兰克福、伯恩等地大学城。米什莱阅读了重要书籍，计有宗教和神话（克劳伊泽尔和施勒海尔）、法学（格林）、民间文化（格蕾斯）。

米什莱重新拾起普万索去世后丢下的日记，但是仅限于概要记录他的旅行。

7月，米什莱被遴选为查理十世的孙女，贝里公主的教师。

1829年至1830年

1829年 7月，面临在哲学和历史之间选择的问题，米什莱选了哲学，然而，教育部指定他教历史。1828—1829学年，他用来讲授罗马历史。

11月17日，儿子夏尔·米什莱出生。

1830年 3月14日至4月底，米什莱到意大利旅行参观，如饥似渴地会见学者，发现文化。

七月革命爆发。7月25日，查理十世当局颁布四项法令，取消新闻自由，修改选举法，从而激起巴黎民众起义（27日），攻占土伊勒里宫（29日），7月27日、28日和29日，史称“光荣三日”。8月2日，查理十世被迫退位，要把王位传给孙子尚博尔伯爵。但是根据修改的宪章，王族奥尔良系接位，8月9日，奥尔良公爵路－菲力浦登基，史称“7月王朝”。

“七月的电光”，照亮了米什莱摸索历史的一片天地。让他豁然看清了各种脉络。此前，他学识精进，已经异乎常人，在教科书中阐明了新思想，打破了旧套路，虽然是开创性的，但毕竟是借用来，缺乏原创性。几年编书、教学、阅读、旅行发现，探索思考，终于有了新的契机，从见识转化为识见，积累知识材料有了自己的见解，开始了他生涯中的大飞跃。

法国政体更新，米什莱先就受益：他受聘为路易-菲力浦第五个孩子，克莱芒蒂娜公主的历史教师，被任命为国家文献馆历史部主任，得以参阅这些文献，对他撰写历史的方法是至关重要的。

1831年 2月20日，米什莱和基内在台步厅，参加了哲学家和经济学家圣西门（1760—1825）派的聚会，听取了昂芳丹“神父”一场宣讲。这是米什莱第一次接触社会主义派别。

8月2日至28日，参观游览诺曼底和布列塔尼两个地区，揭开他一系列外省巡回采风的旅行，发现法国建筑、风景、人文和经济。这与他撰写《法国历史》并行不悖。

4月，《通史导论》出版，米什莱阐述了他的历史哲学观，有别于维克托·库赞、奥古斯丁·梯叶里，甚至有别于维科。

7月，《罗马史》（共和时期）出版。

这两部著作具有宣言的价值和气势。

当路易－菲力浦以“国王—公民”自诩，而他的政体又被称为“共和制最佳典范”之际，《通史导论》旨在将这种君主制建立在民主基础上，而《罗马史》又警示这种体制；凡专制统治须防止东方式退化。

不管怎样，1830年革命之后，法国出现了新气象，民主原则获得胜利，学校青年精神振奋，资产阶级的力量在全国迅猛增长。在公共权力重组中，一些职位空缺出来，米什莱必须以实绩和有价值的思想观念证明自己。

1832年至1835年

1832年 9月1日至8日，比利时之行，发现佛拉芒大画家鲁本斯（1577—1640），还发现了滑铁卢战场。

1833年 4月14日至16日，首次，后续数次到枫丹白露。7月，参观兰斯大教堂。

11月21日，被任命为索邦大学现代史教授基佐（1812年任教授）的接替者。

12月1日，米什莱撰写《法国历史》（起源至1270年）第一卷和第二卷出版，揭开了长达十七卷的鸿篇巨制的序幕。

《法国简史》（截至1789年革命）出版。

1834年 8月5日至9月5日，到英格兰、爱尔兰、苏格兰旅行，发现了工业正经历最强劲发展的一个国家，认识了中世纪的英格兰。米什莱对英法之间的百年战争（1337—1453）产生兴趣，要深入研究，写进下一卷的《法国历史》中。

1835 年　8 月 18 日至 9 月 25 日，系统参观法国西南地区的图书馆和文献馆。

8 月，再版维科的《历史哲学的原则》，增加了由作者撰写的生平。

9 月 15 日，米什莱译为法文的《路德回忆录》出版。

12 月，米什莱必须放弃替代基佐教职的任命。

1837 年至 1840 年

1837 年　米什莱从此更为经常地记日记。

6 月 22 日至 7 月 18 日，旅行参观比利时与荷兰。

6 月，《法国历史》（1270—1380）第三卷出版。

《法国权利的来源，从象征与通权格式中寻觅》出版。

1838 年　2 月 13 日，米什莱被任命为法兰西学院伦理学和历史教授。一直到 1842 年，米什莱在法兰西学院讲授的历史课，紧紧追随他的《法国历史》出版的进程。

3 月，米什莱被选为法兰西学院伦理学和政治学院士。

6 月 8 日至 8 月 17 日，前往瑞士、威尼斯、蒂罗尔，搜集资料，为意大利战争部分做准备。

1839 年　3 月 24 日至 4 月 7 日，米什莱前往里昂和圣艾蒂安，调查丝绸工人的命运，前不久，丝绸工人的造反行动引起米什莱的思虑。他在圣艾蒂安，还参观了一个兵工厂和一处矿井。

7 月 24 日，妻子波莉娜去世，因思考与工作过劳而死。

1840 年　2 月，《法国历史》(1380—1422) 第四卷出版。

5 月 5 日，一名学生阿尔弗雷德的母亲，杜梅尼尔太太初次拜访，米什莱很快就同她建立亲热关系。

7 月 25 日至 8 月 16 日，去比利时旅行。

1841 年至 1844 年

1841 年　2 月，杜梅尼尔太太因到巴黎接受治疗，住到米什莱位于邮政街的寓所。

米什莱同杜梅尼尔母子到枫丹白露小住，又去鲁昂附近杜梅尼尔家逗留数日。

8 月 23 日，《法国历史》(贞德卷) 第五卷出版。

8 月，《圣殿骑士团诉讼案》(资料汇编) 出版。

1842 年　年初，教权派新闻刊物《天下》猛烈抨击大学。

基内被任命为法兰西学院教授。

5 月 31 日，杜梅尼尔太太在米什莱寓所去世。

6 月 19 日至 7 月 30 日，德国之行。这是具有决定意义的一年，准备撰写《人民》和《文艺复兴》，米什莱必须细化方法。

1843 年 米什莱和基内回击教权派新闻刊物越来越激烈的诋毁，约好在各自的课堂上讲解耶稣会。

7 月 15 日，《耶稣会教团》出版。

8 月，米什莱的女儿阿黛尔同阿尔弗雷德·杜梅尼尔结婚。杜梅尼尔脱离基督教，改宗信仰“未来的新上帝”，米什莱视他为门生。

1844 年 米什莱在学年课堂上，集中讲述罗马和法国，继续这场论战。

1 月 4 日，《法国历史》（路易十一卷）第六卷出版。

5 月 18 日至 6 月 22 日，米什莱到普罗旺斯地区、中央高原采风考察。

1845 年 1 月，《论教士、女人和家庭》出版。米什莱在 1844 年讲课中，萌发写这本书的灵感，旨在揭露教会精神指导的体系。

《耶稣会教团》和《论教士、女人和家庭》这两部著作，是论战的书，也是方法论，阐明个人见解的书，达到教育的目的。可惜法国不是英国；路易－菲力浦也不是新君主，米什莱注定受挫。

在一段时间，政府机构及其报纸的态度，还有利于这些自由派教授，但是面对教授们的思想有转向革命的势头，他们就发出了反对的声音。正因为如此，米什莱在法兰西学院开设一系列法国革命的课程。而且，他也放下《法国历史》第七卷，即文艺复兴卷的撰写工作，决定先写《法国革命史》了。

3月8日，米什莱收到昂芳丹神父的一封长信，说他读了《论教士、女人和家庭》一书。后来，米什莱在《日记》（1845年3月8日至23日、1854年4月3日）都有记述，表明这封信在米什莱的思想中，引起极深的反响，尤其信中宣告必须抱着一种务实的态度，创立一种“未来的宗教”。

1846年 1月28日，《人民》一书出版。这是第一本务实的书，不再摆出战斗的姿态，而是循循善诱的一本教科书。

4月，基内的课程被叫停。

11月18日，米什莱的父亲去世。父亲一直是他忠实的伙伴，在他的心目中，就代表了人民和法兰西革命。

米什莱从开始修史到1831年出版《罗马史》，已形成自己的历史观，其中重要的一点，就是在《罗马史》中突出表现的“去符号化”。他的矛头直指“从未有过的人民最美好的生活”，这是明目张胆的社会有机论者的抱负：反论说；反粉饰性讲述历史的“故事”，还原人类自行创造的历史。米什莱以孟德斯鸠自居，另行设置“方法和表述”，建立在各部分与整体“比例协调”的原则上。源自罗马的传说，都要在哲学上、人种志上和象征上进行讨论，从而建立一个有三种成分（语言、种族、信仰）的体系。这种体系可以复制，讲述别的种族的历史：伟大人物，汉尼拔或者凯撒，来往于东西方之间进行征伐。在这里，精神史则基于寻求发现一国人民历史特造的“天才”人物。

米什莱在《罗马史》中的独特贡献，就是开篇就将人民和民族置于他们的地盘上，给他们载满他们历史的物质基础，在人的大地上传诵他们的理想史诗。然而，《法国历史》出到第六卷，到文艺复兴的前夜，在法国创建国家君主制的路易十一，是一个形象十分暧昧的国，雨果在1831年出版的《巴黎圣母院》中，就有精彩的描绘。于是，如何全面评价文艺复兴，米什莱“去符号化”的主张出现了危机。他撂下《法国历史》，开始撰写人们还记忆犹新的历史：《法国革命史》。

不过，在《论教士、女人和家庭》中，米什莱已经有了些想法。女人，从女儿到妻子和母亲，必须教育她们懂得法律赋予的自由，摆脱教士对其思想意识的控制：“必须有个人为了爱”，“爱想要提升”。米什莱就是从这一点出发，考虑男人和女人的关系，包括性欲和社会两个层面，以期未来有利于培育具有创造性的英雄主义。

到了《人民》出版的背景：米什莱投身这场混战，所冒的风险远远超出大学自由派教授的问题，将他的作品、他的方法和他自身，在《人民》中完全融为一体了。这是个人的、社会的、国家的有机论有机性的宣言，力图将现代社会的喧嚣和危机，统统纳入宗教的表述中。

《人民》全书的核心，就是探索暗喻乡村的美德，劳动和大自然实践智慧的根底。童年和天赋的力量，在书中交相辉映，类似得令人叹为观止，米什莱后来称之为革命的法则：人民的本能与知识阶层的学识相得益彰，调理着两者的合作，米什莱根据这样的描绘，预言了"未来的年轻祖国"。

1847 年　法国革命的研究需要文学性的现实材料。一月，路易·勃朗[1]开始出版他编写的《法国革命史》。三月，拉马丁[2]出版了《吉伦特派历史》。

2 月 10 日，米什莱的《法国革命史》第一卷出版。

11 月 15 日，他的《法国革命史》第二卷出版。

11 月 13 日，米什莱收到阿泰纳依丝·米亚拉雷的

1　路易·勃朗（1811—1882），法国历史学家和政治家。他的著作《十年史》（1841—1844）有社会效应，扩大了反对七月王朝的力量。他是二月革命临时政府的成员，但是他看到他按照社会主义思想提出的社会改革方案失败，于六月流亡国外。1870 年回国，为极左派议员。

2　拉马丁（1790—1869），法国浪漫诗人和政治家。他是二月革命临时政府成员并任外交部长，真正主宰了法国数周。六月，巴黎工人起义被镇压，十二月总统选举中，败于路易·拿破仑。

一封信。这位二十岁的小学教师看了《论教士、女人和家庭》一书，受到了强烈的触动。

1848 年 1 月 2 日，米什莱的教学被叫停。他决定每周发表他准备好的讲义。

2 月 24 日，革命爆发。起因是基佐内阁取消了共和派定于 2 月 22 日举行的宴会，引发二月革命。路易－菲力浦要让位给长孙巴黎伯爵。2 月 25 日，在巴黎民众的强烈要求下，第二共和国宣告成立。

3 月 6 日，米什莱和基内恢复教学。

3 月 10 日，米什莱拒绝参加议会。

6 月，面对镇压巴黎工人起义的场景，米什莱万分震惊和愤慨。

8 月，集中思考未来的一部著作:《人民的圣经》。

11 月 8 日，米什莱初次会见比他小三十岁的阿泰纳依丝·米亚拉雷。

12 月，法兰西学院主管莱特罗纳去世，接任者巴泰勒米·圣伊莱尔更加敌视米什莱。

1849 年 1 月 25 日，米什莱在法兰西学院开了“爱情教育课”。

2 月 10 日,《法国革命史》第三卷出版。

3 月 12 日，米什莱和阿泰纳依丝到民政部门登记结婚。新婚夫妇在维利耶街安家，彼此耐心等待克服性关系的困难。

8 月 13 日至 26 日，阿登地区和比利时之行，察看杰马普战场（法国革命期间，1792 年吉伦特派掌权，北方军司令迪穆里埃将军先后在瓦尔密、杰马普两场战役，击败奥地利军，占领了比利时）。

9 月 3 日，米什莱夫妇这桩婚姻开始圆满。

10 月 1 日至 15 日，米什莱作为陪审员，参加重罪法庭审案，他力求为被告减刑或无罪释放。

1850 年 2 月 10 日，《法国革命史》第四卷出版。

7 月 2 日，米什莱喜得一子，取名伊夫·约翰·拉撒路（取《福音》中的复活之意）。

8 月 24 日，拉撒路夭折。阿泰纳依丝渴望在教堂之外给孩子洗礼。一次宗教仪式的这种需要，搅动了米什莱的思绪。

1850 年和 1851 年 米什莱在课堂主要讲授妇女和民众教育。

1851 年 3 月 6 日，米什莱被巴泰勒米·圣伊莱尔召到学院办公室（教授全体会议），他向部长揭发了米什莱反对路易·波拿巴。11 日，他又被指责教学论战味太浓。他的同事们没有支持他。

3 月 12 日，中止了米什莱的教学。

3 月 20 日，拉丁区的大学生游行支持米什莱。

4 月 8 日，宣布停发他的教授薪金。

4 月，《法国革命史》第五卷出版。

7月末，波尔多与阿尔卡松之旅。

10月24日，米什莱拒绝发给他的半份教授薪金。

11月20日，出版第一传《民主的黄金传说：科斯休斯科传说》(波兰爱国将军)。

12月2日，路易－拿破仑·波拿巴发动政变，实行个人独裁统治。

1852年 路易·波拿巴发动政变前后，一批参加1848年革命的共和党人就流亡国外。政变一年后，路易·波拿巴于12月2日建立第二帝国，称拿破仑三世。流亡国外的雨果轻蔑地称他“小拿破仑”，著了大量诗文进行讽刺揭露。米什莱留在法国，也进入职业生涯最艰难的时期，但是他的笔还是自由的，写出专制统治者难以阻遏的不朽作品。

4月，米什莱连同基内几人被解除在法兰西学院的教授职务。

6月3日，米什莱拒绝新政权要求每个公务员的效忠的宣誓。

6月9日，米什莱离开了文献馆。

6月12日，出行前往南特·加里埃(革命时期国民公会成员，在大恐怖期，1794年受指控而被绞死)的城市，毗邻旺代省，在那里准备写大恐怖卷，《法国革命史》第六卷，即最后一卷。

从此，米什莱无职一身轻，不必因公务滞留巴黎；

每年都到这外省度过一段时日。

1853 年 2 月至 3 月，可能因为撰写大恐怖的历史；身心产生了反应，一时心力交瘁，生了病。

8 月 1 日，《法国革命史》第六卷出版。

10 月 29 日，前往意大利休养，期望恢复健康。

11 月 15 日，《民主的黄金传说》第二传出版，题为《多瑙河公国，罗塞蒂夫人》。出版《贞德》单行本，与《法国历史》第五卷分别出版。

11 月 18 日，到意大利南方，在热那亚附近的小港内尔维落脚。米什莱病得不轻，还是关注了这个地区的民众和极度的贫穷，产生写《盛宴》的意念，批评费尔巴哈。

1854 年 1 月 21 日，出版《北方民主传说》（科休斯科、罗塞特夫人、俄罗斯的殉道士们）。

《盛宴》写出数章，生前未能发表。

4 月《革命的妇女》出版。

4 月 20 日至 6 月 4 日，在都灵逗留，查阅十六世纪的档案史料，续写中断十年的《法国历史》。

6 月 5 日至 30 日，到阿克奇进行泥浴，参加自然元素诗意疗效的秘密仪式。

1855 年 2 月 1 日，《文艺复兴史》——《法国历史》第七卷出版。

在第七卷的序言中，重新阐述，降低了对中世纪时期的评价。

7月2日，《改革史》——《法国历史》第八卷出版。

7月6日至15日，米什莱前往比利时与荷兰，去看望12月2日政变遭放逐的基内，搜集对《文艺复兴史》的报道。

7月15日，米什莱的女儿，阿黛尔·杜梅尼勒去世。

8月23日，在勒阿弗尔逗留期间，米什莱初试海水浴，同自然的第二元素亲密接触。

从此，米什莱每年都安排海水浴。

1856年 3月8日，《宗教战争》——《法国历史》第九卷出版。

3月12日，《鸟》出版。这是写自然史的一系列著作的开篇。米什莱从青年时起就对自然史产生兴趣，而且始终不减。这也是同他妻子合作的成果。

11月1日，《结盟》——《法国历史》第十卷出版。

这一年，米什莱还上了解剖课，他十分惊叹显微镜的功能。

《鸟》的出笼，是米什莱著述的又一大突破，但是这次突破不能不说借助了他年轻妻子之力。事实上，这个陪伴在身边的女性，全面催生了这部作品，为作者历史和哲学的思考立了一个新的通则，将他的散文诗化推向极致。这种新的概括，其根本原则很可能就是异国情调的概念，换换口味，再确切点儿说，就是力求重新整合所有外在性的东西、所有异国他乡的事物，所有的传说，不管是可疑的还是可心的；须知这些外在的事物，即使这位历史权威魄力十足的实践，也不能全讲清楚，同样，去符号化的大道理，也不可能深入群体的灵魂中领悟这些传说。的确，无论在米什莱还是在雨果看来，凡是历史，都会把女人视为典范的疑难问题：女人既是流放又是家园，既是不可能又是前景，既是奴役又是解放，既是沉默又是激励。女人的面孔类似自然，类似芸芸众生，类似人民。女人周期的形象，就如同天地的旋转，人类的大节律，社会的博动；而这种社会的博动，西方理性的统治总是拼命地否认，一直宣扬它那盲目而可笑的普遍主义，宣扬它那不得不阻碍生物的、有机论思想飞跃的笛卡尔几何主义，还宣扬它那不断摧残社会性的政治优先。

米什莱写作的转型，同当时的政治大气候密不可分。1830 年政权露骨的专制统治野心，虽然遭遇失败，却被 1848 年 6 月那场屠杀，被路易 – 拿破仑·波拿巴的政变粗暴地批准了。正是那场屠杀，才可能让“小拿破仑”得逞，也使得奥尔良派资产阶级和共和派知识分子，双双丧失民心和政权，才让恬不知耻的金融冒险家掌握国家的命运，推动工业化进程，而工人阶级边缘化，脱离了令人安心与英雄气概的自由思想。

可以说，这是社会理想的全面崩塌，已无米什莱的容身之地。于是他逃往南特，逃向大海，这个生命的源泉，因为历史把人推回本原。他终于得力于地理政治型的社会形态学，谱成了希望之歌：《鸟》《虫》《海》《山》的大自然交响曲。

智慧的力量在民间。米什莱在南特找到学者安琪·盖潘，科学和共和的斗士，传承社会主义思想的历史学家和哲学家。随后，米什莱又到地中海沿岸，意大利南端的内尔维，他终于结成了女性、自然历史、作为方法的文艺复兴、社会经济学、回炉的哲学和宗教的这种联盟，反对那个费尔巴哈的残缺不全的系统论。正是这种联盟筹备他所谓“盛宴”的人类总联盟。

1857 年 5 月 27 日，《亨利四世》——《法国历史》第十一卷出版。

10 月，自然史的第二本《虫》出版。

米什莱到枫丹白露度夏。这段逗留，米什莱称为获取资源的最佳时期（9 月 8 日的狂风暴雨）。此地的影响力，集中了自然（森林散步，观察昆虫）和历史（观赏宫堡及其壁画）；还唤起了他三场爱情的记忆（波莉娜、杜梅尼勒太太和阿泰纳依丝）。

1858 年至 1861 年

1858 年　3 月，《黎赛留和投石党》——《法国历史》第十二卷出版。

6 月至 10 月，到格朗维尔（芒什省首府）和波尔尼克（卢瓦尔 - 大西洋省首府）度过这段时光。

11 月 17 日，《爱情》一书出版。

1859 年　3 月 20 日至 4 月 11 日，出席解剖现场。

6 月至 10 月，到滨海夏朗特省圣乔治 - 迪多纳乡度过数月。

11 月 21 日，《女人》一书出版。

1860 年　4 月 27 日，《路易十四》——《法国历史》第十三卷出版。

6 月 20 日至 8 月 5 日，决定性的一段逗留时日，放弃小说的创作，有利于爱情史和自然史的写作。

1861 年　1 月 15 日，自然史的第三本《海》出版。

2 月 28 日，米什莱动笔创作一部小说：《西尔维娜——一名清洁女工的回忆录》，数次放弃；又数次重新拾起，但是最终没有写完。在瑞士的维托，他放弃这一写作计划，要集中精力创作《一位正派少女的回忆录》（阿泰纳依丝的一生）。

1862 年　2 月，《路易十四和勃艮第公爵》——《法国历史》第十五卷出版。

3 月 23 日，儿子夏尔在斯特拉斯堡住院，4 月 16 日去世。

8 月到 9 月，在滨海塞纳省圣瓦莱里－昂科，阅读达尔文的著作。

11 月 15 日，《巫术》出版。

《巫术》是这种最终方法的范例。内中的流亡，可以说内中如同流亡，如同禁区和退缩，如同必须改变所有习惯的秘密，从而给历史的真实带来象征的有机性。

《巫术》是米什莱摘取自他的《法国历史》诸多有关巫术的章节——这种历史边缘的表相——重新整合，安排场景使之完整，用地理学裁剪年表，如同采取一种复述方式，表现逐渐显露出来的教会、官职、国家和科学的权威影响，从而为人文科学的整个现代人类学开辟道路，犹如米歇尔·傅科（1926—1984，法国哲学家）可能继续阐明的那样。这种历史的回顾，前面有一部分纯粹是传说：中世纪女巫：搜集异教原初轶事的女人、撒旦的妻子、封建农业社会的反面、采草药女人，自然出现在世俗社会的反自然现象，生命科学的源头。米什莱这么做，实际上就是翻过来，掉过去：《文艺复兴》其实就等于他那《中世纪》的否认；而中世纪又反过来，成为重读古典几个世纪的历史的考古原则，又如同民众和女性批评君主制的癌变。而且，正由于这种癌变，自从宗教战争以来，法兰西正在衰退，无论大革命，也无论浪漫主义，都未能阻止这种衰退进程。

米什莱这样深挖文艺复兴的失败，给任何可能编写的“历史”所带来的，正是一种“反历史”的魄力，一种科学生产者撒旦精神的巫师之爱——如同该隐（亚当和夏娃的长子，不受宠爱）和所有被社会排斥的人，都是生产的生产者，能让一种“历史”重新站起来的工人。这种“反历史”相当狡猾，深知她（法语“历史”一词为阴性）那正史姐姐的谬误与罪行，不断揭发能把人引入歧途的危险。

米什莱写完《巫术》，在土伦港锚地“一派非洲景象”的地方，等待在“理性、权力、自然”中，升起希望的宗教大黎明；然而，如果说西方在这一岸完全胜利了，那也是以它的绝对失败为代价；预兆十分明显，我们在经济、性别、语言等领域所取得的惊人进步，并不是真正的世界，而我们的普遍性，已经被那些社会所遗忘、所排斥的大众深度要求远远超越了。

1863 年至 1864 年

1863 年 4 月至 9 月，居住在蒙托邦，阿泰纳依丝母亲的身边。

9 月至 10 月，在图卢兹、比利牛斯山脉地区逗留，一直到圣让 · 德吕兹乡。

10月1日，《摄政时期》——《法国历史》第十五卷出版。

1864年 7月至9月，旅居圣瓦莱里－昂科。

10月31日，《人类的圣经》出版（旨在反驳勒南的《耶稣的一生》）。

法国作家和历史学家勒南（1823—1892）正撰写《基督教起源史》（1863—1881），第一卷《耶稣的一生》1863年出版，引起强烈的反响。米什莱随即写了《人类的圣经》回答。

《人类的圣经》勾画出新的普遍性的蓝图："大地无处不是希望之乡，世界哪里都是耶路撒冷"。新的"有弹性的书"，是他势在必写的。这部著作的综合性令人惊叹，没有塞进任何怕惹起争议的谨慎用语，以赢得有礼貌的听众。光明中的人民（印度、波斯、希腊）的总辩护书，反对黑暗中的人民（埃及和犹太基督教传统的国家），罗马帝国倾覆与中世纪破灭的艺术再现，关于女人史诗的情绪激昂的争论，全书结尾，长段援引了《法国革命史》的序言。然而，如果从1864年回到1847年，预言未来的"起义"，那就得全面改写，深挖对自己的忠诚度。赫拉克勒斯和普罗米修斯的神话，链接全书的两部分，相当清楚地表明，劳动是世界和思想的动力，还表明神话就是团结、身份、科学和意识的活生生的现实。

1865年至1867年

1865年　6月30日至7月28日，在瑞士维托镇逗留，8月又到圣热尔维，米什莱在阿尔卑斯山区这些地方，又萌生新的创作意念，再写一本自然史的书：《山》。

从9月到12月，米什莱仍然流连于山区的一些城镇。从此，山的魅力取代了海的魅力。

1866年　4月底，米什莱取道图卢兹返回巴黎。

5月1日，《路易十五》——《法国历史》第十六卷出版。

8月21日至9月13日，到温泉之乡奥恩省巴尼奥勒疗养。

12月14日，又动身去阿尔卑斯山区的耶尔镇。

1867年　米什莱在耶尔过冬。

5月至6月，在瑞士维托逗留。

7月，在恩加丁，准备写《山》。

10月10日，《路易十五和路易十六》——《法国历史》十七卷出版。大功告成。

1868年　2月1日，自然史第四本《山》出版，米什莱实现了心愿。

米什莱又抓紧写《书中之书》，全书的大线条，他的作品和他的生命的力量：教育。

7月2日，要为再版的《法国革命史》重新写一篇序言，关于教育的书，他正文思汹涌，却不得不最终停下来。

米什莱趁《法国革命史》再版之际，特意阅读了基内的著作《革命》（1865），以及路易·勃朗描述大革命时期的作品，他发现将他和基内现在拉开的差异。9月9日，他给基内写了一封信，近乎“绝交书”。

9月，米什莱到枫丹白露小住。

10月，米什莱回巴黎，在《时代》上，跟路易·勃朗就法国大革命展开一场辩论，反对罗伯斯庇尔的形象和作用。

1869年 5月，在1869年议会选举中，米什莱支持儒勒·费里，共和党人候选人。6月，共和派在巴黎选举中获胜，这促使米什莱重树对未来的信念，重又投入政治斗争。

5月，在1820年做的一场梦，但是在日记中没有提及，却搅得心神不宁。

8月至9月，到瑞士旅行并逗留。临近年终，做了许多笔记，涉及各种“取向”。

9月13日，为《法国革命史》再版新写的序言，寄给出版商拉克鲁瓦。

11月12日，出版《我们的儿子》（教育的历史与改革）。

11 月，计划写《十九世纪历史》，只好放下《书中之书》与一部《爱情史》(从 1849 年就酝酿创作)。

1870 年 关于帝国的全民公投，七百万人同意，一百五十万人反对。

7 月 19 日，法国对德宣战，史称“普法战争”。9 月 1 日，拿破仑三世与麦克马洪率大军到色当，被普鲁士军包围，次日率众投降。

9 月 4 日，巴黎宣布成立共和国。

米什莱对法国全军覆灭大失所望，他于 9 月 2 日离开巴黎，前往瑞士。

9 月 19 日，普军开始围困巴黎。

10 月 2 日，米什莱考虑写些文章，说明法国的处境，以他的笔为捍卫祖国出力。

10 月 29 日，米什莱身体虚弱，到佛罗伦萨休养。

1871 年 1 月 25 日，米什莱所写的小册子《法国面对欧洲》发行销售。

4 月 30 日，米什莱在比萨突发心脏病。

3 月 18 日至 5 月 27 日，巴黎公社时期。保卫巴黎的国民自卫军，于 3 月 18 日接管巴黎的市政权力，26 日，巴黎公社宣告成立。旧政权在凡尔赛组成政府，对外妥协，对巴黎公社实行血腥的镇压。5 月 22 日至 28 日，巴黎公社社员退到拉雪兹神父公墓，全部被政府军杀害，史称“流血周”。

5月22日，米什莱在佛罗伦萨，得知巴黎公社被镇压的消息，精神再次受到打击。

6月至10月，米什莱在瑞士逗留期间，重又撰写《十九世纪历史》。

1872年至1874年

1872年 4月3日，《十九世纪历史》第一卷出版（还附上一篇历史研究文章，思考出身，以及他出生前后那几年）。

10月，米什莱患肺炎，他的右手半瘫痪。他从4月便回到巴黎。

1873年 3月15日，《十九世纪历史》第二卷出版。

米什莱居住在瑞士，继而回法国，住在耶尔镇。

1874年 1月，《十九世纪历史》第三卷写完。

2月9日，米什莱突发心脏病，在耶尔逝世。

1875年 《十九世纪历史》第三卷出版。

米什莱逝世后，他的夫人整理出版他的遗著，但是以她的方式动了米什莱的文稿：截取，添加她补写的段落。陆续出版了《盛宴》（1879）、《我的青春》和《我的日记》（1884、1888）——青春的回忆，以及重新书写和重组的《日记》——《罗马》、《在欧洲的路上》、《我们的法兰西》（记述旅行的一些拼凑作品)。

1893 年至 1898 年 《米什莱全集》第一版，由弗拉马里翁出版印出发行。

1959 年 出版了《日记》(1828—1848)第一卷。
《青春记述》(1820—1821，《回忆录》《思想日记》《阅读日记》)。

1961 年 《日记》(1849—1860)第二卷出版。

1976 年 《日记》(1861—1874)第三卷和第四卷出版。

米什莱这份年表，虽简略却很齐全，求全因为是汉语版的第一份，有助于全面了解米什莱半个世纪的忙碌和惊人的著述。这份年表是根据《法语文学词典》米什莱词条编译的。年表前有长文专论，是研究米什莱的专家，J. 塞巴歇(J. Seebacher)撰写的，很有深度和特色。我选译了几段，置于年表开头和相关作品后。专论结尾的两段，应是理解米什莱如此丰富的著作的钥匙，译出来与读者共享：

米什莱激烈反对浪漫主义，只因浪漫主义高踞于云端；远远隔离资产阶级世纪病，而且还绕开劳动和历史的学问艰深的现实，他小心翼翼地守护，始终保持自己行为的导向，这种端正的态度迫使他反对勒南，同基内断交，也同那个雨果保持距离，尽管雨果在流亡中，在所有方面都越来越同他接近了。然而，除了神话的巨大冲力，除了能同乔治桑，甚至能同福楼拜友好交谈的这种新型的叙述性，除了将浪漫主义推向极致的这种科学的、哲学和文学的自然主义，米什莱的文体，若想归结为一种风格，就不能不只赞赏他的诗意，心悦诚服地忽略其余的一切。这种文体，首先是组合，拟态式构筑各种材料、片断的知识、它们之间假定性和象征性的关系、它们历史意识的奇思异想。然后，这一点尤为重要，在这种符号的链条之间，安插主观性的精彩对话，以便在社会未来的客观性中占领地盘。米什莱的这一自我，在这个过程中，不断认识自己，感受考验自己，同时一直引逗对话者，引导读者的自我脱离自身，使之诞生于自由，使之进入圈套而最终自我解脱。

以此而论，米什莱的历史作用是巨大的。一方面，他培育起来共和意识、新型的教育——但是也冒很大风险：法国激进主义和社会主义公开的暧昧性，乃至背叛、排犹主义、贝当（法国“二战”期间与德国合作的贝当元帅）派，以及纳粹异端“新哲学”等种种反应。另一方面，他也提供了科学和思想意识带有先知性的各种各样条件境况，以避免斯平格雷（Spengler，1880—1936，德国哲学家和历史学家）于1918年描绘的那种“西方的衰落”。总之，如同雨果那样，米什莱将哲学和历史的自然主义的文学运用，推到恰当可控的极端，这种差异的体系化既可以称为超自然主义，也可以称为超现实主义。二十世纪的作家们，被抬举到不当归属于米什莱的流派，或者不当敌视他那形象的流派，他们不会轻易承认欠他的恩债。然而，在宗教和家园毁灭的乡愁中，在语言和文明的紊乱中，在奉献和爱情的革命中，恐怕很难不撞见他，如同撞见不断要使当今摆脱中世纪的一个人。

2018 年 8 月

于大连金石滩

丘鹬在沙质洼地

（Woodcock）

1935 年前后

阿奇博尔德·索伯恩（Archibald Thorburn，1860—1935），苏格兰著名的艺术家和鸟类插画家。

雉

（Pheasants）

1918 年

阿奇博尔德 · 索伯恩（Archibald Thorburn，1860—1935），苏格兰著名的艺术家和鸟类插画家。

黄腹角雉

（Cabot's Tragopan）

1918 年

阿奇博尔德·索伯恩（Archibald Thorburn，1860—1935），苏格兰著名的艺术家和鸟类插画家。

冬日的野鸭
（mallard）

1935 年前后

阿奇博尔德·索伯恩（Archibald Thorburn，1860—1935），苏格兰著名的艺术家和鸟类插画家。

绝壁上的岩雷鸟

（Danger aloft – Ptarmigan）

1927 年

阿奇博尔德·索伯恩（Archibald Thorburn，1860—1935），苏格兰著名的艺术家和鸟类插画家。

Great Northern Diver (summer & winter).

roated Diver. (summer & winter) White-billed Northern D

Black-throated Diver

上：普通潜鸟（Great Northern Diver），
学名：Gavia immer，
也叫北方大潜鸟、白喉潜鸟，是广泛分布在北美洲的一种潜鸟。

中左：红喉潜鸟（Red-throated Diver），
学名：Gavia stellata，
是分布最广的一种潜鸟，也是潜鸟科最小的成员。

中右：白嘴潜鸟（White-billed Diver），
学名：Gavia adamsii，
白嘴潜鸟也叫黄嘴潜鸟，是潜鸟科中体型最大的一种。

下：黑喉潜鸟（Black-throated Diver），
学名：Gavia arctica，
黑喉潜鸟是体形略大的潜鸟，头浅灰色，喉部和背部黑色，具金属光泽。

1918 年

阿奇博尔德·索伯恩（Archibald Thorburn，1860—1935），苏格兰著名的艺术家和鸟类插画家。

斑胸滨鹬

（Pectoral Sandpiper）

1935 年前后

阿奇博尔德·索伯恩（Archibald Thorburn，1860—1935），苏格兰著名的艺术家和鸟类插画家。

灰雁

（Greylag goose）

1935 年前后

阿奇博尔德·索伯恩（Archibald Thorburn，1860—1935），苏格兰著名的艺术家和鸟类插画家。

法国山鹑（partridge）和小鸡

1935 年前后

阿奇博尔德·索伯恩（Archibald Thorburn，1860—1935），苏格兰著名的艺术家和鸟类插画家。

白尾石鵖（Saxicola leucurus），
两只雄鸟在上方，一只雌鸟在下方。

在 1850 年到 1883 年之间

约翰·古尔德（John Gould， 1804—1881）和亨利·康斯坦丁·里希特（Henry Constantine Richter，1821—1902）

大朱雀

（Carpodacus rubicilla）

在 1850 年到 1883 年之间

约翰·古尔德（John Gould， 1804—1881）和亨利·康斯坦丁·里希特（Henry Constantine Richter， 1821—1902）

金尾蜂鸟

（Chrysuronia）

在 1850 年到 1883 年之间

约翰 · 古尔德（John Gould，1804—1881），十九世纪英国动物学家，在澳大利亚发现并且给许多新物种命名。

红头金刚鹦鹉

（Ara erythrocephala）

在 1907 年之前

约翰·杰勒德·柯尔曼斯（John Gerrard Keulemans，1842—1912）

一对金雕

（Golden Eagles）

1899 年

阿奇博尔德·索伯恩（Archibald Thorburn，1860—1935），苏格兰著名的艺术家和鸟类插画家。

图书在版编目 (CIP) 数据

鸟 / (法) 儒勒·米什莱著；李玉民，顾微微译 . —北京：中央编译出版社，2018.10
ISBN 978-7-5117-3522-5

I. ①鸟…
II. ①儒… ②李… ③顾…
III. ①散文集－法国－近代
IV. ① I565.64

中国版本图书馆 CIP 数据核字 (2018) 第 008411 号

鸟

出 版 人：葛海彦
出版统筹：贾宇琰
责任编辑：朱瑞雪
责任印制：刘 慧
出版发行：中央编译出版社
地　　址：北京西城区车公庄大街乙 5 号鸿儒大厦 B 座 (100044)
电　　话：(010) 52612345 (总编室)　(010) 52612341 (编辑室)
(010) 52612316 (发行部)　(010) 52612346 (馆配部)
传　　真：(010) 66515838
经　　销：全国新华书店
印　　刷：北京紫瑞利印刷有限公司
开　　本：880 毫米 ×1230 毫米 1/32
字　　数：180 千字
印　　张：9.625　彩插：16 页
版　　次：2018 年 10 月第 1 版
印　　次：2018 年 10 月第 1 次印刷
定　　价：39.80 元

网　　址：www.cctphome.com　邮　　箱：cctp@cctphome.com
新浪微博：@ 中央编译出版社　微　　信：中央编译出版社（ID：cctphome）
淘宝店铺：中央编译出版社直销店（http://shop108367160.taobao.com）(010) 55626985